Janette Oke & T. Davis Bunn

Eine Heimat für Sabrina

Janette Oke/T. Davis Brunn

Eine Heimat für Sabrina

Schulte & Gerth

Die amerikanische Originalausgabe erschien im Verlag
Bethany House Publishers, Minneapolis, Minnesota
unter dem Titel „Another Homecoming".

Aus dem Amerikanischen übersetzt von Eva Weyandt.

Best.-Nr. 815 563
ISBN 3-89437-563-9
1. Auflage 1998
Umschlaggestaltung: Dan Thornberg/Ursula Stephan
Satz: Typostudio Rücker
Druck und Verarbeitung: Ebner Ulm
Printed in Germany

1

Auf dem Bahnhof von Baltimore wimmelte es von Menschen in Khakiuniformen. Mit angespannten Gesichtern drängten sich die Soldaten auf dem Bahnsteig. Vor ihnen lag eine lange Reise, Abenteuer und der Krieg. Von jeder Wand des riesigen Gebäudes deutete Onkel Sam auf sie und ermahnte sie, loszuziehen und ihre Pflicht zu tun.

Sie gehörte zu den Tausenden weinender Frauen an diesem Tag. Ihr stilles Leiden war nur ein winziger Tropfen in einem Meer von lärmendem Chaos. Martha klammerte sich an ihren Mann. Sie spürte seine starken Arme; er drückte sie so fest an sich, daß sie kaum noch atmen konnte.

„Paß auf dich auf, mein Liebling", sagte er ihr ins Ohr. Er mußte beinahe schreien, damit sie ihn verstehen konnte. „Ich werde bald wieder bei dir sein."

„Aber wenn –" Die Frage, die ihr in den neun Wochen ihrer kurzen Ehe auf der Seele gebrannt und die sie nicht auszusprechen gewagt hatte, wurde von seinen Lippen erstickt, die sich leidenschaftlich auf ihre drückten. Selbst hier, inmitten einer chaotischen Welt, die in den Krieg zog, mit ihren lauten Pfiffen, plärrenden Blasorchestern und aufgeregten Kindern, fühlte sich Martha sofort von Harrys Kuß überwältigt. Das war schon beim ersten Mal so gewesen. Eigentlich hatte es sogar schon vorher begonnen, obwohl sie es nicht einmal sich selbst erklären konnte. Damals, als Harry als Mann aus dem Zeltlager zurückgekehrt war, als sie gemeinsam ins Kino gegangen waren und unter den knospenden Bäumen im Frühling Eis geschleckt hatten, damals, als sie gespürt hatte, wie ihr Herz vor Liebe zu singen begann, schon damals wußte sie, daß sie, wenn er sie auch nur ein einziges Mal küssen würde, für immer verloren wäre.

Harry ließ sie los, und die Realität holte sie wieder ein. „Das darfst du nicht einmal denken", befahl er. „Denke immer daran, ich werde so schnell wie möglich zurückkommen. Da die guten alten Vereinigten Staaten von Amerika nun in den Krieg eingetreten sind, werden diese Krauts bald die Beine in die Hand nehmen und sich zurückziehen."

Seine muntere Zuversicht war ansteckend. Sie brachte ein schwaches Lächeln zustande und nickte. Doch ihre Tränen flossen weiter. Er zog in den Krieg. Und wenn nun –

Der schrille Pfiff ertönte zum zweiten Mal, und die Lokomotive zischte ungeduldig. Die Soldaten, die noch nicht eingestiegen waren, drängten zum Zug. Marthas Schluchzen verlor sich in der Menge der Khakiuniformen, die Harry aus ihren Armen riß.

Dieses Mal kehrte er nicht zu ihr zurück und beruhigte ihre Ängste mit seinen Lippen. Dieses Mal warf er sich seine Tasche über die Schulter und drehte sich nur gerade so lange zu ihr herum, daß er ihr ein ermutigendes Lächeln und einen Handkuß zuwerfen konnte. Dieses Mal streckte sie ihre Arme aus, aber er war nicht mehr da, um sich von ihnen umschließen zu lassen. Sie stand in einer endlosen Reihe weinender Mütter, Ehefrauen und Kinder. Sie sahen zu, wie ihre Männer zu dem sich langsam in Bewegung setzenden Zug eilten, ihre Taschen hineinwarfen und selbst einstiegen. Sie sahen, wie die Männer um ein kleines freies Fleckchen am Fenster kämpften, um ein letztes Mal ihnen zuzuwinken oder ein letztes Wort des Abschieds zuzurufen. Noch lange sah Martha dem abfahrenden Zug nach, wenn auch die Tränen ihren Blick verschleierten.

In Harry Grimes' Krieg gab es drei Feinde – die Deutschen, die Hitze und die Wüste.

Harry bemühte sich, sein Unbehagen zu verbergen. Er war ein hervorragender Sergeant und stand in dem Ruf, sich nie etwas anmerken zu lassen. Was ihn betraf, so fand er die Wüste sehr viel schlimmer als die Deutschen. Während der letzten Scharmützel hatte er die Deutschen nur zweimal zu Gesicht bekommen. Doch von der Wüste war er Tag und Nacht umgeben.

Er streckte sich im Schützengraben aus. Das Tarnnetz über ihm spendete ein wenig Schatten, doch wenn es auch vor den schlimmsten Sonnenstrahlen schützte, so hielt es zugleich jede kleinste Brise ab und verwandelte den Schützengraben in einen Backofen. Er sah auf und bemerkte, daß die Sonne langsam hinter den ockerfarbenen Hügeln versank. Harry warf einen Blick auf seine Uhr und hielt sie sich ans Ohr. Auch wenn er das Ticken hörte, so fiel es ihm doch schwer zu glauben, daß sie wirklich die richtige Zeit anzeigte.

„Stimmt, die vergangenen zwei Stunden sind besonders lang gewesen, und die letzten fünf Minuten erschienen mir endlos." Der Junge mit dem britischen Akzent links von ihm hieß ebenfalls Harry. Er war ein lustiger Geselle und fand Sergeant Grimes, nachdem er die Feuerprobe bestanden hatte, durchaus akzeptabel. Die Briten waren drahtige Kerle, ziemlich klein und quirlig, aber sie kämpften, als ob die Zukunft der Welt allein von ihnen abhinge.

„Glaubt ihr wirklich, daß wir sie dieses Mal finden werden?" fragte Harry Grimes.

„Kein Zweifel, sie sind dort draußen. Sie stehen bereit, und sie werden *uns* finden", korrigierte er. Harry, der Brite, war erst achtzehn, drei Jahre jünger als Harry Grimes, aber er hatte bereits zehn lange Monate in Montgomerys Nordafrikafeldzug mitgekämpft. Sein von der Sonne gebräuntes Gesicht war angespannt, seine Augen wirkten tausend Jahre alt. „Der alte Rommel ist ein gerissener Fuchs. Er schlägt Haken und läuft vor und zurück, bis er uns genau da hat, wo er uns haben will. Jetzt wird er sich wie ein Rudel wilder Hunde auf uns stürzen."

„Beruhige dich, Harry, du bist ja ein richtiger Unheilsprophet." Der Mann weiter links von ihnen sprach mit einem derart starken Londoner Dialekt, daß Harry Grimes Mühe hatte, ihn zu verstehen. „Hör' nicht auf ihn, alle diese Kerle aus Lancaster haben Porridge zwischen den Ohren."

„Na warte nur, bis du so lange hier draußen bist wie ich, dann werden wir ja sehen, wie gut du durchhältst."

„Bleibt wo ihr seid, ich werde losgehen und Monty suchen und ihm sagen, daß mein Kamerad ganz genau weiß, wie man die Deutschen besiegen kann."

Harry Grimes rutschte den Schützengraben entlang und hielt sich die Ohren zu. Die Streitereien würden vermutlich noch so lange weitergehen, wie sie gezwungen waren, in diesem Schützengraben zu sitzen und zu warten. Das war hier nicht anders als überall sonst auch. Er war den Briten zugeteilt worden, und er fühlte sich bei ihnen wie der sprichwörtliche Fisch auf dem Trockenen - ein Fisch in der Wüste, nichts weniger. Die Briten waren bereits seit einem Jahr hier und hatten die Lektionen der Kriegsführung in der Wüste auf die harte Tour lernen müssen. Die Amerikaner fingen gerade erst damit an - und alles befand sich im Chaos - was kein Wunder war, wenn man bedachte, mit welcher Geschwindigkeit ihre Armee aufgestellt worden war.

Harry zog einen Block und einen Stift aus der Tasche. Seit fast einem Monat schrieb er nun schon an diesem Brief an Martha. Er war nie ein großer Briefeschreiber gewesen. Außerdem gab es so wenig von diesem abgelegenen Ort zu berichten. Die Tatsache, daß er außer sich vor Freude war über die Nachricht, daß Marthas Schwangerschaft gut verlief, hatte wenigstens einen ganzen Abschnitt ergeben. Harry wünschte sich dieses Kind. Der Gedanke daran, Vater zu werden, gab seinem Heimweh neue Nahrung. Nach Hause zu Martha, nach Hause zu einem Sohn oder einer Tochter. Harry war es egal, was es werden würde.

Die Tatsache, daß er Vater werden würde, ließ diesen Krieg noch wichtiger erscheinen. Er wollte die Welt für sein Kind retten. Sicher, es würde nicht so einfach sein, mit einer Familie im Schlepptau von einem Stützpunkt zum anderen zu ziehen. Aber viele Männer taten das. Es verlieh dem Leben als Soldat zusätzliche Stabilität. Und auch Martha war außer sich vor Freude. Selbst über die Entfernung hinweg konnte er ihre Begeisterung spüren, die sich in jeder Zeile ihrer Briefe zeigte. Sie schrieb, so hätte sie wenigstens etwas, worauf sie sich in seiner Abwesenheit freuen könnte. „Ein kleines Bündel von dir", so nannte sie das Baby, das sie erwartete, aber es würde nicht nur ein Teil von ihm sein. Das Baby würde ein Teil von ihnen beiden sein.

Die Freude über die Nachricht des zu erwartenden Babys hatte ihn vollkommen unerwartet getroffen. Und deshalb wünschte er sich von ganzem Herzen, er könnte jetzt bei Martha sein und seine Freude mit ihr teilen.

Marthas Briefe waren voller bittersüßer Erwartung. Sie freute sich auf das Kind. Doch sie sehnte sich gleichzeitig danach, daß er wieder bei ihr sein möge. Es schien nicht richtig zu sein, daß sie jeden Tag allein bewältigen mußte. Harry seufzte und klopfte mit seinem Stift auf das Papier. Er konnte seine tiefen Empfindungen einfach nicht in Worte fassen und schon gar nicht zu Papier bringen.

Das Zeug, das die Briten Essen nannten, füllte einen weiteren Abschnitt auf dem Blatt. Aber abgesehen von der Hitze, dem Staub und dem Warten gab es wenig anderes zu berichten. Er wollte nicht über diesen zweiten Weltkrieg sprechen. Auf Tage und Wochen endloser Langeweile folgten Sekunden so großer Schrecken, daß er den Eindruck hatte, tief in seinem Innern, wo nur er die Narben sehen konnte, auf Dauer verwundet worden zu sein.

Das Leben hatte es bisher nicht gut mit ihm gemeint. Er war ohne Vater aufgewachsen, und seine Mutter war durch die Not und die harte Arbeit verbittert. In der Schule waren ihm Mädchen wie Martha unerreichbar erschienen. In die Armee war er eingetreten, weil sie ihm wie ein Ausweg aus seinem Dilemma erschienen war. Der Drill, das Marschieren und das Training hatten ihm kein bißchen ausgemacht. Harry hatte das alles sogar gefallen. Die Ordnung und Disziplin hatten sich beruhigend auf ihn ausgewirkt. Harry Grimes hatte endlich ein Zuhause gefunden. Er war sich sicher gewesen, daß nichts ihn glücklicher machen würde, als den Rest seines Lebens Uniform zu tragen.

Dann hatten die Japaner Pearl Harbor angegriffen, und Amerika war in den Krieg eingetreten. Auf einmal war Harry Grimes als ein Visionär gefeiert worden, als einer der wenigen, die die Ereignisse vorausgesehen hatten, bevor die Stellungsbefehle verschickt worden waren. In der Armee hatte er gelernt, den Mund zu halten; deshalb widersprach er nicht, als man ihm Streifen und eine Medaille verlieh und ihm den Befehl gab, die neu geworbenen Rekruten auszubilden.

Sehr gern hätte er den ganzen Krieg über als Ausbildungsoffizier gedient, doch dann kamen die Nachrichten von den Bataillonen, die sie nach Nordafrika schickten, wo immer das war, um gegen Rommel zu kämpfen, und Harry hatte sich freiwillig gemeldet. Er glaubte damals nicht, daß ihm das jemals leid tun könnte.

Und dann war da noch Martha. Sie war das Beste, was ihm je passiert war - neben der Armee. Wenn er also diese Nordafrikageschichte heil überstehen würde, würde er zu Martha und dem Baby zurückkehren und dann für den Rest seines Lebens Soldaten ausbilden.

Etwas weiter hinten im Schützengraben war ein Pfeifen zu hören, danach eine schrille Explosion und dann nichts weiter als das Geräusch des Windes. Harry, der Brite, zischte ihm zu: „Jetzt ist es soweit, pack deine Sachen zusammen."

Harry Grimes steckte den Brief in seine linke Hosentasche. Er überprüfte Wasser und Munition in seinem Rucksack und fuhr ein letztes Mal mit dem öligen Lappen über sein Gewehr. Für ein Gewehr gab es nichts Schlimmeres als diesen Wüstensand. Er war so fein, daß er in alles eindrang - in sein Wasser, sein Essen, sein -

„Viel Glück, Kamerad", flüsterte Harry, der Brite, und kroch aus dem Graben.

„Keine Angst." Der Londoner sprang zusammen mit Harry unter dem Tarnnetz hervor. Während sie über den glühend heißen Wüstensand rannten, zischte er: „Die Krauts sind lange fort. Wir werden über die Hügel dort hinten klettern und rechtzeitig für ein schönes zweites Frühstück aus Eiern, Tee und Sand zurück sein."

Harry wollte antworten, doch in diesem Augenblick nahm er ein zweites pfeifendes Geräusch wahr. Es war sehr viel lauter und hörte gar nicht mehr auf. Im Gegenteil, es wurde sogar noch schriller und lauter. Danach verdunkelte ein ohrenbetäubender Lärm zusammen mit gleißendem Licht, beißendem Staub und unermeßlichem Schmerz seine Welt.

Dr. Howard Austin rannte die Treppe hoch und stürmte in die kleine Wohnung, wobei er sich nicht einmal die Mühe machte, anzuklopfen. „Ich bin sofort gekommen, als ich es gehört habe, Martha. Ist es ..."

Er blieb mitten im Zimmer stehen. Das gelbe Telegramm lag zu ihren Füßen auf dem Boden und sagte ihm, daß stimmte, was er gehört hatte. Ihre Bewegungen waren zögerlich und unsicher. Sie blickte ihn an. Aber ihre Augen schienen ihn nicht zu sehen. Ihr Gesicht war ausdruckslos.

„Oh Martha." Howard ging zu ihr hinüber, hob das Telegramm auf und las es. Irgendwie wirkten die Worte in ihrer langen Reihe großer Buchstaben auf dem dünnen Papier noch kälter und unpersönlicher, da sie eine so schreckliche Nachricht übermittelten:

Wir bedauern, Ihnen mitteilen zu müssen, daß Ihr Mann, Master Sergeant Harry Grimes, bei Kampfhandlungen vermißt wurde und vermutlich tot ist - stop

„Sie kamen in einem großen braunen Wagen", erklärte Martha von ihrem Platz auf dem Sofa aus mit tonloser Stimme. „Es waren zwei. Mit Orden, schmucken Uniformen und Ehrenbezeugungen. Einer von ihnen war schon älter. Er sah aus, als hätte er so etwas schon tausendmal gemacht. Er tat mir leid. Kannst du dir das vorstellen? Sie bringen mir diese Nachricht, und er tut mir leid."

„Weil du ein Herz aus Gold hast", erwiderte Howard Austin. Er zog sich einen Stuhl zu ihr heran und setzte sich. „Hier heißt es ‚vermutlich', das hast du sicher gelesen", meinte er leise, und noch während er das Wort aussprach, wußte er, daß die winzige Hoffnung, die sie aus diesem Wort gezogen hatte, ihr bereits entrissen worden war.

„Sie haben mir gesagt –", sie hielt verwirrt inne und begann erneut. „Sie haben gesagt, die Schlacht in Nordafrika sei so ... sei so schrecklich gewesen, daß es keine Überlebenden gegeben haben könnte." Howard mußte sich vorbeugen, um ihre letzten Worte verstehen zu können. Sie waren kaum lauter als ein Flüstern. Er hatte in den Nachrichten Berichte darüber gehört und wußte, daß die Offiziere recht damit hatten, keine falschen Hoffnungen in ihr zu erwecken.

„Kann ich etwas für dich tun?" fragte er. „Jemanden benachrichtigen?"

„Ich habe niemanden, das weißt du." Eine einzige Träne rann ihre Wange hinunter. Sie machte sich nicht die Mühe, sie abzuwischen. Mit blicklosen Augen sah sie zum Fenster hinüber. „Ich stehe jetzt ganz allein in der Welt." Ihre Stimme klang so, als sei jegliches Leben aus ihr entwichen. Jegliches Gefühl.

Howard wollte protestieren, ihr sagen, sie könnte immer auf ihn zählen. Aber wenn er ehrlich war, konnte er so etwas nicht sagen. Gerade an diesem Morgen hatte auch er seinen Einberufungsbefehl bekommen. Jeder Blick auf das gelbe Telegramm in seiner Hand schickte einen Schauer durch seinen Körper. „Kann ich wirklich nichts für dich tun?" wiederholte er.

„Ich weiß es nicht." Zum ersten Mal schien Martha die Kraft zu finden, ihren Blick wieder zu kontrollieren. Sie wandte sich zu Howard um und sah ihn an. In ihrem Blick lag soviel Schmerz und Furcht, daß sich sein Herz zusammenkrampfte. „Ich bin achtzehn Jahre alt. Ich habe niemanden auf der Welt." Sie verschränkte die Arme über ihrem hervorstehenden Bauch. Martha war normalerweise sehr schlank, und das Kind sollte in drei Wochen geboren werden. Obwohl sie im Augenblick saß, schien ihr zarter Körper die Last kaum tragen zu können. „Was soll ich tun, Howard? Wie soll ich für das Baby sorgen?" Jetzt begannen die Tränen ungehemmt zu fließen, so als weine sie wegen ihres ungeborenen Kindes, das nie die Liebe eines Vaters kennenlernen würde.

Die Art, wie sie den letzten Satz aussprach, machte es ihm unmöglich, sie mit einer der üblichen Floskeln zu trösten, die sie in der medizinischen Ausbildung mit auf den Weg bekommen hatten. Howard lehnte sich auf seinem Stuhl zurück und betrachtete diese Frau, die mit stoischer Haltung auf dem Sofa saß. Und eine Frau war sie, egal wie viele Jahre sie zählte. Ihre Ehe und Schwangerschaft und nun der Verlust ihres Mannes hatten wenig von dem Kind übrig gelassen, das er schon so lange kannte.

Der Altersunterschied zwischen ihnen betrug nur wenige Jahre. Sie waren in Baltimore in derselben Straße aufgewachsen, in einem Teil der Stadt, der in ihrer Jugend vorwiegend von Iren bewohnt worden war. Jetzt lebten dort auch Menschen anderer Nationalitäten. Howard schien es, als seien während er das College und anschließend die medizinische Hochschule besucht hatte, andere Teile der Welt in ihr Viertel eingedrungen und hätten es übernommen. Und in diesen sechs Jahren war die kleine Martha O'Leary zu einer hübschen jungen Frau herangewachsen. Sie hatte ihre beiden Eltern verloren, sich in einen Mann aus einer anderen gesellschaftlichen Schicht, einen Soldaten, verliebt und ihn geheiratet. Howard fragte sich, wie sich die Dinge entwickelt hätten, wenn er, wie seine Mutter es sich damals gewünscht hatte, in Baltimore geblieben wäre und eines der Colleges der Stadt besucht hätte.

„Was soll ich nur tun?" fragte Martha erneut mit leiser, zittriger Stimme.

„Martha", begann Howard, doch dann hielt er inne. Plötzlich verspürte er den Wunsch, sie zu bitten, sie solle auf ihn warten, sie solle ihm erlauben, ihr Geld zu schicken, bis er seine Militärzeit hinter sich gebracht hätte. Aber irgend etwas hielt ihn zurück. Wie konnte er so etwas an dem Tag sagen, an dem sie vom Tod ihres Mannes erfahren hatte? Es war unmöglich. Und wenn er nun wirklich nicht zurückkam? Howard Austin hatte das Gefühl, sein Herz würde zerspringen, weil es die Spannung nicht ertragen konnte, nicht sagen zu können, was er sagen wollte, weil sein Land ihn aufforderte, in den Krieg zu ziehen. Er schluckte und sagte: „Warte ein paar Tage – vielleicht ergibt sich ja etwas." Er hoffte, seine Worte würden ihr nicht so leer erscheinen wie ihm selbst.

„Ich weiß, was ich mache."

Marthas Tonfall ließ Howard aufhorchen. Er saß hinter seinem Schreibtisch und sah sie an. Sie war zur letzten Untersuchung vor der Geburt ihres Babys gekommen. Er beobachtete eingehend das Minenspiel dieser jungen Frau und las darin tiefen Schmerz und Trauer, aber auch Entschlossenheit.

„Ich möchte, daß du für mich eine Familie suchst, die mein Baby adoptiert."

Howard zog scharf die Luft ein, so als hätte ihm jemand in den Magen geboxt. „Das meinst du doch nicht ernst, Martha."

„Du hast gesagt, du würdest mir helfen, Howard", sagte sie flehend.

„Wäre es nicht besser - nun, ein Kind wäre dir doch jetzt ein großer Trost."

„Und wäre das nicht ein sehr selbstsüchtiger Grund, dadurch meinem Baby die Chance auf ein anständiges Leben zu nehmen?" Sehr langsam und vorsichtig erhob sich Martha von ihrem Stuhl. Sie ging zum Fenster hinüber und fuhr mit einem Finger über die Scheibe. Mit der anderen Hand liebkoste sie ihr Baby. „Das könnte ich nicht, Howard."

In ihrer Stimme lag kein Zorn, nichts, was ihm einen Ansatzpunkt zum Widerspruch gegeben hätte. Er war tieftraurig, und bei solchen Gelegenheiten wünschte er sich, seine Patienten würden ihm nicht so sehr am Herzen liegen. Wenn er gefühlskälter wäre, könnte er ein sehr viel besserer Arzt sein. Außerdem machten seine persönlichen Gefühle für sie alles nur noch schlimmer. „Wenn du meinst. Aber ich denke trotzdem -"

„Ein gutes Zuhause", sagte sie und wandte sich von ihm ab. Einen Augenblick lang verzog sich ihr Gesicht trotz ihrer Entschlossenheit. Howard sah, wie sie schluckte und gegen die Tränen anzukämpfen schien. Sie rang um Fassung, nicht für sich selbst, sondern für ihr Kind. „Eine Mutter und ein Vater, die meinem Baby all das geben können, was es verdient."

„Sergeant, hallo, können Sie mich hören?"

Die Stimme war so weich wie das Licht. Mühsam versuchte er, die Augen zu öffnen. Er blickte in einen goldenen Nebel. Seltsam, wie das Licht gleichzeitig so hell und doch so weich sein konnte.

„Können Sie mich hören, Sergeant?"

Er leckte seine trockenen Lippen. Eine Hand glitt unter seinen Kopf und eine Tasse wurde an seine Lippen gesetzt. Nachdem er ein paar Schlucke getrunken hatte, wurde sein Kopf wieder zurück auf das Kissen gelegt. Eine Stimme sagte: „So, geht es jetzt besser?"

Ein Zelt. Er konnte erkennen, daß er in einem Zelt lag. Die Sonne knallte auf die Zeltplane und verwandelte sie in funkelndes Gold. Er drehte den Kopf zur Seite und sah, daß eine Schwester neben seinem Bett saß. Sie lächelte ihn an. „Wie schön, daß Sie wieder unter den Lebenden sind, Sergeant."

Immer nannte sie ihn „Sergeant". Wie hieß er denn noch? Er konnte nicht denken. In seinem Kopf war alles wie Watte. Und irgendwie sprach sie sehr seltsam.

„Sie befinden sich in einem britischen Feldlazarett. Sie sind verwundet worden."

Die Schwester zögerte einen Augenblick und fuhr dann fort: „Nicken Sie doch einmal, wenn Sie verstehen können, was ich sage, Sergeant."

Er nickte, wenn er ihre Worte auch nicht richtig einordnen konnte. Sie schienen durch seinen Verstand zu tanzen und zu verschwinden, bevor er sie noch fassen konnte. Seltsam, er konnte sie zwar hören und verstehen und gleichzeitig doch rein gar nichts verstehen.

„In der Schlacht haben Sie Ihre Erkennungsmarke verloren. Wir wissen nicht, wer Sie sind. Sie scheinen nirgendwo vermerkt zu sein." Als er nicht antwortete, wurde sie lauter. „Können Sie mir Ihren Namen sagen? Zu welchem Regiment gehören Sie?"

Ein dumpfer Trommelschlag machte sich irgendwo in seinem Bewußtsein bemerkbar. Er wurde immer lauter, bis er erkannte, daß es kein Geräusch war, sondern ein Schmerz. Ein dumpfer Schmerz, der im gleichmäßigen Rhythmus seines Herzens schlug.

Eine andere Stimme kam vom Fußende seines Bettes. Eine Stimme, die mit großer Autorität sprach. „Irgendein Hinweis auf seine Identität?"

„Noch nicht, Doktor. Sein Bewußtsein scheint zu kommen und zu gehen."

„Auch gut." Die tiefe Stimme sprach ziemlich abgehackt. „Es ist nicht nötig, ihn aufzuwecken, damit er sein Bein spürt."

Sein Bein. Als wären diese Worte ein Schlüssel, spürte er plötzlich einen dumpfen Schmerz in seinem linken Bein. Noch schmerzte es nicht zu sehr, aber dieser Schmerz hatte etwas an sich, das ihm Angst machte, sogar in seinem benebelten Zustand. Es war, als wäre der Schmerz nur ein leichter Hinweis auf das, was ihm bevorstand.

Die abgehackte Stimme fragte: „Irgendeine Nachricht aus dem Hauptquartier?"

„Ja, Sir. Man hat keine Ahnung, wer er ist."

„Nun, dann wollen wir mal sehen, was wir für sein Bein tun können. Vermutlich hatte er einen Brief in seiner hinteren Tasche, aber die Schnipsel, die davon noch übrig sind, geben keinen Aufschluß. Wir werden uns später um seine Identität kümmern müssen." Die tiefe Stimme kam näher. „Helfen Sie mir, die Verbände abzunehmen, damit ich mir sein Bein einmal genauer ansehen kann."

Harry spürte die Bewegung um sich herum. Jetzt wurde der Schmerz schlimmer. Harry stöhnte.

„Wann hat er die letzte Injektion bekommen, Schwester?"

„Vor knapp zwei Stunden."

„Wir sollten ihn nicht mehr als nötig quälen. Schnell, geben Sie ihm Morphium, bevor wir weitermachen."

Schnell. *Harry.* Der Schmerz durchdrang den Nebel in seinem Kopf und ließ jeden Gedanken kristallklar vor ihm stehen. Vielleicht war das sein Name. Aber vielleicht war es auch der Name eines anderen, eines Freundes draußen in der Hitze, dem Staub und dem Krieg. Er wollte sprechen, fragen, ob er der Harry war oder der andere. Dann spürte er den Stich der Nadel, und schon bald wurde er von einer neuen Welle der Verwirrung davongetragen. Er hatte nichts dagegen. Der Schmerz wich langsam mit dem Schlag seines Herzens, bis er kaum mehr als ein Schatten am Horizont seines Bewußtseins war.

Die letzten Worte, die er wahrnahm, waren: „Und jetzt wollen wir mal sehen, ob wir sein Bein retten können."

Der Verwaltungsdirektor des Baltimore General Hospital trat in Dr. Howard Austins Büro. „Haben Sie eine Minute Zeit für mich?"

„Nein." Er wollte nicht gestört werden. Die Vorbereitungen für seine Abreise waren umfangreicher, als Howard Austin erwartet hatte.

Doch der Verwaltungsdirektor rührte sich nicht. Seine normalerweise unerschütterliche Ruhe schien ihn verlassen zu haben. „Ich habe Ihnen doch gesagt, Sie sollen alles so lassen, wie es ist. Wir werden das Büro einfach schließen, bis Sie wiederkommen."

Howard sprach die Worte aus, die ihm schon lange auf der Zunge lagen und ihm die Kehle abdrückten, bis er kaum noch Luft bekam. „Und wenn ich nun nicht zurückkomme?"

Anstatt ihm zu widersprechen, sackte der Verwaltungsdirektor in sich zusammen. „Howard, ich weiß, es ist ein äußerst ungünstiger Zeitpunkt, aber ich möchte Sie um einen Gefallen bitten."

„Sie machen Witze."

„Ich wünschte, es wäre so."

„Mein Zug fährt in genau," er warf einen Blick auf seine Uhr, „vier Stunden."

Doch der Verwaltungsdirektor gab nicht klein bei. „Es geht um das Baby, dem Sie gestern morgen auf die Welt geholfen haben."

„Das Grimes-Mädchen?" Er wandte nun dem Mann in der Tür seine Aufmerksamkeit zu. „Was ist mit ihr?"

„Schon seit geraumer Zeit stehen wir in Kontakt mit einem Ehepaar, das ein kleines Mädchen adoptieren möchte." Jetzt war es an dem Verwaltungsdirektor, Howards Blick auszuweichen. „Sie möchten mit dem Arzt sprechen, der die Frau vor und während der Geburt betreut hat. Sie bestehen darauf."

Howard hielt in seiner Bewegung inne und fragte: „Und was verschweigen Sie mir?"

„Dieses Ehepaar", fuhr der Verwaltungsdirektor seufzend fort, „sie sind, nun ..."

„Reich", beendete Howard mit tonloser Stimme den Satz.

„Sie wissen doch, wie dringend wir auf Spenden angewiesen sind, um weitermachen und neue Instrumente kaufen zu können", erwiderte der Verwaltungsdirektor mit erhobener Stimme. „Sie haben angeboten, uns beim Bau des neuen Trakts finanziell zu helfen, wenn wir ihnen ein passendes Baby beschaffen können."

Ein *passendes* Baby.

„Wieviel?"

„Eine halbe Million Dollar", erwiderte der Verwaltungsdirektor ehrfürchtig. „Es sind keine Bedingungen daran geknüpft."

Richtig, keine Bedingungen - außer einem Baby.

Howard erhob sich und schritt zur Tür. Trotz allem, was ihm bevorstand, wollte er das Paar sehr gern kennenlernen. Er fühlte sich Martha und ihrem Baby verpflichtet. Das Baby, das zu sehen sie sich geweigert hatte. Sie wußte, wenn sie ihr kleines Mädchen erst einmal im Arm gehalten haben würde, würde sie es nie fortgeben können. Das Ganze wäre sehr viel leichter für sie, wenn sie wüßte, daß für das Kind ein guter Platz gefunden wurde. „Wo sind sie?"

Die Eingangshalle stammte noch aus einer früheren Zeit; es war ein hohes Steingewölbe mit Messinglampen. Die Marmorböden waren abgelaufen, die Holzwände, früher sicher einmal prächtig anzusehen, wirkten jetzt verblaßt und mußten dringend gestrichen werden. Howard blieb auf halbem Weg auf der Treppe stehen, als er draußen den Rolls Royce erblickte. Unmittelbar vor dem Portal stand ein Chauffeur in Uniform geduldig neben dem langen Fahrzeug.

Der Verwaltungsdirektor trat an ihn heran und fragte nervös: „Was ist los?“

„Nichts.“ Howard setzte sich wieder in Bewegung. „Wir wollen es hinter uns bringen.“

Viel zu schnell eilte er durch den langen Korridor; so hatte er kaum Zeit, sich ein Bild von diesem Ehepaar zu machen. Wie würde es sein? Alt? Jung? Dunkel? Hell? Groß? Klein? Wohin gab er nur Marthas kleines Mädchen?

Der Verwaltungsdirektor stieß eine Tür auf, und Howard stand den zukünftigen Eltern gegenüber. Ein kurzer Blick genügte. Sein Magen krampfte sich zusammen. Die Frau war hochaufgerichtet und kalt wie die Freiheitsstatue. Sie hielt sich an der Seite ihres Mannes und betrachtete das Baby mit einem Ausdruck höchster Verwirrung. Der Mann war groß, grauhaarig und herzlich. Sein Gesicht verriet unbändige Freude, als er das kleine Bündel ungeschickt, aber zärtlich im Arm hielt.

Beim Geräusch seiner Schritte versteifte sich die Frau noch mehr. „Lawrence.“

„Was, oh - ausgezeichnet.“ Der große Mann machte einen Schritt nach vorn. „Sie sind der Arzt?“

„Das stimmt. Howard Austin.“

„Ich bin Lawrence Rothmore. Das ist meine Frau Abigail.“

„Sehr erfreut.“ Die Frau sprach genauso kühl, wie sie sich verhielt. Während sie ihre Nerzstola um ihren Hals ordnete, war ihre doppelreihige Perlenkette zu sehen, und der Diamant an ihrem Finger funkelte im Licht. „Meinst du nicht, wir sollten allein mit dem Doktor sprechen, Lieber?“

„Sicher, sicher.“ Er lächelte den Verwaltungsdirektor herzlich an. „Sie haben doch nichts dagegen, wenn wir uns mit dem Doc einmal ausführlich unterhalten, nicht? Es tut mir leid, Doc, ich habe Ihren Namen schon wieder vergessen.“

„Austin. Howard Austin.“

„Nein, nein, natürlich nicht.“ Der Verwaltungsdirektor verbeugte sich vor dem Ehepaar und blickte Howard flehentlich an. Dann ging er rückwärts aus dem Raum. „Ich bin in meinem Büro."

Die Frau wandte nun Howard ihre ganze Aufmerksamkeit zu. „Doktor, können Sie uns versichern, daß dieses Baby für uns passend ist?"

Ihre Direktheit ließ ihn nach Luft schnappen. „Wie bitte?"

„Für uns passend", wiederholte die Frau und legte besondere Betonung auf das Wort „passend". „Ein Baby, das zu uns paßt. Nicht eines von - nun, verzeihen Sie, Doktor, aber wir wissen doch überhaupt nichts über die Familie, oder?"

„Abigail", sagte ihr Mann sehr ruhig. Seine Aufmerksamkeit blieb auf das winzige Kind in seinen Armen gerichtet. „Der Verwaltungsdirektor hat uns doch bereits gesagt –"

„Der Verwaltungsdirektor will unser Geld", erwiderte sie kurz angebunden. „Es ist doch durchaus verständlich, daß ich wissen möchte, ob unser Baby gesund ist und von Eltern abstammt, die nicht, nun ja, aus asozialen Verhältnissen stammen."

Howard konnte nur mit Mühe seine Verärgerung im Zaum halten. „Die Mutter des Babys ist eine der nettesten Frauen, die ich je kennengelernt habe."

Abigail Rothmore zuckte unter dem Blick des Arztes kurz zusammen, hatte sich aber sofort wieder im Griff. „Und der Vater?" fragte sie.

„Sergeant Harry Grimes", begann Howard Austin und brach sofort ab. Er hatte eine der wichtigsten Regeln bei einer Adoption gebrochen, die lautete, daß man den Adoptiveltern niemals den Namen der leiblichen Eltern verraten sollte.

„Ja, Doktor?"

Howard Austin seufzte. *Schreib es dem Streß und der Anspannung des heutigen Tages zu,* sagte er sich. „Er wurde an der Front in Nordafrika getötet."

„Hey, das ist schwer." Bei dieser Information hob Lawrence Rothmore den bereits ergrauenden Kopf. Er war schon etwas älter, etwa zwanzig Jahre älter als seine Frau. Ungeheucheltes Mitleid war seinem Gesicht zu entnehmen. „Wie kommt die Mutter damit klar?"

„Nicht sehr gut." Im Verhalten des Mannes lag eine Aufrichtigkeit, die der Frau fehlte. Howard richtete seine Aufmerksamkeit deshalb auf Lawrence Rothmore. Das war leichter, als sich zu gestatten, an Martha Grimes zu denken, die oben in einem Privatzimmer lag. Sie war von der Entbindungsstation verlegt worden, weil ihr Schluchzen die anderen Mütter und die Neugeborenen unruhig gemacht hatte. „Gar nicht gut. Sie ist jung und hat das Gefühl, die Verantwortung für das Kind allein nicht übernehmen zu können. Aber das macht es ihr keineswegs leichter, Katie zur Adoption freizugeben."

„Es tut mir wirklich leid, das zu hören." Die Stimme des Mannes war sehr angenehm und herzlich. „Können wir vielleicht helfen?"

„Es tut mir leid", unterbrach ihn Abigail. „Sagten Sie, der Name des Kindes sei Katie?"

„Nett, daß Sie das anbieten", erwiderte Howard auf die Frage des Mannes, „aber es ist so, daß ich sogar das Gesetz gebrochen habe, indem ich den Namen des Vaters erwähnte. Außerdem wird sie sehr wahrscheinlich eine Kriegsrente bekommen." Daraufhin wandte er sich an Abigail und fuhr fort: „Die leibliche Mutter hat ihr den Namen Katherine gegeben. Aber sie haben natürlich das Recht, ihn zu ändern, sofern Sie das wünschen. Auf der Geburtsurkunde werden Sie als die leiblichen Eltern stehen."

Die beiden Rothmores wirkten erleichtert. Lawrence Rothmore ergriff als erster das Wort. „Mir gefällt der Gedanke, daß Katie uns für ihre richtigen Eltern halten wird."

Howard fiel auf, daß der Mann ein ungesundes Aussehen hatte. Zuviel gutes Essen, zu hoher Blutdruck und nicht genügend Bewegung. Ganz sicher ein zukünftiger Herzpatient. „Das liegt vollkommen bei Ihnen."

„Eines möchte ich von vornherein klarstellen", sagte die Frau. Sie hatte ihre kühle Distanziertheit wieder vollkommen zurückgewonnen. „Sie sagen, es sei unmöglich, daß irgendein lästiger Journalist irgendwann in der Zukunft Einzelheiten über ihre Herkunft ausgräbt?"

„Absolut", erwiderte Howard. Er konnte sie sehr gut verstehen. „Wenn Sie vor aller Welt verkünden wollen, daß Sie dieses Kind geboren haben, so können Sie das ohne weiteres tun."

„Genau wie Crawley uns gesagt hat. Das Geheimnis lebt und stirbt mit uns", schloß Lawrence. Erklärend wandte er sich an den Arzt: „Mr. Crawley ist unser Rechtsberater. Der Cousin meiner Frau."

Abigail ließ sich ihre Perlen durch die Finger gleiten und murmelte: „Ich bin trotzdem der Meinung, wir würden uns besser einen passenden männlichen Erben suchen."

„Das haben wir doch schon alles durchdiskutiert", erwiderte Lawrence und drückte das Baby noch fester an sich. „Wenn du ein zweites Kind adoptieren möchtest –"

„Das steht vollkommen außer Frage." Abigails Tonfall ließ erkennen, daß diese Entscheidung längst getroffen war.

„Ich möchte eine Tochter." In seiner Stimme lag plötzlich eine Autorität, die erahnen ließ, wie er es geschafft hatte, sich an die Spitze der Geschäftswelt zu arbeiten. „Und das ist mein letztes Wort."

Abigail öffnete den Mund, überlegte es sich dann jedoch anders und gab klein bei. „Gut", sagte sie. „aber dieser Name, Katie, das geht einfach nicht. Ich meine, wirklich, er ist zu – nun, zu gewöhnlich."

So schnell, wie sich die Autorität des Mannes gezeigt hatte, so schnell war sie auch wieder verschwunden. Lawrence Rothmore wandte seine Aufmerksamkeit wieder dem kleinen Bündel in seinen Armen zu, und seine Gesichtszüge wurden weicher. „Welchen Namen hast du im Sinn?"

„Sabrina", verkündete Abigail. „Das war der Name meiner Großmutter mütterlicherseits, wie du weißt. Und Elisabeth von meiner Mutter."

„Sabrina Elisabeth Rothmore." Er nickte. „Das gefällt mir."

Howard Austin warf einen Blick auf seine Uhr und fuhr zusammen. Wo war nur die Zeit geblieben? „Wenn Sie dann bitte in das Büro des Verwaltungsdirektors hinübergehen. Dort wird er Ihnen die Papiere zur Unterschrift vorlegen."

„Ja, er sagte, Sie würden noch heute abreisen, um Ihren einjährigen Militärdienst abzuleisten. Haben Sie eine Ahnung, wo Sie hingeschickt werden?"

„Drei Monate Dienst auf einem Lazarettschiff – danach ist alles offen."

„Na dann, viel Glück, Doc. Und danke. Vielen Dank."

Howard nahm die Hand des Mannes und nickte der Frau flüchtig zu. Dann rannte er die Treppe hoch. Doch anstatt in sein Büro zurückzukehren, wo sich die unerledigte Arbeit häufte, ging er weiter zu dem Zimmer, in dem Martha Grimes lag. Das war das Mindeste, was er tun konnte, ein letztes Geschenk an eine Frau, für die er so gern mehr getan hätte. Sehr viel mehr.

Vielleicht würde es ihr helfen zu erfahren, daß die kleine Sabrina Rothmore alles bekommen würde, was Martha selbst ihr nicht geben konnte.

2

„Also, Bertie, wag' es nicht, sie fallen zu lassen."

„Nein, Miss Sabrina, das würde mir nicht im Traum einfallen." Bertrand Ames schloß die große Eichentür des Hauses, was angesichts der Last, die er trug, sehr schwierig war. Er drehte sich halb um, um zu sehen, ob Sabrina Rothmore, knapp drei Jahre alt, mit den breiten Stufen klarkam. Denn ihre beiden Teddys waren so groß, daß sie die Stufen nicht mehr sehen konnte. „Sei du nur vorsichtig", warnte er sie.

Wenn jemand Bertrand Ames gesagt hätte, daß zu seinem Job auch die Verantwortung für das Wohlergehen einer Puppe, dreier Stoffhasen und eines riesengroßen rosa Elefanten gehören würde, hätte er seine Bewerbung auf der Stelle zurückgezogen. Doch dazu war es nun zu spät. Sehr langsam stieg er die geschwungene Vordertreppe hinunter, um zur Stelle zu sein, sollte seine kleine Schutzbefohlene das Gleichgewicht verlieren. Die Puppe und die Stofftiere hielt er fest an die Jacke seiner makellosen Uniform gedrückt.

In diesem Augenblick bog Jim, der Gärtner, um die Ecke des Hauses. Wie alle anderen Dienstboten war Jim Bertrand Ames unmittelbar unterstellt. Jim war ein hervorragender Gärtner, im Umgang allerdings recht schwierig. Er verfügte über einen schnellen Verstand und beklagte sich bei jedem Atemzug. Daß Bertrand Ames und seine Frau wie alle Hausangestellten relativ neu im Rothmore-Haushalt waren, wirkte sich in dieser Beziehung auch nicht gerade positiv aus. Aus irgendeinem unbekannten Grund war drei Jahre zuvor das gesamte Personal entlassen und neue Leute eingestellt worden. Bertrand und seine Frau waren kurz danach in den Rothmore-Haushalt gekommen. Manchmal hatte Bertrand deshalb noch immer das Gefühl, seine Autorität und Position stärken zu müssen.

Es wäre dem Gärtner zuzutrauen, wenn er sich sofort nach der Begegnung in die Küche begeben und sich dort über Bertrand lustig machen würde. Ein wichtiger Bestandteil seiner, Bertrands, Position war seine Würde.

Bertrand erfüllte im Rothmore-Haushalt drei Aufgaben - die des Butlers, des Chauffeurs, und außerdem war ihm das gesamte Personal unterstellt. Er bewältigte diese Aufgaben, indem er sich bereits vor Sonnenaufgang erhob, den ganzen Tag über hart arbeitete und zu den anderen Hausangestellten Distanz wahrte. Ständig trug er ein mißbilligendes Stirnrunzeln zur Schau. Als Jim auf sie zukam, bereitete sich Bertrand innerlich auf eine kühle Antwort auf eventuelle Bemerkungen bezüglich seiner ungewöhnlichen Last vor.

Aber Jim beachtete ihn überhaupt nicht. Statt dessen zog er seine alte Kappe und verbeugte sich leicht. „Morgen, Miss Sabrina. Ein wunderbarer Tag für einen Ausflug."

„Ich nehme Mr. und Mrs. Teddy auf eine Ausfahrt mit", verkündete sie.

„Na, wenn das nicht großartig ist." Er eilte zu dem funkelnden Rolls Royce und öffnete die Beifahrertür.

„Bertie trägt alle ihre Freunde, damit sie sich nicht einsam fühlen", fuhr Sabrina fort.

Bei dieser Bemerkung zuckte Bertrand zusammen. Nur Maggie, seine Frau und Köchin der Rothmores, nannte ihn Bertie. Aber wie alle anderen Dienstboten auch hatte Maggie ihr Herz schon längst an den Charme dieses Kindes verloren. Ihre Kinder waren bereits erwachsen und führten ihr eigenes Leben.

Bertrand bereitete sich innerlich darauf vor, mit kühler Stimme auf die beißende Bemerkung zu antworten, die Jim sicherlich machen würde, doch sehr zu seinem Erstaunen nickte der Gärtner nur zustimmend. „Es ist immer gut, seine Freunde bei sich zu haben."

Bertrand trat vor und setzte seine Last auf das weiche Leder des Vordersitzes. Sabrina reichte ihm die Teddys. „Vielen Dank, Bertie."

Der Gärtner hatte nur Augen für das kleine Mädchen. Eifrig fragte er: „Kann ich etwas für Sie tun, Miss Sabrina?"

Sie dachte eine Weile nach. „Ihnen könnte ein wenig kalt werden."

„Im Kofferraum befindet sich eine Decke", meinte Bertrand sarkastisch und reichte Jim den Schlüssel.

„Genau." Der alte Mann eilte nach hinten und kam mit einer karierten Alpakadecke wieder. „Soll ich sie zudecken?"

Bertrand griff hinüber. „Ich mache das schon, danke."

„Aber ich habe sie geholt."

„Das reicht jetzt, James." Nach einer kurzen Auseinandersetzung gewann der Ranghöhere, und Bertrand hatte das Privileg, die Decke über die pelzigen Passagiere zu legen. Er trat zurück und richtete sich auf. „Ist das so in Ordnung, Miss Sabrina?"

Sich das Arrangement anzusehen bedeutete für das kleine Mädchen, auf das Trittbrett des Rolls zu steigen und hineinzusehen. Dabei flog ihr kurzes Röckchen hoch und offenbarte die blauen Bänder an ihrem Höschen, die genau zu den Bändern in ihrem blonden Haar paßten. „Hat Mrs. Teddy auch genug Platz zum Atmen?"

Jim und Bertrand stellten sich hinter Sabrina und betrachteten die Passagiere kritisch, bevor Bertrand den rosa Elefanten näher zum Fahrersitz rückte. Daraufhin verkündete er feierlich: „Ich bin sicher, Mrs. Teddy hat es jetzt sehr bequem, Miss Sabrina."

„Jawohl", stimmte Jim zu. „Sieht prima aus." Er zog sich zurück und wartete, bis Sabrina vom Trittbrett heruntergestiegen war und ihr Röckchen glattgestrichen hatte. Dann fragte er: „Ich glaube, ich habe etwas von einem großen Tag gehört, der bevorsteht, Miss Sabrina."

„Mein Geburtstag", verkündete sie stolz. „Mama sagt, wir werden eine Party veranstalten."

Bertrand wollte den Gärtner wegschicken, doch das Funkeln in den Augen des Mannes hielt ihn zurück. Mit großer Zuneigung in der Stimme sagte er: „Eine Party. Wenn das nicht toll ist. Wird es vielleicht eine Gartenparty?"

Sabrina schien diese Frage zu verwirren, und Bertrand antwortete: „Vielleicht, wenn das Wetter schön ist."

„Dann sollten Sie zu mir herauskommen und mir zeigen, wo Sie mit Ihren Gästen feiern wollen", sagte Jim eifrig. „Vielleicht kann ich ein paar hübsche Blumen dorthin pflanzen, um alles schön zu machen."

Bertrand konnte nur mit Mühe ein Lächeln unterdrücken. Der Gärtner hatte immer tausend Entschuldigungen, um sich vor zusätzlicher Arbeit zu drücken. Aber das gesamte Personal reagierte so auf das kleine Mädchen. Sabrina hatte etwas Besonderes an sich; es war, als würde schon in so jungen Jahren ein Licht von innen heraus strahlen, das das Leben aller Menschen in ihrer Nähe erhellte. Das hieß, aller, außer –

„Ah gut, da sind Sie ja. Wenigstens einmal sind Sie rechtzeitig fertig." Vorsichtig stieg Mrs. Rothmore auf ihren hohen Absätzen die Treppe hinunter. „James, die Blumen in der Halle verwelken bereits."

„Wir haben gerade darüber gesprochen, Mrs. Rothmore." Der Gärtner stellte sich so, daß der Butler unbemerkt die Decke über die Passagiere auf dem Vordersitz breiten konnte. „Ich denke, die Rosen sind jetzt soweit."

Sie entließ ihn mit einer Geste ihrer behandschuhten Hand und betrachtete ihr kleines Mädchen. „Dreh dich einmal und laß dich anschauen, Kind. Na ja, es sieht so aus, als hättest du es wenigstens einmal geschafft, sauber zu bleiben. Sehr gut, Bertrand, Sie können die Tür öffnen."

„Sehr wohl, Madam." Er verbeugte sich tiefer, als notwendig gewesen wäre, weil er nur so die Wut verbergen konnte, die in ihm hochstieg, als er sah, wie das Kind unter dem strengen Blick seiner Mutter erstarrte. Als beide im Fond saßen, schloß er die Tür und fand sich dem Gärtner gegenüber. Jim beobachtete Sabrina noch immer durch das Wagenfenster. Er fing Bertrands Blick auf und verzog leicht das Gesicht, bevor er sich abwandte.

Während Bertrand zur Fahrerseite hinüberging, dachte er darüber nach, daß er und Maggie nur zwei Gründe dafür hatten, daß sie Abigail Rothmore ertrugen: ihren Mann und ihre Tochter.

Bevor er den Wagen angelassen hatte, war Abigail schon wieder dabei, ihre endlose Litanei von Anweisungen zu geben. „Sitz gerade, Kind. Streich deinen Rock glatt. Und sieh dir nur dein Haar an. Wie um alles in der Welt schaffst du es nur ..."

„Wohin, Madam?" fragte Bertrand etwas bissiger als nötig gewesen wäre.

„Was? Ach so, zur Tanzschule natürlich. Es ist Donnerstag." Doch seine Frage hatte den gewünschten Effekt und lenkte Abigail davon ab, noch mehr an dem kleinen Mädchen herumzukritisieren.

„Ich mag das Ballett nicht", sagte Sabrina leise. „Meine Zehen tun dabei so weh."

„Ich habe dir schon hundertmal gesagt, daß dir das Tanzen die richtige Körperhaltung vermittelt und deine Liebe zur Musik fördert. Außerdem lernst du dort Leute aus unseren Kreisen kennen."

„Ich habe keine Freunde dort", beharrte Sabrina leise.

„Natürlich hast du. Ich habe gehört, daß die Crawleys ihre süße Tochter auch dorthin schicken. Sie wird dir bestimmt eine gute Freundin sein."

„Ich mag Emily Crawley nicht", sagte Sabrina. Ihre Stimme war beinahe unhörbar. „Sie ist gemein zu mir."

„Unsinn. Emily Crawley kommt aus einer der besten Familien in Chevy Chase. Ganz zu schweigen von der Tatsache, daß ihr Vater im Aufsichtsrat von Rothmore sitzt. Wenn auch die Vorstellung, daß er in seinem Alter noch eine Tochter hat, absolut skandalös ist." Ungeduldig trommelte Abigail mit den Fingern auf die Armlehne. „Bertrand, ich bin in der Stadt zum Lunch verabredet. Sie werden mich absetzen, danach zurückfahren, Sabrina abholen und sie nach Hause bringen."

„Sehr wohl, Mrs. Rothmore." Wenigstens etwas, auf das er sich freuen konnte. Sabrina saß so gern vorn neben ihm, eines ihrer Tiere im Arm und stellte ihm alle die Fragen, die sie für sich behielt, wenn ihre Mutter in der Nähe war. Bertrand hatte noch nie ein Kind ihres Alters gesehen, das so klug und wißbegierig war.

Doch ihrer Mutter konnte sie nichts recht machen. „Nanny sagt, daß du endlich das ganze Alphabet gelernt hast."

„Ja, Mutter." Eifrig fuhr sie fort: „Soll ich es dir sagen?"

„Aufsagen, Kind, aufsagen. Du mußt wirklich lernen, dich besser auszudrücken. Und nein, es reicht mir vollkommen, ausnahmsweise einmal einen positiven Bericht von deiner Nanny zu bekommen."

Bertrand biß die Zähne zusammen, während er das kleine Mädchen im Rückspiegel beobachtete. Sabrina trat frustriert mit dem Fuß auf und sagte: „Ich wünschte, ich würde einen kleinen Bruder bekommen."

Abigail blickte ihre Tochter entsetzt an. „Wie um alles in der Welt kommst du auf so etwas?"

„Maggie hat erzählt, daß ihre Tochter gerade ein Baby bekommen hat. Einen kleinen Jungen. Können wir nicht auch einen bekommen, Mama? Bitte?"

„Keinesfalls. Das steht außer Frage. Mit dir habe ich schon mehr als genug zu tun. Ach hör doch endlich auf, mit den Beinen zu schwingen, Sabrina. Kannst du denn nicht einen Augenblick lang still sitzen?"

Bertrand tat das Herz weh, als er sah, wie sie zu einem Schatten des fröhlichen kleinen Mädchens zusammensank, das vorher mit ihnen geplaudert hatte. Aber Abigail war noch nicht fertig. „Du mußt wirklich aufhören, unsere Angestellten so zu behandeln, als würden sie zur Familie gehören. Es gehört sich einfach nicht, die Köchin beim Vornamen zu nennen."

„Aber sie ist ... sie ist doch meine beste Freundin", protestierte Sabrina.

„Sag nicht solchen Unsinn. Dienstboten sind keine Freunde. Du bist eine junge Dame aus der ersten Gesellschaftsschicht, und du mußt lernen, dich entsprechend zu verhalten. Ich verstehe nicht, warum es zuviel verlangt ist, wenn ich von dir erwarte, daß du wenigstens ein wenig Dankbarkeit zeigst für das, was wir dir geben."

„Vielen Dank, Mama", sagte Sabrina tonlos.

„Das ist schon besser." Abigail Rothmore strich ihren Rock glatt. Die Sonnenstrahlen fingen sich in den Diamanten in ihrem Armreifen und warfen kleine Regenbogen in das Innere des Wagens. „Wenn du nur lernen könntest, dich deiner sozialen Stellung gemäß zu verhalten, wäre ich schon zufrieden."

Sabrinas Lippen zitterten einen Augenblick, aber sie brachte sie wieder unter Kontrolle. Als ihre Mutter zum Fenster hinaussah, fuhr sich Sabrina schnell über die Augen. Sie hob den Blick, und Bertrand legte alle Wärme, die er aufbringen konnte, in das Lächeln, das er ihr im Rückspiegel zuwarf. In diesem Augenblick beschloß er, ihr später ihre Lieblingsspeise zu kaufen, Kakao und Tierkräcker. Sie würden auf dem Heimweg bei dem Süßwarenladen anhalten, auch wenn Maggie ihm dann vorhalten würde, daß das Kind keinen Appetit hatte. Er würde alles dafür tun, das kleine Mädchen wieder lächeln zu sehen.

Howard Austin nahm das Stethoskop vom Hals und steckte es in seine schwarze Tasche. Er zwang sich zu einem fröhlichen Tonfall. „Fit wie ein Turnschuh, das Herz so stark wie das eines Maulesels. Nichts wird unseren Harry lange niederwerfen. Ich möchte, daß du anfängst, mit nur einem Stock zu laufen - probier mal, wie weit du es schaffst."

Harry nickte schweigend, doch sein Gesichtsausdruck veränderte sich nicht. Als er nach Hause gekommen war, war er nur noch Haut und Knochen gewesen, doch allmählich nahm er wieder etwas an Gewicht zu. Sein Bein heilte gut, aber sein Blick war leer und seine Stimme tonlos. Er war sehr schweigsam geworden, und im Augenblick beschloß er, gar nichts zu sagen.

Während Howard zur Tür ging, überlegte er sich noch eine fröhliche Bemerkung zum Abschied. Ihm fiel jedoch nur das ein, was alle in diesem Sommer beschäftigte. „Sieht so aus, als hätten wir es geschafft, die Japsen endgültig zum Rückzug zu bewegen. Jetzt kann es nicht mehr lange dauern."

Harry blickte von seinem Stuhl auf. Er stand unmittelbar neben dem Fenster im Schlafzimmer, um auch die kleinste Brise mitzubekommen, die an diesem schwülwarmen Morgen wehte. Das Sonnenlicht fiel durch die Spitzengardinen auf sein Gesicht. Die Worte, die er jetzt sprach, waren emotionsgeladen.

„Ich wünschte, ich wäre jetzt bei ihnen, Doc. Da gehöre ich hin. Die Armee ist das einzige, was mir je Spaß gemacht hat."

„Du gehörst hierher zu deiner Familie", erwiderte Howard. Er hatte das Gefühl, daß sein Lächeln genauso falsch war wie sein herzlicher Tonfall.

„Amerikas große Stunde", murmelte Harry, als hätte er die Worte des Arztes gar nicht gehört. „Und ich sitze hier auf diesem Stuhl mit einem verkrüppelten Bein."

„Du hast deinen Beitrag geleistet", beharrte Howard eigentlich nur deshalb, weil Martha neben ihm stand und nicht, weil er der Meinung war, seine Worte würden etwas bewirken. „Jetzt bist du zu Hause. Viele unserer Jungs wünschen sich an deine Stelle. Und dein Bein wurde sogar gerettet. Zähl dich zu den Glücklichen, Harry."

Als Harry nicht antwortete, verließ Howard das Zimmer. An Martha gewandt, meinte er: „Du mußt mich nicht zur Tür begleiten."

Aber Martha Grimes legte eine Hand in den Rücken, wodurch ihr Bauch noch weiter hervortrat, und ging langsam hinter ihm her. Sie war noch immer sehr schlank, und dieses zweite Baby lag sehr tief. Zwei Wochen noch bis zum Termin. Howard fragte sich, ob ihr dicker Bauch vielleicht auf Zwillinge hindeutete. Erst nachdem sich die Fliegengittertür hinter ihnen geschlossen hatte, sprach sie. „Es wird nicht besser mit ihm."

„Natürlich geht es ihm schon besser."

„Sogar wenn einer seiner alten Kameraden vorbeikommt, sitzt Harry nur tatenlos herum. Er hat keine Energie mehr."

„Gib ihm Zeit, Martha."

„Und wenn er mal redet, dann nur von der Armee. Wie sehr er sie vermißt. Wie sehr er sein Bein haßt. Daß seine Verletzung ihm den Weg zu dem einzigen Beruf versperrt, der ihm je gefallen hat." Sie seufzte tief und fuhr sich abwesend mit der Hand über den Bauch. „Wenn man ihn reden hört, war die Armee eine Berufung für ihn, so wie andere sich zum Arzt berufen fühlen oder zu etwas anderem Wichtigen."

„Es ist auch wichtig - oder war es zumindest", erwiderte Howard Austin. „Zumindest für Harry."

„Aber er trauert schon viel zu lange darüber." Ihre Hand war weiter in Bewegung, so als versuche sie, das Kind, das sie erwartete, zu trösten. „Ich weiß einfach nicht mehr, wie lange ich das noch ertragen kann, Howard."

„Hab Geduld", ermutigte Howard sie. Doch seine Worte klangen mechanisch. In letzter Zeit schien er sie fast zu häufig auszusprechen. „Sei stark. Er wird schon wieder zu sich kommen."

Martha widersprach ihm nicht, sondern betrachtete sein Gesicht. „Du hast dich auch verändert, Howard. Du hast dich zwar seit deiner Abreise rein äußerlich kaum verändert, abgesehen vielleicht von ein paar neuen Falten, aber deine Augen - sie erwecken den Eindruck, als wärst du schon hundert Jahre alt."

Er versuchte nicht, das zu leugnen. Aus irgendeinem Haus dröhnte Marschmusik aus dem Radio. In einem anderen Haus wurde gefeiert, und das um fünf Uhr nachmittags. Anscheinend wurde seit der Kapitulation der Deutschen drei Monate zuvor in ganz Baltimore nur noch gefeiert. „Er hat viel durchgemacht, Martha. Er braucht Zeit, um das zu überwinden. Die Narben an seinem Körper sind deutlich zu erkennen. Sie werden immer da sein; es tut mir leid, das sagen zu müssen. Aber die Narben in seinem Innern, wer weiß, wie lange ..." Howard sprach den Satz nicht zu Ende. Martha mußte nicht unbedingt alle Einzelheiten wissen.

Howard erinnerte sich an das einzige Mal, als Harry, nachdem er aus Nordafrika nach Hause gekommen war, die Mauer eingerissen hatte, mit der er sich umgab. Enttäuschung, Wut und Bitterkeit waren von den Lippen eines gebrochenen Mannes gesprudelt. Howard hatte hilflos und schweigend daneben gestanden und den Anklagen zugehört, die Harry damals gegen Martha vorbrachte, weil sie sein Kind weggegeben hatte. Er wollte ihre Tochter zurückhaben, das hatte er immer und immer wieder gerufen. Er wollte sein Baby haben. Harry hatte hemmungslos geschluchzt, als Howard ihm gesagt hatte, daß es keinen Weg gab, das Geschehene rückgängig zu machen. Es war eine häßliche Szene gewesen, und Howard hatte danach Alpträume gehabt.

Danach hatte Harry nie wieder von seinem verlorenen Kind gesprochen.

„Er sitzt einfach nur da und starrt die Wand an", fuhr Martha fort. Es war fast so, als führte sie Selbstgespräche. „Stundenlang sagt er nicht ein einziges Wort."

Der Tausendmeter-Blick, so wurde dieses Phänomen genannt. Diesen Blick und eine Menge anderer Dinge, die er lieber vergessen würde, hatte Howard unzählige Male während seiner Zeit am Militärhospital gesehen. Er schob die Erinnerungen beiseite, die ihn plötzlich überfielen, und brachte ein gezwungenes Lächeln zustande. „Es ist doch schön, daß ich rechtzeitig zur Geburt deines zweiten Kindes wieder da bin, nicht?"

Aber Martha reagierte nicht, wie er gehofft hatte. Sie strich eine Strähne zurück, die ihr in die Stirn gefallen war. Ihr Gesicht war von der Anstrengung, eine so schwere Last tragen zu müssen, gerötet. „Sag mir die Wahrheit, Howard. Wird mein Harry jemals wieder zu mir zurückkehren?"

Howard kämpfte gegen den Wunsch an, sie in seine Arme zu ziehen. Er hatte gedacht, er hätte diese Sehnsucht nach ihr überwunden. Immerhin hatte er bei seiner Rückkehr erfahren müssen, daß Harry Grimes nicht getötet worden war. Bei der Nachricht von Harrys Rückkehr hatte Howard Austin gegen seine Bestürzung angekämpft und seine Gefühle für Martha zusammen mit all den anderen Gefühlen, die ihm der Krieg als Vermächtnis hinterlassen hatte, tief in seinem Innern verschlossen. Er wollte nicht mehr daran denken.

Doch ein einziger Blick genügte, um ihm alles wieder vor Augen stehen zu lassen.

„Martha", seufzte er. Er wünschte sich etwas, das er unmöglich bekommen konnte. „Ich kann dich nicht anlügen."

„Darum habe ich ja auch dich gefragt", erwiderte sie ruhig. „Ich brauche jemanden, der mir immer die Wahrheit sagt."

„Die Wahrheit", wiederholte Howard leise. Sein Herz tat ihm weh. Wieder einmal war er sehr froh darüber, daß er Martha vor seiner Militärzeit nicht seine Gefühle für sie gestanden und in seinen wenigen Briefen den freundschaftlichen Ton beibehalten hatte. Er hatte warten und ihr von Angesicht zu Angesicht seine Liebe gestehen wollen. Das war er ihr schuldig gewesen, wenn schon aus keinem anderen Grund, dann deshalb, weil sie bereits einen Mann im Krieg verloren hatte. So hatte er jedenfalls gedacht. Mit seiner Enttäuschung mußte er nun allein fertig werden. „Die Wahrheit ist, daß dein Mann zu Hause ist."

„Tatsächlich?"

„Er ist mit einem relativ intakten Körper heimgekehrt. Sein Verstand ist okay, soweit ich sagen kann."

„Das scheint mir aber gar nicht so."

Ich empfinde zuviel. Immer wieder hatte er sich das gesagt, als er an der Front war. Andere Ärzte hatten ihn beiseite genommen und ihm wiederholt gesagt, er würde nicht überleben können, wenn er sich innerlich nicht härter machen würde. Howard richtete sich auf. „Martha, für Harry war der Beruf des Soldaten genau das Richtige. Das hast du mir selbst gesagt. Und jetzt muß er lernen zu akzeptieren, daß es auch außerhalb der Armee eine andere Beschäftigung für ihn geben kann. Er muß seine Wunden lecken, einen Job finden und seine Familie erhalten. Das Baby wird ihm sicher helfen zurechtzukommen."

Ihre dunkelbraunen Augen blieben fest auf sein Gesicht gerichtet. Leise fragte Martha: „Und was ist mit meinen Bedürfnissen, Howard? Ich habe zuerst meinen Mann verloren und dann mein Baby. Fast ein Jahr habe ich um beide getrauert und dachte, mein Mann würde an irgendeinem Ort mit einem seltsam klingenden Namen begraben liegen."

„El Alamein", ergänzte Howard leise. „Viele gute Männer sind von dort nicht mehr zurückgekehrt, Martha. Du solltest auf das Gute sehen."

„Das Gute." Sie verzog ihren Mund, als hätte sie etwas Bitteres gegessen. „Was ist mit meinem kleinen Mädchen? Ich träume von ihr, mußt du wissen. Nach dieser ganzen Zeit wache ich auf und frage mich, wo sie ist, und ich habe das Gefühl, mein Herz würde brechen."

„Ein Segen ist das Kind, das du jetzt erwartest", fuhr Howard entschlossen fort. Er kämpfte gegen den Drang an, ihr von Harrys Verbitterung über den Verlust seiner Tochter zu erzählen. Es würde nichts bewirken, außer vielleicht, seine eigenen Nächte ruhiger werden lassen. „Ein Segen ist auch, daß dein Mann vom Krieg nach Hause gekommen ist."

Sie starrte ihn unverwandt an. „Sag mir, wo mein Baby ist, Howard. Ich flehe dich an."

„Zum letzten Mal, Martha, das kann ich nicht. Und selbst wenn ich es könnte, es würde nichts bringen. Das Kind gehört ihnen. Und das ist endgültig." Er tippte sich an den Hut und drehte sich um. „Wir sehen uns morgen oder so. Ruf mich an, wenn irgendwelche Veränderungen eintreten."

Schnellen Schrittes marschierte Howard den Bürgersteig entlang. An der Ecke drehte er sich noch einmal kurz um und winkte. An der Kreuzung zur Hauptverkehrsstraße stand ein junger Mann mit Zeitungen, der die neusten Nachrichten über den Krieg hinausrief, doch Howard hörte ihm gar nicht zu.

Ich empfinde zuviel, sagte sich Howard erneut, als er niedergeschlagen in sich zusammensank. Das war ein Fehler, den er wirklich überwinden mußte.

3

Sabrina kam um die Ecke gerannt. Mit der einen Hand umklammerte sie ihre Lederschultasche, mit der anderen hielt sie ihren Hut fest. Ihr langes, dunkelblondes Haar und die blauen Bänder des Hutes wehten im Wind, während sie zum Wagen rannte. Ihre dunkelbraunen Augen funkelten erwartungsvoll.

Der Chauffeur stand steif neben der Wagentür und wartete auf sie. „Es tut mir leid, Bertie", keuchte sie atemlos, „aber Miss Pincushion hat mich nach dem Unterricht noch aufgehalten."

Bertrand öffnete die Beifahrertür. Mit betrübter Stimme sagte er: „Ich wünschte wirklich, Sie würden mir erlauben, vor der Schule auf Sie zu warten, Miss Sabrina."

Beim Anblick der geöffneten Beifahrertür stieß Sabrina einen kleinen Freudenruf aus. Doch schnell faßte sie sich wieder. Sie warf einen Blick auf den leeren Rücksitz und fragte: „Wo ist Mutter?"

„Mrs. Rothmore fand es notwendig, zu Hause zu bleiben und sich auf ihre Wohltätigkeitsveranstaltung am Nachmittag vorzubereiten", erwiderte Bertrand steif.

„Oh Bertie, seien Sie doch nicht so." Sabrina ließ sich auf den Sitz sinken und strich sich den blauen Rock ihrer Schuluniform glatt. Als Bertrand die Tür hinter ihr schloß, gestattete sie sich ein Lächeln. Mutter konnte also doch nicht kommen. Der Tag war bereits wundervoll und würde bald noch besser werden. Ein Mittagessen ganz allein mit ihrem Vater gehörte zu den schönsten Dingen der Welt.

Als der Chauffeur seine Tür öffnete und einstieg, blickte Sabrina ihn flehentlich an. „Bertie, ich habe Ihnen doch gesagt, daß die anderen Mädchen sich über mich lustig machen, wenn sie sehen, daß Sie vor der Schule auf mich warten." Sie wurde abgelenkt, als ihr Blick auf die Uhr am Armaturenbrett fiel. „Oh, sehen Sie nur. Sie werden sich beeilen müssen. Daddy mag es nicht, wenn man ihn warten läßt."

„Ich kenne die Einstellung Ihres Vaters zu Pünktlichkeit sehr gut", erwiderte Bertrand. „Und ich bin sicher, daß die jungen Damen von St. Albans in ihrem Leben schon einmal einen Chauffeur gesehen haben."

„Jetzt klingen Sie genau wie Miss Pincushion." Miss Pincushion unterrichtete Mathematik an der exklusiven St. Albans Schule, und sie war der Fluch in Sabrinas Leben. „Aber nicht in einem *Rolls*. Und nicht so, wie Sie auf mich warten."

„Und was genau", forderte Bertrand, „ist falsch, an der Art, wie ich auf Sie warte?"

„Ach, Sie wissen schon. Sie stehen neben der Tür in Ihren Handschuhen und Ihrem Hut und alles. Sie sehen aus wie ein Soldat in Hab-Acht-Stellung."

„Ich möchte Ihnen nur den angemessenen Respekt zeigen."

„Sie sehen aus, als würden Sie auf ... auf eine Prinzessin warten." Sabrina stieß ihr melodisches Lachen aus. Dann gestand sie: „Ich möchte nur nicht, daß die anderen Mädchen Sie sehen, das ist alles."

„Aber in St. Albans gibt es doch viele junge Damen aus wohlhabendem Elternhaus, Miss Sabrina. Und wenn mich mein Gedächtnis nicht täuscht, wird die junge Miss Emily Crawley doch auch in einem Rolls abgeholt."

„Aber die anderen Mädchen, die nicht so reich sind, sind viel netter, müssen Sie wissen." Sie vermied es, ihr zweites Argument, nämlich daß Emily Crawley und ihr kaltes, hochmütiges Verhalten ihr Angst machten, zu nennen. „Wenn sie Sie sehen ... na ja, ich habe einfach Angst, daß sie mich dann nicht mögen."

„Jeder, der bei klarem Verstand ist, würde Sie mögen", erwiderte Bertrand ergeben.

„Die anderen nicht. Die, mit denen ich verkehren soll, wie

Mutter sagt. Ihnen gefällt nicht, daß ich mit ... mit jedem spreche." Mit trauriger Stimme fügte sie das Wort hinzu, mit dem Emily Crawley sie häufig beschrieb. „Sie nennen mich *gewöhnlich.*"

„Das würden sie nicht wagen", erwiderte Bertrand hitzig. „Nicht wenn Sie mir gestatten würden, vor dem Eingang auf Sie zu warten."

Sie lächelte ihn herzlich an, dann wechselte sie das Thema und griff in ihre Schultasche. „Sehen Sie nur, was ich Maggie zum Geburtstag gemacht habe."

Bertrand fuhr etwas langsamer, um einen Blick hinüber werfen zu können. Doch was er sah, brachte ihn dazu, den Wagen an den Straßenrand zu lenken und anzuhalten. „Sabrina, was soll ich dazu sagen? Es ist einfach wunderbar."

Keiner von ihnen bemerkte, daß er das „Miss" vor ihrem Vornamen vergessen hatte, ein Fehlverhalten, das Sabrinas Mutter dazu gebracht haben könnte, ihn für immer aus ihrer Nähe zu verbannen. „Das ist ein Bild in Wasserfarbe von den ‚Betenden Händen'", erklärte Sabrina. „Das ist doch Maggies Lieblingsbild."

„Erst zwölf Jahre alt und bereits eine Künstlerin." Bertrand platzte beinahe vor Stolz. „Maggie wird das sehr gefallen."

„Ich bin schon dreizehn - wissen Sie nicht mehr?" Das Gesicht des jungen Mädchens strahlte vor Freude. „Denken Sie wirklich, daß es ihr gefallen wird?"

„Ich denke es nicht nur, ich weiß es. Ich habe schon die ganze Zeit überlegt, was ich ihr schenken soll, und jetzt weiß ich es. Ich werde dieses Bild rahmen lassen."

Sabrina zog vergnügt die Schultern hoch. „Dann schenken wir ihr etwas gemeinsam."

„Das werden wir." Sie lächelten sich an, und Bertrand sah auf die Uhr. Sofort fuhr er zusammen. „Ich habe die Zeit vergessen. Wir sind schon sehr spät dran."

Aber Sabrina wirkte nicht beunruhigt. Vorsichtig packte sie das Bild wieder in ihre Schultasche, dann lehnte sie sich lächelnd zurück. „Mittagessen mit Daddy, ganz allein. Dann kann ich den ganzen Nachmittag in seinem Büro bleiben. Und wissen Sie was? Heute abend kommt *I Love Lucy.*"

Ihr behagliches Seufzen erwärmte Bertrands Herz. „Ich bin mir eigentlich sicher, daß Ihre Lieblingssendung erst morgen kommt", sagte er, während er sie aus den Augenwinkeln beobachtete.

Sabrina runzelte die Stirn, zählte an den Fingern die Wochentage ab, und erst dann bemerkte sie Bertrands neckenden Blick. „Ach Sie!"

„Da sind wir schon, Miss Sabrina", sagte Bertrand und wurde wieder formell. „Vielleicht sollten Sie überlegen –"

Doch bevor er den Satz beenden konnte, sah Sabrina sich blitzschnell um und kletterte auf den Rücksitz. Sie lehnte sich zurück, dann beugte sie sich schnell noch einmal vor und holte ihren Hut. In Windeseile richtete sie ihr Haar und strich ihr Kleid glatt, setzte den Hut auf, und schon kam der Wagen zum Stehen.

Während Sabrina geduldig darauf wartete, daß Bertrand den Motor abstellte und um den Wagen herumkam, um ihr die Tür zu öffnen, erblickte sie ihren Vater. Er stand unmittelbar hinter der Eingangstür des Rothmore-Gebäudes und sprach mit jemandem, den Sabrina nur flüchtig kannte. Dann entdeckte sie das Fahrrad, das er mit einer Hand festhielt, während er grinsend darauf wartete, daß sie zu ihm kam. Sabrina schrie entzückt auf und sprang aus dem Wagen, dessen Tür Bertrand ihr offen hielt. Ganz eindeutig war das nicht das damenhafte Benehmen, auf das ihre Mutter so großen Wert legte.

Sie rannte auf ihren Vater zu. „Du hast es bekommen! O Daddy, es ist *wundervoll!"* rief sie.

„Es ist ein *Schwinn",* verkündete Lawrence Rothmore stolz. „Kommt zwar erst im kommenden Sommer auf den Markt, aber ein Freund in der Firmenleitung hat mir das hier zukommen lassen. Ganz neu und mit einem weißen Rahmen."

„Und mit bunten Quasten. Das Silber und Blau gefällt mir hervorragend", begeisterte sie sich. „Oh Daddy, können wir es nicht ausprobieren?"

„Später, mein Schatz", sagte er und legte ihr den Arm um die Schulter, während er Bertrand heranwinkte. „Legen Sie es in den Kofferraum, ja?"

„Sehr wohl, Sir."

Sabrina sah zu, wie das Fahrrad fortgebracht wurde. „Versprichst du mir, daß du mit mir fährst, Daddy?"

„Sobald ich nach Hause komme." Er winkte einen jungen Mann heran, der sich im Hintergrund gehalten hatte. „Du erinnerst dich doch noch an Randolf Crawley, nicht?"

Sabrina verfolgte gerade äußerst eingehend, wie Bertrand das Fahrrad zum Kofferraum des Wagens schob und drehte sich dann schnell zu ihrem Vater um. Wie ihr beigebracht worden war, hob sie ihren Rock leicht an und knickste höflich. „Guten Tag, Mr. Crawley."

„Nenn mich doch Randolf." Der Bekannte ihres Vaters klang erstaunlich freundlich. „Der Altersunterschied zwischen uns ist doch gar nicht so groß."

Sie blickte ihn neugierig an. Sein Haar war von einem glänzenden Blond und ordentlich zurückgekämmt. Sein Kinn hatte ein Grübchen, seine Nase war lang und gerade, seine Zähne perfekt. In Sabrinas Augen war Randolf Crawley uralt. Mindestens vier- oder fünfundzwanzig. „Nicht?"

Ihr Vater klopfte dem jüngeren Mann auf die Schulter. „Randolf wird mein Protegé. Das ist die Idee deiner Mutter. Er hat in Yale Jura studiert. Das Versicherungsrecht wird heutzutage immer komplizierter. Außerdem werde ich auch nicht jünger und brauche starke Schultern und einen guten Verstand, der mir ein wenig von der Last abnimmt. Abigail ist der Meinung, er sei genau der Richtige dafür."

Sabrina hatte nicht alles verstanden, was gerade gesagt worden war. Aber sie mochte keinerlei Andeutungen hören, daß es ihrem Vater nicht gut gehen könnte. Und ganz bestimmt gefiel ihr nicht, wie dieser Mann sie anlächelte. „Du bist fit wie ein Turnschuh, Daddy. Das behauptest du doch immer."

Lawrence Rothmore lachte herzlich. Aber er konnte die plötzliche Röte nicht verbergen, die sein Gesicht überzog, als er aufhörte zu lachen und nach Luft schnappte. „Meine kleine Lady. Loyal bis zum Ende", keuchte er.

„Ich freue mich zu hören, daß meine kleine Schwester sich mit dir anfreundet, Sabrina", bemerkte Randolf. „Sie spricht sehr oft von dir."

„Wie nett." Sabrina benutzte den Satz, den sie ihre Mutter immer sagen hörte, wenn ihr etwas mißfiel, sie das aber nicht zeigen wollte. Die Wahrheit war, daß Sabrina sich in Emily Crawleys Nähe unwohl fühlte. Sie war genauso hübsch wie ihr älterer Bruder und führte die Gruppe der reicheren Mädchen in St. Albans an. Diese Gruppe war der Grund dafür, daß Sabrina den Eindruck hatte, nicht dazuzugehören. Die Crawleys waren entfernt mit ihrer Mutter verwandt, und Emily schien Abigails Fähigkeit zu besitzen, Sabrina den Eindruck zu vermitteln, niemals den Ansprüchen, die an sie gestellt wurden, zu genügen.

Sabrina war der Meinung, nun lange genug höflich zu Randolf Crawley gewesen zu sein. „Wo werden wir zu Mittag essen, Daddy?"

„Im Direktionszimmer natürlich, wo sonst?" Das Essen im Direktionszimmer gehörte zu ihren kleinen Ritualen, wann immer sie Zeit hatten, einmal allein miteinander zu sein. „Ich glaube, ich habe gehört, wie der Koch gesagt hat, er hätte dein Lieblingsdessert gemacht."

„Ich wette, es ist Bananencreme!"

Lawrence drückte die Schulter seiner Tochter und wandte sich an Randolf Crawley. „So etwas hast du noch nicht gesehen", prahlte er. „Meine kleine Dame braucht nur zu lächeln, und sie würde sogar die Freiheitsstatue dazu bringen, ihr ihre Fackel zu leihen."

„Daran zweifle ich nicht eine Sekunde", stimmte Randolf zu. „Ich habe gehört, wie Emily von Sabrinas Freundlichkeit berichtet hat."

Aber Lawrence hatte sich bereits abgewandt. „Komm, Prinzessin. Nach oben."

Er reichte Sabrina einen Schlüssel, ein Ritual, das sie bereits eingeführt hatten, als Sabrina noch ganz klein gewesen war. Für die Mitglieder des Direktoriums gab es einen besonderen Aufzug. Ihr Vater hatte ihr schon den Schlüssel dafür in die Hand gedrückt, als sie gerade groß genug gewesen war, um sich auf Zehenspitzen zu stellen und den Schlüssel ins Loch zu stecken. Sabrina betrat den mit Holz verkleideten Aufzug, und während sich die glänzenden Türen schlossen, erhaschte sie noch einen letzten Blick auf Randolf, der sie anlächelte. Sie fragte sich, warum ihr das so großes Unbehagen bereitete.

Als könnte er ihre Gedanken lesen, fragte Lawrence: „Und was hältst du nun von meinem neuen Protegé?"

„Ich denke, er ist - na ja, er erinnert mich an seine Schwester", antwortete sie. Sie sagte genau das, was sie dachte, was wiederum nur möglich war, wenn sie mit ihrem Vater allein war.

Lawrence lachte leise. „Bald wird er das jüngste Mitglied unseres Direktoriums sein. Er wird den Platz seines Vaters einnehmen. Als ich gerade anfing, hat der alte Crawley mir sehr geholfen. Sein Vater und der Großvater deiner Mutter waren Brüder, aber das weißt du vermutlich. Wahrscheinlich hat er es aus Loyalität zur Familie getan, aber er ist nicht schlecht damit gefahren. Im Gegenteil. Ihm gehören jetzt zehn Prozent der Firma, und außerdem steht ihm ein Sitz in unserem Direktorium zu."

Sabrina bat ihn nicht, ihr dies alles zu erklären. Sie interessierte sich nicht für Randolf Crawley. Statt dessen verkündete sie: „Maggies Katze hat sechs Junge bekommen."

„Tatsächlich!" Er betrachtete sie voller Zuneigung. „Wenn ich mich recht entsinne, hast du der Katze doch den Namen Benjamin gegeben."

Sie nickte. „Ja, das war damals, als ich noch zu klein war, um es besser zu wissen. Jetzt heißt sie Ben-Hur." Als ihr Vater erneut lachte, nahm sie allen Mut zusammen und fragte: „Daddy, denkst du, ich könnte eines der Kätzchen bekommen?"

„Keine Haustiere, mein Liebling. Das haben wir doch bereits mit deiner Mutter durchdiskutiert, als Jims Golden Retriever Junge bekommen hat."

„Oh Daddy, bitte. Sie sind so goldige, weiße Bällchen."

„Keine Haustiere", wiederholte er bedauernd, aber fest. „Deine Mutter hat ihren Standpunkt doch bereits deutlich gemacht. Es tut mir leid, Prinzessin." Er wechselte das Thema. „Sie hält wirklich viel von Randolf." Er zögerte einen Augenblick und fügte dann hinzu: „Sie hält es für eine gute Idee, wenn du ihn besser kennenlernen würdest."

Sabrina blickte ihren Vater verwirrt an. „Aber warum, Daddy?“

Aus irgendeinem Grund brachte ihn die Frage erneut zum Lachen. Er streichelte ihr seidenweiches Haar, als sich die Fahrstuhltür vor ihnen öffnete. „Ja, warum, meine Prinzessin. Warum nur.“

Joel Grimes saß auf dem Boden des elterlichen Wohnzimmers. Sein Geburtstagsgeschenk lag geöffnet vor ihm. Das Licht der untergehenden Sonne fiel durch die Fenster und entfaltete ein interessantes Spiel von Licht und Schatten. So vorsichtig er nur konnte entfaltete er das große Blatt mit den Bauplänen. Auf keinen Fall durfte er ungeduldig werden, auch wenn er so aufgeregt war, daß er kaum still sitzen konnte. Die Erfahrung hatte ihn gelehrt, daß die Pläne immer wieder aufgeschlagen werden mußten und man sehr sorgfältig darauf achten mußte, sie nach den vorgegebenen Linien zu falten, weil das Papier leicht reißen konnte, wenn es alt wurde. Und immer waren in den Falten wichtige Verbindungen zu finden, ohne die man das Modell nicht richtig zusammenbauen konnte. Darum faltete er das weiße Papier, das so groß wie eine Landkarte war, sehr vorsichtig auf, wobei er sich genau merkte, wie er vorgehen mußte, um es später wieder richtig zusammenzulegen.

Neben ihm lag das Vergrößerungsglas, das Dr. Austin, der Freund seiner Eltern, ihm zum letzten Geburtstag geschenkt hatte. Er hatte gesagt, das würde die Augen schonen. Und nun hatte er auch noch eine ganz neue Tube Kleber von seiner Großmutter bekommen. Und eine neue Rasierklinge in dem kleinen Metallhalter, den sein Vater ihm aus dem Werkzeuggeschäft mitgebracht hatte. Seine Mutter verließ stets das Zimmer, wenn er anfing, mit der Rasierklinge zu arbeiten. Sie befand sich im Augenblick in der Küche und bereitete das Essen zu seinem zehnten Geburtstag vor. Was bedeutete, daß er nur noch ein paar Minuten Zeit hatte, sich die Pläne anzusehen.

Joels Vater saß auf der anderen Seite des kleinen Wohnzimmers in ihrem Haus in Riverdale. Joel war in Baltimore geboren worden, doch schon bald darauf war die Familie in den kleinen Ort fünfzehn Meilen südlich der großen Stadt gezogen. Dies war das einzige Zuhause, das Joel kannte. Er saß auf dem Boden und beobachtete seinen Vater, der sich im Radio die Nachrichten anhörte. Der Nachrichtensprecher sprach von etwas, das er den Kalten Krieg nannte. Und von einem Mann mit Namen Nikita Chrustschow. Wann immer es in den Nachrichten um solche Sachen ging, wirkte sein Vater sehr angespannt. Er beugte sich vor und hörte interessiert zu.

Sein Vater schwieg die meiste Zeit. Wenn er von der Arbeit nach Hause kam, setzte er sich ins Wohnzimmer und redete kaum ein Wort. Sein abwesender Blick ließ darauf schließen, daß er in einer anderen Welt lebte, in einer Welt, die genau die richtige für ihn war und in der es für Joel keinen Platz gab. Er fühlte sich immer so klein, wenn er mit seinem Vater in einem Zimmer saß und genau wußte, daß dieser Mann ihn nicht sah oder überhaupt bemerkte, daß er da war.

Irgend etwas lag tief im Innern seines Vaters verborgen. Joel hatte es an diesem Morgen an die Oberfläche kommen sehen, als sein Vater nach draußen gestürmt und eine Auseinandersetzung mit dem Milchmann begonnen hatte. Die Adern an der Stirn seines Vaters waren hervorgetreten. Seine Stimme hatte wie ein wütender Peitschenhieb geklungen. Und das nur, weil beim letzten Mal ein wenig Milch gefehlt hatte. Joel hatte vor seinem Frühstück gesessen und mit einer Weisheit, die weit über seine zehn Jahre hinausging, gewußt, daß es nicht die fehlende Milch war, die seinen Vater so wütend machte.

Manchmal jedoch raffte sich sein Vater auf. Dann blickte er Joel an und sagte etwas. Joels ganze Welt schien sich zu erhellen, wenn das passierte.

Der Nachrichtensprecher gab nun die Ergebnisse der Baseballspiele bekannt, und sein Vater stellte das Radio ab. Die Senators, die Washingtoner Baseballmannschaft, stand ganz unten auf der Rangliste, und der Mannschaft aus Baltimore ging es nicht sehr viel besser. Sein Vater interessierte sich nur für Baseball, wenn die Yankees oder die Red Sox in der Stadt waren.

Harry wandte sich ihm zu und beobachtete, wie er das erste Stück aus dem Holzstreifen ausschnitt. „Was hast du da, Sportsfreund?"

„Eine B-29 Superfortress", erwiderte Joel grinsend. Sein Vater wußte es eigentlich genau, denn auf der Verpackung befand sich eine Illustration des Flugzeugs in all seiner Pracht. Es flog durch die Wolken, und seine Maschinengewehre spuckten Feuer.

„Das ist doch was, nicht?" erwiderte sein Vater ruhig. „Wie viele hast du jetzt?"

„Elf." Das Geschenk hatten seine Eltern ihm gemacht, aber Joel wußte, daß seine Mutter das Geld von ihrem Haushaltsgeld abgeknapst hatte, um es ihm kaufen zu können. Trotzdem, sein Vater kannte das Flugzeug. Er wußte gut über Flugzeuge Bescheid, denn er arbeitete auf dem Flugplatz von Baltimore als Mechaniker. Flugzeuge war eines der wenigen Themen, die von Zeit zu Zeit seine Augen zum Leuchten bringen konnten, vor allem wenn er über Militärflugzeuge sprach.

„Ich hatte noch zwei andere", erklärte Joel. „Leider habe ich sie verdorben, darum zählen sie nicht. Aber da war ich noch klein."

„Hör sich das einer an. Zehn Jahre alt, und er ist nicht mehr klein." Harry Grimes' Gesicht verzog sich zu einem schwachen Lächeln. „Kannst du denn die Bauanleitung verstehen, Sohn?"

„Ich denke schon." Sein Vater sprach das Wort „Sohn" so selten aus, daß Joel ganz aufgeregt wurde. Einer plötzlichen Eingebung folgend nahm er die Pläne auf und durchquerte das Zimmer. „Ich habe sie gelesen, aber ich weiß nicht genau, womit ich anfangen soll." Das große Blatt raschelte, als er es auf dem kleinen Tisch neben dem Sessel seines Vaters ausbreitete. Er deutete auf einen Abschnitt über der ersten Zeichnung und fragte: „Kannst du mir das erklären?"

„Aber natürlich." Harry strich den Plan glatt, blinzelte und begann langsam zu lesen und zu erklären. Joel hörte aufmerksam zu. Eigentlich brauchte er gar keine Hilfe. Er wollte nur einen Grund haben, neben seinem Vater zu stehen. Die meiste Zeit schien es, als hätte sein Vater eine unsichtbare Mauer um sich herum errichtet, die alle daran hinderte, ihm zu nahe zu kommen, sogar seinen eigenen Sohn. Joel zögerte zunächst, dann legte er langsam seine Hand auf die Schulter seines Vaters. Sie fühlte sich hart wie Stein an. Er rückte noch ein wenig näher, damit er sich gegen den Arm seines Vaters lehnen konnte.

In diesem Augenblick kam seine Mutter ins Zimmer. Als Joel sie anblickte, schien sie den Atem anzuhalten. Ihr Gesicht wurde weich. Es war so seltsam, während er an seinen Vater gelehnt stand, fühlte er sich einerseits so glücklich, aber gleichzeitig war er auch traurig. Seine Mutter lächelte ihn an, dann drehte sie sich wieder um und verließ leise das Zimmer.

Nachdem sein Vater den Abschnitt erklärt hatte, sah er sich die Pläne eine Zeitlang an. Joel blieb ruhig an ihn gelehnt stehen. Harry deutete auf die Geschütztürmchen auf der Unterseite und fragte: „Wie willst du die denn bauen?"

Eifrig rannte Joel los, um die Schachtel zu holen. Er räumte die Teile für das Flugzeug beiseite und zog ein seltsam geformtes Teil hervor. Es sah aus wie ein schlanker Baum mit grauen Früchten. „Sie sind aus Plastik, Pop."

„Na, wenn das nicht was ist. Zeig mal her." Harrys starke Finger fuhren über die Teile und verglichen sie mit der Zeichnung. „Wird immer schwieriger, nicht?"

„Allerdings."

„Gutes Training für einen Mechaniker. Hast du vor, später auch einmal mit Flugzeugen zu arbeiten wie dein Vater?"

„Das klingt großartig, Pop." Aber in Wirklichkeit hatte Joel keine Ahnung, was er einmal machen wollte, wenn er erwachsen war. Wann immer er an die Zukunft dachte, erschien ihm alles so hohl, so als würde er etwas Wichtiges versäumen. So war es auch mit seiner Familie. Äußerlich schien alles in Ordnung zu sein, aber irgend etwas fehlte. Das spürte er.

Harry ließ die Pläne von seinem Schoß gleiten. Joel kniete sich hin und begann sie zusammenzufalten. „Ja, die Superfortress und die B-17, die haben es geschafft. Mit ihnen haben wir den Himmel regiert. Haben sie verjagt." Er schwieg noch eine Weile, dann fragte er: „Hast du von dem Neuen gehört?"

„Du hast mir davon erzählt, erinnerst du dich?" Neulich hatte ein Artikel über einen neuen Armeebomber in der Zeitung gestanden. „Der YB-52 Stratosphere. So wird er genannt."

„Du hast ein gutes Gedächtnis, Sportsfreund." Harry fuhr seinem Sohn durchs Haar. „Du wirst es noch weit bringen."

Dies war ein ganz besonderer Augenblick, und Joel beschloß, es zu riskieren. Mit gesenktem Kopf fragte er: „Pop, darf ich einen kleinen Hund haben? Bobby Bensons Spaniel hat sechs Junge bekommen. Bitte, Pop. Sie sind so süß ..."

„Keine Haustiere", sagte Harry Grimes. Es waren nicht nur die Worte, die Joels Bitten im Keim erstickten. Es war der kalte Tonfall, in dem er es gesagt hatte.

Joel hatte Angst, nun den Rest seines Geburtstages ruiniert zu haben. Angst, daß sein Vater am Tisch sitzen und zum Fenster hinausstarren würde, daß er die ganze Zeit kein einziges Wort mehr sagen würde. Solche Mahlzeiten waren eine Quälerei.

Schritte waren auf der Veranda zu hören, und eine tiefe Stimme ertönte in der Tür: „Sind wir zu spät? Hoffentlich nicht. Ich werde sauer, wenn ich nicht meinen Anteil am Geburtstagskuchen bekomme."

„Wir haben noch nicht einmal angefangen", erwiderte Harry. „Komm herein, Howard."

Dr. Howard Austin trat durch die Tür, gefolgt von seiner Frau Carol. Die Austins waren auch aus Baltimore fortgezogen, und Dr. Austin führte nun eine recht erfolgreiche Arztpraxis in Riverdale. Joel mußte immer wieder denken, wie ähnlich Carol Austin seiner Mutter sah. Sie hätten Schwestern sein können. Sie besaßen sogar dasselbe weiche, traurige Lächeln. Dr. Austin sagte: „Hey, das ist doch das Geburtstagskind. Was hast du denn da?"

„Ein Modell der Superfortress", erwiderte Harry für ihn. Zu Joels großer Erleichterung war die Kälte aus seiner Stimme verschwunden, als er sich erhob und zu ihm gehinkt kam. Beim Gehen belastete Harry sein rechtes Bein stärker als das linke. Er hob die Schachtel auf und zeigte sie dem Doktor. „So viele

Teile. Einige sind aus Plastik. Da steht sogar, wie viele Teile es sind. Sieh dir das nur an - 273 Teile. Schlimmer als bei dem richtigen Flugzeug."

„Und er setzt sie mit der Präzision eines Chirurgen zusammen", stimmte Howard zu. „Ich habe die anderen gesehen, die er in seinem Zimmer aufgehängt hat. Sie sehen aus, als wären sie startbereit und würden sofort losfliegen. Wie geht es dir, Joel?"

„Gut, Sir."

„Herzlichen Glückwunsch zum Geburtstag, Joel", sagte Carol. Sie sprach sogar in dem resignierten Tonfall seiner Mutter. Carol reichte ihm eine kleine Schachtel. „Ich hoffe, wir haben das Richtige gefunden."

„Hey, vielen Dank, Mrs. Austin." Joel machte sich schnell ans Auspacken. „Ein Malkasten mit Acrylfarbe. Das ist klasse. Vielen Dank."

„Dank deiner Mutter. Sie hat Carol gesagt, was du dir wünschst." Howard drehte sich um, als Joels Mutter den Raum betrat. „Und da ist ja schon die Dame des Hauses."

Martha Grimes blieb einen Augenblick in der Tür stehen und nahm die Szene in sich auf. Joel schien genau zu wissen, was sie so berührte. Ihr Mann stand lächelnd mit der Schachtel des Modellflugzeugs in der Hand im Zimmer, ihre besten Freunde lächelten ihn an. Sie sahen aus wie eine normale Familie. Das geschah so selten, daß es in der Tat ein denkwürdiges Ereignis war. Schließlich sagte seine Mutter: „Zu Tisch, wenn ich bitten darf. Das Essen wird kalt."

4

Sabrina schlich die Dienstbotentreppe im hinteren Teil des Rothmore-Hauses hinunter. Ihre Mutter hatte sie zu sich befohlen, aber sie hatte das Gefühl, zuerst bei Maggie vorbeigehen zu müssen. Leise öffnete sie die Tür und wartete darauf, daß Maggie den Kopf hob. „Wie sehe ich aus?"

Maggie lächelte sie an, sagte aber kein Wort.

„Gut?" drängte Sabrina.

„Ich wünschte nur, du würdest nicht so schnell erwachsen werden, das ist alles."

„Oh Maggie." Sabrina lief zu der Frau und umarmte sie. „Ich weiß nicht, was ich ohne dich tun würde."

„Sieh nur, was du jetzt getan hast - du hast Mehl auf deinem hübschen Kleid. Klopf es ab. So, das ist schon besser." In Maggies Augen lag ein stilles Glück. „Ich kann kaum glauben, daß meine kleine Sabrina schon fünfzehn Jahre alt ist."

„In acht Monaten sechzehn. Sag es lieber so, das klingt besser."

„Sieh dich nur an. Da stehst du hier in deinem hübschen blauen Seidenkleid, mit hochhackigen Schuhen und den Perlen deiner Großmutter."

„Ich fürchte mich, die Perlen zu tragen. Ich habe eine solche Angst, daß die Kette reißt und sie über den Boden rollen", gestand Sabrina leise. Sie warf einen schnellen Blick zu den vorderen Räumen, dann fügte sie hinzu: „Aber Mutter möchte, daß ich sie heute abend trage."

„Dann hat es auch keinen Zweck, sich zu beklagen, nicht?"

meinte Maggie streng. „Außerdem ist dies ein formeller Anlaß, und du mußt dich daran gewöhnen, dich entsprechend zu kleiden."

„Emily Crawley kommt auch heute abend", seufzte Sabrina. „Mutter hat sie eingeladen. Sie hat Randolf gesagt, die Einladung käme von mir, aber Emily weiß, daß das ziemlich unwahrscheinlich ist", fügte sie düster hinzu.

„Das reicht doch vollkommen, Sabrina."

„Auf jeden Fall ist Mutter der Meinung, ich könnte viel von Emily lernen. Ich wüßte nicht, was."

„Miss Emily ist eine ... eine sehr hübsche junge Dame", erwiderte Maggie vorsichtig.

„Aber sie ist nicht sehr nett. Zumindest nicht zu den Leuten, die nicht genauso viel Geld haben wie sie. Und sie spricht nur mit mir, wenn sie etwas von mir möchte."

Maggie hustete diskret, dann ermahnte sie Sabrina: „Die Crawleys sind eine einflußreiche Familie, und Emilys Bruder gehört dem Direktorium deines Vaters an, nun, da sein Vater sich von den Geschäften zurückgezogen hat."

„Ich weiß, ich weiß. Mutter betet mir das bei jeder Gelegenheit vor. Aber das sind Geschäftsangelegenheiten. Was hat das Geschäft mit Freundschaft zu tun? Immer wieder bringt Mutter Randolfs Namen ins Spiel und fordert mich auf, nett zu ihm zu sein. Aber warum um alles in der Welt?"

„Es gibt nun mal einige Antworten, die nur deine Mutter dir geben kann", erwiderte Maggie fest.

Aber Sabrina war zu abgelenkt, um die Warnung zu bemerken. Sie flüsterte: „Das macht mir Angst."

„Wer, der junge Mr. Randolf?"

„Nein - nun, ja ... in gewisser Weise, denke ich."

„Was denn nun, junge Dame?"

Sabrina lehnte sich zurück und stützte ihre Hände auf den großen Küchentisch, dann fiel ihr ihr Kleid ein. Schnell klopfte sie sich das Mehl von den Händen und überprüfte die Rückseite ihres Kleides. „Mir macht Angst, daß Mutter mir nicht sagt, was sie vorhat. Es ist, als würde sie etwas planen mit ... mit mir. Und Randolf weiß es, und vielleicht auch Daddy, aber niemand will es mir sagen."

„Ach Kind“, seufzte Maggie und wischte sich die Hände an der Schürze ab. „Ich liebe dich wie mein eigenes Kind, und das ist die Wahrheit. Aber ich kann dir nur raten, bei solchen Sachen um Kraft und Schutz und auch um Gottes Führung zu beten.“

„Das hat Bertie mir auch gesagt“, erwiderte Sabrina und betrachtete Maggies Gesicht.“

„Mein Mann ist ein kluger Mann und ein guter Christ, wenn ich das so sagen darf.“

„Ich versuche ja zu beten. Manchmal wenigstens.“

„Und hast du auch in der Bibel gelesen, die ich dir geschenkt habe?“

„Ich habe es versucht. Aber ich glaube, ich habe nicht viel verstanden. Mutter sagt, der Pastor würde diese Dinge in der Kirche erklären und ich sollte mir keine Gedanken darum machen.“

Maggie schob ihr Kinn vor und atmete tief durch. „Wie wäre es, wenn du in mein kleines Wohnzimmer kommst und dort liest? Vielleicht kann ich dir dann bei einigen Stellen, die du nicht verstehst, helfen.“

„Vielen Dank, Maggie.“ Aber das Angebot konnte Sabrinas Stimmung nicht heben. „Aber trotzdem weiß ich noch nicht, was sie geplant haben.“

„Mit Gott zu sprechen und in seinem Wort zu lesen wird dir Frieden bringen“, erwiderte Maggie beharrlich. „Versuche es.“

Sabrina umging eine Antwort, indem sie sich vorbeugte und Maggie auf die Wange küßte. Dann drehte sie sich um und verließ schweigend die Küche.

Abigail Rothmore runzelte die Stirn, als sie vor dem antiken Mahagonischrank neben der Tür zur Bibliothek stand. An der Wand hing ein lebensgroßes Porträt von ihr in einem Ballkleid. Dieses Porträt war von dem bekanntesten Maler des Landes geschaffen worden. Zumindest war er damals, als das Bild entstanden war, sehr bekannt gewesen. Mittlerweile war sein Stern im Sinken begriffen, und sie hatte das Porträt aus dem Raum verbannen wollen, aber natürlich wollte Lawrence davon nichts hören. In solchen Dingen war er so schrecklich provinziell.

Sie ordnete den Strauß rosa Rosen in der Silbervase, doch ihre Gedanken waren nicht bei den Blumen, auch nicht bei dem Gemälde oder der bevorstehenden Party. Ihre Gedanken drehten sich um Sabrina.

Das Mädchen wurde schnell erwachsen, zumindest in mancher Hinsicht. Körperlich entwickelte sie sich zu einer gutaussehenden jungen Dame, wenn es Abigail auch manchmal schwerfiel, sich dies einzugestehen. Die Existenz einer Tochter, die nun auch bald eine Frau war, machte Abigail ihr eigenes Alter deutlich. Erst neulich hatte eine ihrer Freundinnen bemerkt, wie gut Abigail es doch verstand, ihr Alter zu verbergen.

Aber warum konnte Sabrina nicht auch emotionell erwachsen werden, fragte sie sich. In bezug auf Dinge, die wirklich wichtig waren, war sie noch das reinste Kind. Sie war zum Beispiel gut Freund mit den Dienstboten, man stelle sich das nur vor! Sabrina lächelte und sprach mit allen freundlich, die nicht wichtig waren und vermied es hartnäckig, sich mit wirklich einflußreichen Leuten zu befassen. Kleider waren ihr vollkommen egal. Sie haßte es, an Wohltätigkeitsveranstaltungen teilzunehmen. Auch ihren Etiketteunterricht fand sie schrecklich langweilig. Sie –

Abigail unterdrückte einen Schrei und ließ die Rosen fallen. Sie war so in ihre Gedanken versunken gewesen, daß sie gar nicht bemerkt hatte, wie fest sie die dornigen Stiele umklammert hatte. Abigail wandte sich um und betrachtete sich in dem kleinen Spiegel. Ihre eigene patrizische Schönheit spiegelte sich in Sabrinas wider, so daß niemand jemals ihre verwandtschaftliche Beziehung in Frage gestellt hatte. Und Lawrence und sie waren während der ersten Jahre ihrer Ehe viel auf Reisen gewesen, so daß das Auftauchen des kleinen Babys fünfzehn Jahre zuvor keinen Argwohn erregt hatte.

Abigail seufzte und wandte sich ungeduldig vom Spiegel ab. Emily Crawley, sie wäre die perfekte Tochter. *Sie handelt und denkt genau wie ich, und sie sieht auch so aus wie ich,* dachte Abigail mit Bedauern. Was wohl kaum erstaunlich war, wenn man bedachte, daß Abigails und Emilys Großväter Brüder gewesen waren. Was sie zu Cousinen zweiten Grades machte – eine kalte Art, eine Verbindung zu beschreiben, die weit über verwandtschaftliche Bindungen hinausging. Wenn sie nur Sabrina so formen könnte, wie sie es sich vorstellte!

Es war gut, daß Abigail den Ehrgeiz ihres Großvaters geerbt hatte. Lawrence hatte sich in seiner Versicherungsgesellschaft gar nicht so schlecht gemacht, aber er hatte nicht diesen beinahe rücksichtslosen Instinkt, der notwendig war, wenn man ein Unternehmen mittlerer Größe zu einem national bekannten Unternehmen machen wollte. Nein, ihr Mann war leider von derselben Sanftheit wie seine Tochter, was bemerkenswert war, wenn man bedachte, daß sie in keinster Weise miteinander verwandt waren.

Abigail wußte nur zu gut, was passieren konnte, wenn man zu weich war. Ihr eigener Vater war schwach gewesen, er hatte keinerlei Einfluß besessen. Sicher, zu seiner Familie war er immer freundlich gewesen, aber eben schwach. Und das hatte ihre Familie um alles gebracht. Ihr Vater hatte von ihrem Großvater ein aufstrebendes Unternehmen übernommen und es in den Ruin getrieben.

Abigail ging zum Sideboard und nahm das kleine silberne Glöckchen hoch. In jedem Raum des Hauses befand sich ein solches Glöckchen, und die Dienstboten wußten, daß sie auf das Läuten hin sofort zu erscheinen hatten. Die Glöckchen standen allen in der Familie zur Verfügung, aber nur Abigail machte Gebrauch davon. Lawrence zog es vor, seine Bitten hinauszurufen und Sabrina ... nun, Sabrina erledigte lieber alles selbst. Als ob das dumme Mädchen die Dienstboten nicht unnötig bemühen wollte.

Die Türen zur Halle öffneten sich, und das Dienstmädchen knickste. „Sie haben geläutet, Madam?"

„Ist meine Tochter fertig angezogen?"

Das Mädchen zögerte einen Augenblick, bevor es antwortete. „Ich habe sie nicht gesehen, Madam."

Auf diese Weise umging sie es zu sagen, daß Sabrina gegen

Abigails ausdrückliche Anweisungen drüben in der Küche stand und sich wieder mit der Köchin unterhielt. Diese Frau und ihr allwissender Mann waren nur noch im Haus, weil Lawrence schützend seine Hand über sie gehalten hatte. „Das ist jetzt egal“, erwiderte sie mürrisch. „Geh und sag meinem Mann, ich müßte mit ihm sprechen. Privat. Und sofort, noch bevor die Gäste eintreffen.“

„Sehr wohl, Madam.“ Leise schloß das Mädchen die Tür hinter sich.

Randolf Crawley. Ja. Das war ein Mann, der ihren Ehrgeiz teilte. Zu schade, daß er zwanzig Jahre jünger war als sie. Sie hätten ein hervorragendes Team abgegeben. Aber das war natürlich unmöglich. Nein, jetzt mußten die notwendigen Vorbereitungen getroffen werden, damit wenigstens die nächste Generation in die Ränge wahrer Macht aufsteigen könnte. Abigail ging es nicht um das Geld. Sie besaß bereits mehr Geld, als sie jemals würde ausgeben können. Was sie interessierte, war die Macht, das Leben anderer Menschen zu formen und zu kontrollieren. Sie wollte sie ihrem Willen untertan machen, sie vor ihr buckeln sehen. Sie wollte von ihnen als die Führungsperson anerkannt werden, die sie nun einmal war.

Es war nun mal ihr Schicksal zu herrschen.

Sabrina betrat die große Eingangshalle des Hauses und blieb dann stehen. Sie hörte Stimmen, laute Stimmen. Zögernd ging sie weiter, nicht weil sie es wollte, sondern weil ihre Mutter ihr befohlen hatte, sich ihr noch vor dem Eintreffen der Gäste zu präsentieren.

Je näher sie der großen Doppeltür zur Bibliothek kam, desto mehr hatte sie den Eindruck, das ganze Haus würde den Atem anhalten. Selbst durch die dicken Eichentüren hindurch klang Abigails Stimme sehr zornig. „Ich verstehe einfach nicht, warum um alles in der Welt du diesen – diesen *Jungen* zu uns eingeladen hast!“

„Kenneth Adams ist fünfundzwanzig Jahre alt, wohl kaum ein Junge. Tatsächlich ist er nur zwei Jahre jünger als Crawley." Lawrence Rothmores Stimme klang müde, aber auch eigensinnig. „Und er ist reifer als einige Männer, die doppelt so alt sind wie er."

„Und was genau soll das bedeuten?"

„Nichts, Abigail. Ich versuche nur, diese dumme Diskussion zu beenden."

„Dumm, ja? Du beschließt, einen gewöhnlichen Büroangestellten in mein Haus zu bringen, und mich nennst du dumm?"

„Sein Vater ist ein angesehener Pastor. Ken hat im Alter von zwanzig Jahren sein Studium in Princeton mit Auszeichnung abgeschlossen und arbeitet nun schon seit fast fünf Jahren bei uns. Ich nenne das durchaus nicht gewöhnlich. Um ehrlich zu sein, ich bin erstaunt, daß du dich von meiner Wahl eines Assistenten so ... so bedroht fühlst."

„Bedroht? Ich?" Abigail lachte bitter. „Das ist doch absurd."

„Ob es dir nun gefällt oder nicht, er ist mein neuer persönlicher Assistent. Du sagst mir doch immer, ich solle kürzer treten –"

„Was ist mit Randolf?"

„Der junge Crawley? Du weißt sehr gut, Abigail, daß Crawleys Vater sich zurückgezogen hat. Randolf ist berufen worden, seinen Sitz im Direktorium einzunehmen. Ich kann wohl kaum von unserem neuen Direktoriumsmitglied erwarten, daß er meine Botengänge übernimmt, oder?"

Abigail zögerte einen Augenblick, bevor sie ihre Taktik änderte. „Auf jeden Fall mußt du zugeben, daß dieser Kenneth ein armseliger Ersatz für das Eigentliche ist."

Sabrina kannte ihre Mutter. Wenn sie die Tür öffnen würde, wäre sie zornig, sie dort vorzufinden. Aber sie konnte sich nicht rühren. Sie hatte das Gefühl, auf der Stelle festgeklebt zu sein. Wenn auch ihr Name nicht einmal gefallen war, spürte sie instinktiv, daß dieser ganze Streit irgend etwas mit ihr zu tun hatte. Und das konnte nichts Gutes bedeuten.

Ihr Vater wurde nun etwas lauter. „Wovon um alles in der Welt sprichst du überhaupt?"

„Du weißt sehr gut, wovon ich spreche. Du entwickelst

immer diese absurden Bindungen an deine Protegés. Wir hätten einen Sohn haben sollen, wie ich es gesagt habe."

Sabrina versteifte sich. Einen Sohn! Sie hatte immer von einem kleinen Bruder geträumt. Aber ihre Mutter hatte ihr nie gestattet, auch nur davon zu sprechen. Sabrina konnte ihren Ohren kaum trauen. Ihre Mutter hatte einen Sohn gewollt?

Das erstaunte Lachen ihres Vaters war durch die geschlossenen Türen hindurch zu hören. „Wie *du* gesagt hast? Falls du es vergessen haben solltest, Abigail, *ich* war derjenige, der dich nach Sabrina um einen Sohn gebeten hat!"

„Sei doch nicht so begriffsstutzig. Ich meinte *anstatt* von –"

„Das reicht jetzt." Die Stimme ihres Vaters hatte jetzt einen ganz anderen Klang. Eine gefährliche Kälte lag darin. „Ich möchte nichts mehr davon hören. Niemals."

Ganz offensichtlich wurde Abigail klar, daß sie zu weit gegangen war, denn etwas versöhnlicher fuhr sie fort: „Aber ihn in unser Haus einzuladen, vor allem heute abend, wo soviel abhängt von –"

„Unsere Tochter ist doch erst fünfzehn Jahre alt." Lawrences Stimme verriet eine Spur von Ärger.

„Und wird sehr schnell erwachsen", gab Abigail zurück.

„Das stimmt allerdings." Sabrina konnte sich vorstellen, wie ihr Vater entschlossen für sie eintrat. „Was bedeutet, daß sie zu gegebener Zeit durchaus in der Lage sein wird, ihr Leben selbst in die Hand zu nehmen."

„Oh wirklich, Lawrence." Verachtung lag in Abigails Stimme. „Sie hat nicht die leiseste Ahnung von Beziehungen oder Geld. Weißt du, ich mußte ihr sogar das Taschengeld kürzen. Sie hat die absurde Neigung, es dem erstbesten Armen zu schenken, der ihr begegnet."

„Es ist doch nicht verkehrt, ein Herz für die Armen zu haben", entgegnete Lawrence, doch in seinem Tonfall lag Zweifel.

„Laß uns doch bitte realistisch sein. Es ist höchste Zeit, daß dieses Thema bei allen Parteien geklärt wird. Was es um so seltsamer erscheinen läßt, daß es dir eingefallen ist, diesen anderen jungen Mann ..."

„Diese Angelegenheit ist abgeschlossen", erwiderte Lawrence eisern.

Ihr Vater erhob sich und ging zur Tür, Abigail folgte ihm, während sie fortwährend auf ihn einredete. Sabrina schlich sich an der dunklen Holzvertäfelung entlang und rannte dann die Treppe hoch.

Oben in ihrem Zimmer schloß sie die Tür hinter sich. Sie stellte das Radio an und wartete ungeduldig darauf, daß es warm wurde. Gerade wurde der neuste Hit gespielt „Only You." Mit zitternden Knien ließ sie sich auf ihr kleines Sofa sinken und betrachtete sich im Spiegel. Ganz bestimmt war sie nicht hübsch, nicht so wie Emily Crawley, bei der selbst die älteren Jungen stehenblieben, wenn sie vorbeiging. Sabrinas Nase war ein wenig nach oben gebogen, fast so wie eine Miniaturskischanze. Sie hatte immer den Eindruck gehabt, daß ihr schulterlanges Haar zu dick war, sogar wenn sie es gebürstet hatte, bis ihr der Arm wehtat. Und es hatte auch eine so seltsame Farbe - nicht braun und nicht blond, eine Art karamellfarben.

Wann immer sich Sabrina wie jetzt im Spiegel betrachtete, hatte sie das Gefühl, als würde auch der mißbilligende Blick ihrer Mutter auf ihr ruhen und sie auf alle ihre Fehler hinweisen. Große Augen blickten sie aus einem Gesicht an, das wie eine umgedrehte Träne geformt war, eine breite Stirn und ein spitzes Kinn, wodurch ihr Mund natürlich größer wirkte, als er tatsächlich war. Vor allem heute abend, wo ihre Mutter persönlich einen seltsamen pfirsichfarbenen Lippenstift für sie ausgesucht hatte und ihr aufgetragen hatte, sich die Fingernägel in der passenden Farbe zu lackieren. Es war beinahe so, als sollte sie sehr viel älter aussehen, als sie tatsächlich war. Sogar das Kleid hatte sie persönlich ausgesucht, und Sabrina trug zum allerersten Mal Großmutters Perlen.

Einige Mädchen wären über die Gelegenheit, sich älter zu machen, hocherfreut gewesen. Aber nicht Sabrina. Mit dem nicht enden wollenden Unterricht in Etikette, Sprache und Tanz und so weiter, fühlte sich Sabrina ständig auf dem Präsentierteller. Sie hatte das Gefühl, unablässig auf etwas vorbereitet zu werden, zu einem Ausstellungsstück geformt, poliert und schließlich auf einen Kaminsims gestellt zu werden. Sabrina nahm seufzend ihre Bürste zur Hand. Nein, älter zu werden hielt für sie nichts weiter als eine dunkle Vorahnung bereit. Während Sabrina mit schnellen Strichen ihre Haare bürstete, wanderten ihre Gedanken zurück zu dem Streit. Was hatte ihre Mutter gemeint, als sie „anstatt" gesagt hatte? Anstatt was?

Die Türglocke schlug an. Noch bevor die Töne verklungen waren, hatte Sabrina sich erhoben, das Radio abgestellt und war zur Tür gelaufen. Ihre Mutter würde schimpfen, wenn sie nicht zur Stelle war, um die Gäste zu begrüßen. Außerdem würde ihre Mutter sich nicht im Traum einfallen lassen, einen Streit in der Öffentlichkeit fortzusetzen. Nach außen hin zeigte Abigail immer ihr freundlichstes Lächeln, selbst wenn sie wütend war. Während Sabrina zögernd die Treppe hinunterstieg, fragte sie sich, ob das der Grund war, warum sie selbst so selten lächelte. Bei ihrer Mutter wirkte ein Lächeln immer falsch.

Als sie den Salon betrat, kam Randolf Crawley herein. Innerlich stöhnte sie darüber, daß ausgerechnet er, den sie am wenigsten zu sehen wünschte, der erste Gast war.

„Sabrina, guten Abend." Er lächelte sie strahlend an. „Wie gut du aussiehst."

„Vielen Dank, Mr. Crawley", sagte sie, da sie den Blick ihrer Mutter auf sich spürte. „Wie geht es Ihnen?"

„Du mußt mich wirklich Randolf nennen." Er zupfte sich die gestärkten Manschetten zurecht, damit das Licht des Kronleuchters auf seine schweren goldenen Manschettenknöpfe fiel. „Wir sind doch beinahe eine Familie, weißt du." Er lachte über seinen eigenen Witz und fügte hinzu: „Ich nehme an, du hast es bereits gehört. Vater hat sich zurückgezogen, und ich habe seinen Platz im Direktorium eingenommen."

„Ja. Herzlichen Glückwunsch." Sabrina brachte ein höfliches Lächeln zustande, wenn sie auch wenig Interesse für die Beförderung dieses Mannes aufbrachte.

Randolfs graue Augen wanderten über ihren Körper. „Du siehst wirklich hervorragend aus", sagte er herzlich. „Dein Kleid paßt wunderbar zu deinen Haaren." Er schien nicht zu bemerken, daß sie vor Verlegenheit errötete. „Mal sehen, du mußt doch schon siebzehn sein, stimmt das?"

„Fünfzehn", korrigierte ihn Sabrina. Sie fühlte sich schrecklich unbehaglich und fehl am Platz. „Gerade erst fünfzehn."

„Natürlich. Sie ist doch genauso alt wie ich, nicht wahr, liebe Sabrina?" Emily Crawley trat neben sie und musterte sie von Kopf bis Fuß. „Ich muß sagen, du hast dich heute abend ja wirklich sehr angestrengt."

Sabrina gab sich gezwungen fröhlich, als sie fragte: „Wie geht es dir, Emily?"

„Oh, ich bin beinahe genauso gelangweilt wie du, denke ich", erwiderte das Mädchen und warf ihre langen blonden Haare über die Schulter zurück. Aber sie wirkte durchaus nicht gelangweilt. Ganz und gar nicht. Mit glänzenden Augen sah sie sich in dem sich schnell füllenden Raum um. „Warum um alles in der Welt mein Bruder unbedingt wollte, daß ich ihn heute abend begleite, wo nur alte, verkalkte Trottel da sind, werde ich wohl nie erfahren."

„Fast das gesamte Rothmore-Direktorium ist heute abend anwesend", erwiderte Randolf. „Ganz zu schweigen von Senator Allenby dort drüben." Er blickte Sabrina erneut an und verbeugte sich leicht. „Wenn ihr Damen mich bitte entschuldigen wollt. Ich muß ihn eben begrüßen."

Emily sah ihrem älteren Bruder nach und sagte dann: „Ist es nicht aufregend, wie sich alles zusammenfügt? In wenigen Jahren werden wir Schwestern sein."

Sabrina starrte sie an. „Wovon sprichst du überhaupt?"

Emily Crawley sah ganz besonders hübsch aus, wenn sie überrascht war. „Sag mir nicht, daß du es nicht weißt."

„Was soll ich wissen?"

Emily schob ihr hübsches kleines Kinn vor und begann herzhaft zu lachen. „Sabrina Rothmore, du bist wirklich zu lustig!" Sie betrachtete Sabrina aufmerksam. „Denk doch nur mal einen Augenblick darüber nach, meine unschuldige, kleine zukünftige Schwester. Wie deine Mutter dich immer wieder aufgefordert hat, zu uns zu kommen und mit meiner Familie zusammen zu sein - bei mir zu Hause mit meinem lieben älteren Bruder. Wie sie dich gedrängt hat, an bestimmten Veranstaltungen teilzunehmen und darauf geachtet hat, daß ihr nebeneinander sitzt. Spricht sie nicht auch sehr viel von ihm?"

Sabrina trat entsetzt zurück. „Doch nicht Randolf. Nein, ich, das ist ..."

„Und warum denn nicht?" Emily folgte ihr, trat näher an sie heran und verfolgte mit Argusaugen ihre Reaktion. „Randolf ist doch eine gute Partie, meinst du nicht?"

Nur mit Mühe gelang es Sabrina, höflich zu reagieren. „Aber er ist so *... so alt.*"

„Na ja, so alt ist der liebe Randolf ja nun auch noch nicht, wenn ich auch zugeben muß, daß er schon ein bißchen verkalkt ist." Emily lachte schrill. „Aber das macht doch nichts. In zehn Jahren oder so spielt das Alter sowieso keine Rolle mehr, nicht?"

„Ich wußte nicht, ich hatte nie ..."

„Ja, stell dir vor, daß ausgerechnet ich diejenige bin, die dich darüber aufklärt. Ist das nicht wirklich köstlich?" Emily betrachtete Sabrinas Gesicht und war einen Augenblick enttäuscht, daß sie keine weitere Reaktion erkennen konnte. „Wie ich höre, erzählt man sich, Randolf gehöre zu den begehrtesten Junggesellen Washingtons. Du mußt dich ja riesig freuen."

„Ja", erwiderte Sabrina leise. Sie hatte beschlossen, sich nichts anmerken zu lassen. Vor allem nicht hier. „Wenn du mich jetzt bitte entschuldigen würdest, ich muß unsere anderen Gäste begrüßen."

Emilys offensichtliche Enttäuschung gab Sabrina die Kraft, sich von ihr abzuwenden und zu ihrem Vater zu gehen. Er legte den Arm um sie und stellte sie stolz den Leuten in seiner Nähe vor. Sabrina zwang sich zu lächeln und die erwarteten Antworten zu geben. Sie ging im Raum umher, sprach mit den Leuten und tat das so ausgezeichnet, daß ihre Mutter ihr sagte, wie schön es sei, daß sie sich Mühe gebe. Wieviel Mühe es Sabrina tatsächlich kostete, würde Abigail niemals erfahren.

Wenn Sabrina auch versuchte, sich auf das zu konzentrieren, was die Gäste sagten, so drehten sich ihre Gedanken doch unablässig um Emilys Worte. *Randolf.* Sie sollte also dafür sorgen, daß eine Verbindung von zwei mächtigen Familien zustande kam. Sie hatte das Gefühl, einen Eisklumpen an der Stelle zu haben, wo eigentlich ihr Herz sein sollte. Während sie im Raum umherging, blickte sie zu ihrem Vater, der bei einer Gruppe von Freunden stand. Er war sicher nicht an diesem Plan beteiligt. Ganz bestimmt nicht. Etwas anderes zu denken hätte ihr zu weh getan.

Auf einmal löste sich ihr Vater von der Gruppe und eilte durch den Raum zur Tür. Sie beobachtete, wie er auf einen Neuankömmling zuging, einen jungen Mann mit dunklem Haar und einem zögernden Gesichtsausdruck. Lawrence legte den Arm um die Schultern des jungen Mannes, als er ihn in den Raum führte und anfing, ihn den anderen Gästen vorzustellen. Dem jungen Mann wurde kurze Zeit höfliche Aufmerksamkeit zuteil, doch sobald Lawrence abgelenkt wurde, blieb er allein stehen.

Sabrina empfand Mitleid mit ihm. Er schien verwirrt zu sein und fühlte sich anscheinend genauso unwohl in der Menge wie sie. Sabrina bemühte sich, den Saal durch seine Augen zu betrachten, die gewölbte Decke, die vier großen Kronleuchter, der polierte Parkettboden mit den kostbaren Teppichen, die herausgeputzten Menschen, die Dienstboten in ihren besten Uniformen, die funkelnden Tabletts mit den Kristallgläsern.

Als sie gerade den Saal durchqueren wollte, war auf einmal Emily wieder an ihrer Seite. „Das ist doch der Plebejer, von dem Randolf mir erzählt hat, nicht? Der Mann, den dein Vater aus den Massen herausgezogen hat, damit er ihm zu Diensten ist?"

„Er ist Vaters neuer Assistent", gab Sabrina sanft zurück.

„Sieht er nicht schrecklich gewöhnlich aus?" bemerkte Emily. „Vermutlich wird es meine Aufgabe sein, ihn zu Tisch zu führen. Zweifellos wird er mich mit einer Unterhaltung über Versicherungsstatistiken und so etwas zu Tode langweilen."

Sabrina beendete das Gespräch, indem sie sich einfach entfernte. Sie ging auf den jungen Mann zu, streckte ihm die Hand hin und sagte: „Guten Abend. Ich bin Sabrina Rothmore."

„Kenneth Adams." Er lächelte sie freundlich an. „Mr. Rothmore hat mir erzählt, daß er eine Tochter hat. Ich freue mich sehr, Sie kennenzulernen."

Mit aufrichtigem Ernst sagte er diese Höflichkeitsfloskeln, und Sabrina fühlte sich sofort zu diesem angenehmen jungen Mann hingezogen. Bevor sie noch etwas erwidern konnte, erschien Bertrand in der Tür und verkündete: „Meine Damen und Herren, das Essen ist angerichtet."

„Darf ich Ihren Arm nehmen?" flüsterte Sabrina Kenneth zu.

„Es tut mir leid, ich weiß nicht ..."

„Schnell, bitte." Sie war über ihre Kühnheit so verwirrt, daß sie kaum atmen konnte. Sie griff nach seinem Arm und wies ihm den Weg zum Speisesaal.

Randolf durchquerte mit schnellen Schritten den Saal und kam auf sie zu, als er plötzlich abrupt stehenblieb. Er wirkte schockiert, doch er faßte sich schnell. Er lächelte Sabrina höflich an und verneigte sich leicht vor ihr, bevor er Kenneth zornerfüllt ansah. Auch an Emily kamen sie vorbei. Sie schien über Sabrinas Manöver aufrichtig erstaunt zu sein.

Das nächste Gesicht, in das Sabrina blickte, war das ihrer Mutter. Abigails Blick bohrte sich so tief in Sabrina hinein, daß sie sich abwenden mußte. Bisher hatte sie sich noch nie bewußt den Wünschen ihrer Mutter widersetzt. Die Erkenntnis dessen, was sie im Augenblick tat, ließ ihr die Knie weich werden.

„Na seht euch das nur an." Lawrences gerötetes Gesicht strahlte vor aufrichtigem Stolz. „Überlaßt es nur meiner Tochter, dafür zu sorgen, daß unser neuster Gast sich wohl fühlt."

Das stimmt, dachte Sabrina im Stillen. Die Worte ihres Vaters gaben ihr die Kraft, sich hoch aufzurichten. *Für dich würde ich alles tun, Daddy.*

Noch während ihr dieser Gedanke im Kopf herumging, wußte Sabrina, daß es stimmte. Wenn ihr Vater von ihr verlangen würde, wenn er wollte, daß sie Randolf Crawley heiratete, würde sie es tun. Auch wenn allein der Gedanke daran sie erschauern ließ. Für ihren Vater würde sie es tun.

Lawrence strahlte die beiden an. „Nicht viele Menschen sind

so glücklich ..." Er brach ab und mußte husten. Schweißperlen standen ihm auf der Stirn, und er atmete schwer.

„Bist du in Ordnung, Daddy?"

Er winkte ab. „Habe zu heftig geatmet. Darum brauche ich ja auch einen jungen Mann - ich leihe mir sozusagen seine Beine aus." Lawrence richtete sich auf, zog ein makelloses Taschentuch aus der Tasche und wischte sich die Stirn ab. Dann winkte er den wartenden Bertrand heran. „Gehen Sie schnell in den Speisesaal und vertauschen Sie die Platzkarten, damit diese beiden jungen Leute nebeneinander sitzen können."

Diskret flüsterte der Butler: „Aber Mrs. Rothmore hat ausdrücklich angeordnet -"

„Gehen Sie schon, und tun Sie es." Seine Worte waren so laut, daß sowohl Abigail als auch Randolf sie hören konnten. „Machen Sie schnell - die Leute kommen bereits herein."

„Sofort, Sir."

Sabrina griff nach dem Arm ihres Vaters. „Solltest du dich nicht hinlegen?"

„Mir geht es gut, kleine Prinzessin, mach dir keine Gedanken." Er blickte sie so stolz und liebevoll an, daß sie ihre Ängste beiseite schob. „Und jetzt geht und amüsiert euch."

Sabrina führte Kenneth zu dem Platz, wo Bertrand den Stuhl für sie bereithielt. Während sie sich hinsetzte, beugte sich Bertrand zu ihr herunter und flüsterte: „Gut gemacht."

Noch bevor sie ihn fragen konnte, was er meinte, betrat ihre Mutter am Arm des Senators den Speisesaal. Abigails Blick ging über Sabrina hinweg, als sei sie überhaupt nicht da. Sabrina senkte den Kopf.

„Es war sehr freundlich von Ihnen, mich zu begleiten", sagte Kenneth, der offensichtlich nicht genau wußte, was sich im Augenblick abspielte.

Aber Sabrina würde ihn keinesfalls einweihen. Er war ein Angestellter ihres Vaters, erinnerte sie sich, jemand, den ihre Mutter als „Bürohilfe" bezeichnet hatte. Während sich die Gäste an dem großen, ovalen Tisch unter dem vergoldeten Kronleuchter aus einem Schloß in Frankreich niederließen, suchte Sabrina nach einem angemessenen Thema. „Was tun Sie für meinen Vater, Mr. Adams?"

„Alles, was er mir aufträgt. Und bitte nennen Sie mich Kenneth." Sein Lächeln, strahlend und herzlich, ließ Lachfältchen in seinem Gesicht entstehen, die seine Kraft und Stärke unterstrichen. Seine Augen waren dunkelgrün, voller Leben und Neugier. „Im Augenblick leite ich seine Untersuchungsabteilung. Ich prüfe, ob die Versicherungsansprüche berechtigt sind. Und manchmal muß ich Leute aufspüren, deren Ansprüche bewilligt worden sind." Er blickte auf die Schüssel mit dem goldenen Rand, die vor ihn hingestellt worden war. Dann wurde Suppe in seinen Teller gefüllt. „Aber ich sollte Sie nicht mit Firmenangelegenheiten langweilen."

„Hummersuppe", sagte Sabrina, die nicht einmal auf ihren Teller zu sehen brauchte. Bei jedem offiziellen Essen ließ ihre Mutter dieselbe Suppe servieren. Sabrina fand sie ein wenig zu gehaltvoll. „Maggie sagt, jeder Teller enthält fast einen ganzen Becher Sahne", fuhr sie fort.

„Maggie ist die Köchin?"

„Das ist richtig." Sabrina zögerte und fuhr vorsichtig fort: „Und meine Freundin."

„Das scheint ja eine sehr nette Frau zu sein", erwiderte Kenneth und sah sich im Saal um.

Und wieder hatte Sabrina das Gefühl, den Saal durch seine Augen zu sehen. Sie beobachtete die Männer in ihren Abendanzügen und die Frauen in ihren Abendkleidern, behängt mit ihren Juwelen. Sie sah das kostbare Wedgewoodgeschirr, das polierte Silber und all die erlesenen Gegenstände auf der antiken Anrichte. Sie hatte den Eindruck, alles zum ersten Mal zu sehen. Sie verstand auch seinen Gesichtsausdruck. Manchmal hatte auch sie das Gefühl, nicht hierherzugehören.

„Nehmen Sie den runden Löffel", murmelte Sabrina leise. „Tun Sie einfach, was ich tue. Führen Sie ihn an die Lippen und berühren Sie sie. Auf diese Weise wirken Sie nicht unhöflich."

„Sie mögen die Suppe nicht?"

Sabrina beschloß zu sagen, was sie noch nie jemandem, nicht einmal Maggie, anvertraut hatte. „Geschmolzenes Krabbeneis würde besser schmecken."

Als Kenneth laut auflachte, drehten sich ihnen mehrere Köpfe zu. Sabrina beschloß, die Aufmerksamkeit der anderen

Gäste von sich abzulenken, indem sie sich ihrem anderen Nachbarn, einem der älteren Direktoriumsmitglieder, zuwandte und ihn nach seiner Familie fragte. Aber in Gedanken blieb sie bei dem jungen Mann an ihrer anderen Seite.

Sie wartete, bis der zweite Gang serviert wurde, bevor sie sich ihm wieder zuwandte. Kenneth lächelte sie an und forderte sie auf: „Erzählen Sie mir von sich."

„Ich?"

„Sicher. Was mögen Sie? Haben Sie sich schon mal Rockmusik angehört?"

Sabrina wußte nicht genau, was sie antworten sollte. Noch nie hatte einer der Gäste bei den Festen ihrer Mutter mit *ihr* gesprochen. Alle ließen sich höflich herab, höchstens ein paar Worte an sie zu richten. Sie taten ihre Pflicht, bis sie sich endlich abwenden und über Dinge reden konnten, die sie wirklich interessierten. Sabrina beschloß, es mit ein wenig mehr Ehrlichkeit zu versuchen. „Manchmal. Aber ich weiß nicht so genau, ob sie mir gefällt."

„Ja, nicht alle Stücke sind gut. Aber manche sind auch gar nicht so schlecht." Mit Genuß verzehrte Kenneth sein Filet Mignon. „‚See You Later, Alligator' – haben Sie das schon mal gehört?"

„Ja." Sabrina wußte nicht so genau, was sie denken sollte. Er sah aus wie ein Erwachsener. Ganz bestimmt benahm er sich wie einer. Aber Erwachsene waren doch nicht an solcher Musik interessiert. Oder doch?

„Und dann ‚Que Sera'. Meiner Meinung nach kommt in diesem Lied eine hervorragende Einstellung zur Zukunft zum Ausdruck."

Mit aufgerissenen Augen nickte sie. In der vergangenen Woche hatte sie das Lied zum ersten Mal gehört.

Er lächelte dankbar, als sein Teller fortgenommen wurde. „Zu schade, daß nicht darauf hingewiesen wird, daß allein das Vertrauen auf Gott einen Menschen in die Lage versetzt, jeden Tag so zu nehmen, wie er kommt."

Die beiläufige und doch vertraute Art, wie er von Gott sprach, erinnerte sie an Maggie. „Vielleicht hatte das der Liedtexter auch gar nicht im Sinn", antwortete sie vorsichtig.

„Nun, das sollte er aber." Er lächelte sie an. „Nur so kann eine solche Philosophie wirklich funktionieren."

Als Sabrina nicht antwortete, zuckte er die Achseln und fragte: „Haben Sie von Grace Kellys Heiratsplänen gelesen?"

Das war genau die richtige Frage. „Oh ja, ist das nicht wundervoll? Prinzessin Gracia Patricia, so wird sie danach heißen. Es ist wie im Märchen."

„Das ist wirklich toll", stimmte Kenneth zu.

„Sie wird aber trotzdem ihre amerikanische Staatsbürgerschaft beibehalten. Ich habe es letzte Woche im Fernsehen gesehen."

„Das stimmt", nickte er mit strahlendem Lächeln.

„Ich wünschte, ich könnte die Hochzeit miterleben. Sie nicht?" In diesem Augenblick fing sie den Blick ihrer Mutter von der anderen Seite des Tisches auf. Sie spürte, wie ihre Begeisterung einer düsteren Vorahnung wich. Verlegen senkte sie den Blick wieder auf ihren Teller. Der Appetit war ihr vergangen.

Kenneth fragte: „Ist etwas?"

„Nein, alles in Ordnung", murmelte sie. Sie tat immer das Falsche und sprach mit den falschen Menschen. Eigentlich sollte sie von Menschen wie Kenneth angemessenen Abstand halten. Sie schauderte zusammen, wenn sie an die bevorstehende Auseinandersetzung mit ihrer Mutter dachte.

Sabrina beugte sich vor und betrachtete ihren Vater am Kopfende des Tisches. Er lachte über etwas, das die Frau des Senators gesagt hatte. Würde er sie wirklich bitten, Randolf Crawley zu heiraten?

Sie wagte einen weiteren Blick auf ihre Mutter. Der Streit zwischen ihren Eltern kam ihr wieder in den Sinn. Wieder einmal fragte sie sich, was ihre Mutter wohl gemeint hatte. *Anstatt von was?*

5

Joel lag im Bett und konnte nicht schlafen. Der Mond stand hoch am klaren Nachthimmel und warf sein silbernes Licht in sein kleines Zimmer im oberen Stockwerk. Diese Etage hatte er ganz für sich allein. Na ja, fast für sich allein. Sein Vater mochte keine Treppen, darum schliefen seine Eltern in einem der unteren Zimmer. Unten befanden sich vier Zimmer, dazu noch zwei unter dem Dach. Eines davon war Joels Zimmer. Das andere wurde Gästezimmer genannt, was sehr seltsam war, weil sie niemals Gäste hatten. Großmutter Grimes wohnte nur fünfzehn Meilen entfernt, und außer Dr. Howard Austin, der in ihrer Straße wohnte, hatten sie kaum anderen Besuch.

Seine Mutter hatte das Gästezimmer, das keine Gäste beherbergte, in Rosa ausgestattet, mit Dingen, die Joels Meinung nach viel besser in ein Kinderzimmer gepaßt hätten. Mindestens einmal in der Woche machte sie hier sauber. Dann saß sie eine Zeitlang auf dem kleinen Bett und starrte mit abwesendem Blick aus dem Fenster. Und wenn sie dann wieder nach unten kam, waren ihre Augen häufig gerötet und ihre Stimme kühl. Oft mied sie danach auch die Begegnung mit anderen Familienmitgliedern. Das verwirrte Joel.

Einmal hatte er mitten in der Nacht gemeint, ein Schluchzen von nebenan zu hören. Beunruhigt hatte er sich aus seinem Zimmer geschlichen und durch die Tür gesehen. Das Licht der Straßenlaterne war in das Zimmer gefallen. Er hatte erwartet, seine Mutter weinend vorzufinden, aber sehr zu seinem Erstaunen hatte sein Vater auf dem Stuhl neben dem Bett gesessen. Er hatte das Gesicht in den Händen vergraben, und seine Schultern hatten gebebt. Sein Vater stieg niemals die Treppe hoch. Nie. Was konnte ihn dazu bringen, mitten in der Nacht ins Gästezimmer zu gehen? Joel hatte danach nur schlecht wieder einschlafen können und unter seiner warmen Decke gezittert. Aber wenn er sich auch Gedanken darüber machte, er hatte es nie gewagt, die eine Frage zu stellen, die ihn so sehr bewegte.

Joel lag still in seinem Bett und lauschte auf seinen Herzschlag. Wieder einmal klopfte sein Herz viel zu laut. Aber das war halt manchmal so. Gewöhnlich ignorierte Joel den gelegentlichen Schmerz und die seltsamen Geräusche, die sein Herz manchmal machte. Doch heute nacht schien er jeden schnellen Schlag ganz deutlich zu spüren.

Er verrenkte seinen Hals und betrachtete die Sterne am Nachthimmel. Unten auf der Straße fuhr ein Wagen vorbei. Das Motorengeräusch störte die Grillen, den Nachtwind und die Eulen, aber nur einen kurzen Augenblick.

Er warf einen Blick auf die tickende Uhr. Die Zeiger schienen auf der Stelle stehenzubleiben. Er rollte sich auf die Seite, schloß die Augen und schlief schließlich doch noch ein.

Das Zwitschern eines Vogels riß ihn aus seinen Träumen. Er griff nach der Uhr. In zwanzig Minuten würde der Wecker schrillen. Er versuchte, noch liegenzubleiben, aber die Vorfreude war zu groß. Schließlich erhob er sich und zog sich an. Auf Zehenspitzen schlich er die Treppe hinunter, nahm das Sandwich und den Apfel, die er bereits am Vorabend bereitgelegt hatte, und verließ leise das Haus.

Die Morgendämmerung zeigte sich bereits am Himmel, und die Sterne funkelten nicht mehr. Der Aprilmorgen war so kalt, daß er seinen Atem sehen konnte, aber Joel war zu aufgeregt, um die Kälte zu spüren. Der Mond war nur noch als schwache Sichel im Westen zu sehen. Während er an der Ecke stand und sein Sandwich aß, stellte er sich vor, daß der Mann im Mond ihn anlächelte.

Pünktlich bog der Kleinbus in seine Straße ein und kam vor ihm zum Stehen. Ein Mann mit einer Zigarre im Mund steckte den Kopf zum Beifahrerfenster heraus und fragte: „Bist du, eine Sekunde, irgendwo habe ich auch deinen Namen. Ja, da ist er schon. Bist du Joel Grimes?“

„Jawohl, Sir. Guten Morgen, Sir.“

„Du brauchst mich nicht ‚Sir‘ zu nennen, Kind.“ Er schob seine mit einem dicken Arbeitshandschuh bekleidete Hand unter einen Draht und warf ein Paket aus dem Kleinbus. Es landete mit einem mächtigen Knall vor Joels Füßen. „Hast du eine Schere mitgebracht?“

„Nein, Sir, ich habe nicht ...“

„Hier, heute kannst du mal meine nehmen. Schneide den Draht durch und nimm ihn vorsichtig herunter, sonst kannst du dich daran schneiden. Das war's. Wie alt bist du eigentlich, Kind?“

„Dreizehn, Sir. Beinahe vierzehn.“

Der Mann betrachtete Joel einen Augenblick, so als überlege er, ob er sein Alter in Frage stellen sollte. Joel wußte, daß er kleiner war als andere Jungen seines Alters. Eigentlich hatte sein Vater nur aus diesem Grund seine Zustimmung dazu gegeben, daß er morgens Zeitungen austrug. „Vielleicht bekommst du dadurch ein paar Muskeln und ein wenig Fleisch auf deine Knochen“, hatte er gesagt. Jeder Grund war Joel recht. Er wollte den Job.

Joel war erleichtert, als der Mann schließlich kurz nickte und das wieder aufgriff, was er bereits gesagt hatte. „Ich habe dir doch gesagt, du brauchst mich nicht ‚Sir‘ zu nennen.“

„Laß das Kind in Ruhe“, rief der Fahrer von seinem Platz aus. „Gegen Manieren ist doch nichts einzuwenden.“ Der Fahrer war breiter als sein Beifahrer, aber er lächelte strahlend. „Dreizehn ist ziemlich jung für diese Arbeit. Denkst du, du kommst damit klar?“

„Jawohl, Sir, das denke ich schon“, erwiderte Joel und reichte die Schere zurück in den Wagen.

„Der Sonntag ist der schlimmste Tag“, meinte der Beifahrer. „Du mußt daran denken, in jede Zeitung noch eine Zeitschrift und Comics zu legen – sie werden separat geliefert. Und versuche nicht, alles auf einmal zu tragen. Such dir einen Platz, wo du sie lagern kannst. Aber die Zeitungen dürfen von der Straße aus nicht gesehen werden, sonst werden noch einige gestohlen."

„Ich werde daran denken", erwiderte Joel. Er konnte kaum glauben, daß es tatsächlich wahr wurde. „Vielen Dank."

„Nichts zu danken." Der Beifahrer deutete mit dem Daumen auf seine Brust. „Ich heiße Hans. Der Klugscheißer hinter dem Lenkrad ist Julius."

„Nett, Sie kennenzulernen, Sir."

„Gleichfalls, Kind. Und viel Glück." Hans stieß seinen Kollegen in die Seite, und eine schwarze Rauchwolke hinter sich herziehend fuhr der Kleinbus davon.

Einen Augenblick lang stand Joel da und ließ das alles auf sich wirken. Der Morgen gehörte ihm, nur ihm ganz allein. Schließlich nahm er die Hälfte der Zeitungen hoch und trug sie hinter eine Hecke. Die anderen rollte er zusammen und befestigte sie mit den Gummis, die er mitgebracht hatte. Danach legte er sie in die Körbe auf seinem Fahrrad. Er besaß jetzt zwei Körbe, einen vorn am Lenker und einen hinten auf dem Gepäckträger. Um sie anschaffen zu können, hatte er sich Geld von seiner Mutter leihen müssen, aber er hatte versprochen, ihr das Geld von seinem ersten Lohn zurückzugeben.

In den vergangenen Tagen hatte Joel sich so gut es ging auf seine neue Tätigkeit vorbereitet. Er hatte seine Route festgelegt und festgestellt, daß sie sich sehr gut aufteilen ließ. Die Stelle, an der er die Zeitungen entgegennahm, lag fast genau in der Mitte. Er hatte auch mit dem jungen Mann gesprochen, dessen Route er übernahm. Er war ein Freund von Doc Austin und würde auf eine Uni im Norden gehen. Der junge Mann hatte ihm die schwierigen Leute beschrieben, vor allem diejenigen, die sich bei der Zeitungsverteilstelle beschwerten. Sie konnten ihn den Job kosten. Um diesen Job zu bekommen, hatte Joel sogar selbst im Büro angerufen, obwohl er schreckliche Angst davor gehabt hatte.

Joel stieg auf sein Fahrrad und radelte los. Häufig traf er den Hauseingang nicht ganz genau, was bedeutete, daß er sein Fahrrad abstellen, die Zeitung suchen und sie auf die Vorderveranda legen mußte. Schließlich kam er beim ersten problematischen Haus an. Dort wohnte ein alter Mann, der sich immer wieder beschwerte, seine Zeitungen würden gestohlen. Leise stieg Joel die Stufen hoch, öffnete die Fliegengittertür und schob die Zeitung dorthin, wo sie von außen nicht gesehen werden konnte.

Zu dem nächsten Block gehörte das Haus von Mrs. Drummond; er hatte bereits von Doc Austin von ihr gehört. Sie war eigentlich keine von denen, die sich immer beschwerten, aber sie litt unter so starker Arthritis, daß ihr das Laufen sehr schwerfiel. Joel tat, was Doc Austin vorgeschlagen hatte. Er steckte ihr die Zeitung durch den Briefschlitz. Während er zu seinem Fahrrad zurückging, dachte er an das, was Doc Austin gesagt hatte, wie die Frau ihn immer wieder durch ihre Fröhlichkeit verblüffte, und daß sie trotz ihrer Schmerzen jeden Tag mit einem Lächeln und einem Gebet begann. Doc Austin hatte gesagt, er würde nie verstehen können, wie jemand, der solche Schmerzen ertragen mußte, an seinem Glauben festhalten konnte. Joel fragte sich, was es wohl bedeutete, „an seinem Glauben festzuhalten". Aber er traute sich nicht, diese Frage zu stellen.

Joel beendete die erste Hälfte seiner Route und eilte zurück, um die zweite Ladung zu holen. In Windeseile radelte er die Straße entlang. Er holte die Zeitungen hinter der Hecke hervor und begann sie zusammenzurollen. Während er sie mit einem Gummiband zusammenband, fragte er sich, was einige Leute dazu brachte, so fest an Gott zu glauben, wie sie es taten. Seine Eltern sprachen niemals über Religion. Niemals. Sein Vater arbeitete fast jedes Wochenende, weil er dafür einen höheren Lohn bekam. Joel hatte gesehen, wie fein angezogene Leute in die Kirche gingen. Aber sie wirkten steif und feierlich. Ihm schien dies eine seltsame Art, einen Sonntag zu verbringen.

Joel begann seine zweite Runde. Es war ihm egal, wie lange er dafür brauchte. Zu Anfang würde er soviel Zeit investieren, wie nötig war, da er alles richtig machen wollte. Außerdem liebte er es, den Morgen ganz für sich allein zu haben. Während er eine einsame Straße nach der anderen abfuhr, hatte er genügend Zeit zum Nachdenken. Das war noch besser, als allein in seinem kleinen Zimmer zu sitzen und an seinem Schreibtisch unter dem Fenster an einem neuen Modellflugzeug zu basteln.

Seine Lehrer in der Schule sagten, er sei viel zu still für sein Alter. Einmal hatte er gehört, wie einer seiner Lehrer zu einem anderen gesagt hatte, sein zurückgezogenes Wesen sei ein Zeichen dafür, daß Joel keine Empfindungen hätte. Dem konnte Joel ganz und gar nicht zustimmen. Ganz im Gegenteil, er empfand viel zu stark.

Er war beinahe traurig, als er die letzte Zeitung ausgetragen hatte, aber die Schule würde bald beginnen, darum hob er den Draht und einige Papierschnitzel auf und machte sich auf den Heimweg. Unterwegs dachte er über das Telefongespräch nach, das er mit der Frau aus dem Zeitungsbüro geführt hatte. Sie war erstaunt gewesen, von ihm zu hören. Sie hatte ihm alle Beschwerden herausgesucht und sie am Telefon vorgelesen. Sie sagte, es sei das erste Mal, daß ein Zeitungsjunge sich diese Informationen zu Beginn seines Jobs habe geben lassen, und sie würde seinen Namen ihrem Chef gegenüber erwähnen. Joel empfand erneut die Freude darüber, daß alles gut gehen würde. Auf seiner Route würde es keine Beschwerden geben. Nicht eine einzige.

Als er in seine Straße einbog, mußte Joel aus irgendeinem Grund an die alte Mrs. Drummond denken. Seltsam, daß sie trotz ihrer Krankheit fröhlich war. Joel stellte sein Fahrrad vor dem Haus ab und wünschte, er würde einen Weg finden, seine Eltern glücklich zu machen. Er würde alles darum geben, wenn die Leute über sie sprechen würden wie Doc Austin über die alte Dame.

6

Martha starrte mit abwesendem Blick zum Küchenfenster hinaus. Die Morgensonne stand niedrig am Himmel und nahm den neuen Tag in Besitz. Langsam stieg sie im Osten immer höher und schickte ihre wärmenden Strahlen auf die Erde. Aber Martha zeigte kein Interesse für die Schönheit dieses Tages. Nur selten nahm sie so etwas wahr. Von ihrem Platz am Spülbecken aus wandte sie sich wieder ihren morgendlichen Pflichten zu. Bald würde Joel vom Zeitungaustragen nach Hause kommen. Der Duft des Morgenkaffees zog bereits durchs Haus. Dies war ihre Art, den Tag zu beginnen. Es war auch gleichzeitig das Signal, das Harry aufstehen ließ, um sich für seinen Arbeitstag fertig zu machen. Er schien sich nie auf irgend etwas zu freuen. Und seine Stimmung übertrug sich auf Martha, die dieselbe Resignation zeigte.

Martha sah, wie Harry aus dem Schlafzimmer kam und sich mit unterdrücktem Gähnen das Hemd in die Hose steckte. Sie wandte sich ab und rührte im Porridge. Joel würde hungrig sein und vermutlich auch ein wenig durchgefroren. So früh am Morgen hatte die Sonne noch nicht sehr viel Kraft.

Schweigend goß sich Harry eine Tasse Kaffee ein und trank sie auf der Veranda. Dort kam die Morgensonne hin und erhellte ihren briefmarkengroßen Garten. Harry hatte sich den Kaffee geholt und war aus dem Haus gegangen, bevor Martha noch erkennen konnte, welcher Stimmung er war. Würde er in sich gekehrt sein, oder unzufrieden und sie schnell kritisieren?

Ein plötzlicher Gedanke an ihren Sohn traf Martha unvorbereitet: *Joel wird so groß. Er wird erwachsen - mein kleiner Junge.*

Sie hatte nicht die Absicht gehabt, ihren Tag mit rührseligen Gedanken zu beginnen. Sie wollte nicht nachdenken; sie fand es viel zu schmerzlich.

Martha versuchte, ihre Aufmerksamkeit auf das Porridge zu lenken. Sie rührte so heftig in der blubbernden Masse, daß der dampfende Inhalt des Topfes beinahe überschwappte. Doch nicht einmal diese Tätigkeit vermochte sie von ihren Gedanken abzulenken. *Ich hätte zwei haben können. Er hätte kein Einzelkind sein müssen. Mein kleines Mädchen - meine Katie ...*

In solchen seltenen Augenblicken, in denen sie bewußt an ihre Tochter dachte, war sie immer wieder erstaunt, wie stark der Verlust dieses Kindes sie noch schmerzte. Martha war so sicher gewesen, daß die Zeit ihren Schmerz lindern würde, die Leere in ihr füllen würde. Aber der Schmerz war noch so stark, als hätte sie eine körperliche Wunde. Ihr Herz schien sich gegen ihren Brustkasten zu drücken. Ihre Arme taten buchstäblich weh, weil ein lebendiges Bündel darin fehlte, obwohl sie wußte, daß das kleine Bündel bereits ein großes Mädchen war. Ihre Kehle war wie zugeschnürt, und nur mit Mühe konnte sie die aufsteigenden Tränen zurückdrängen.

Bei solchen Gelegenheiten war Marthas Stimmung noch finsterer als die ihres Mannes. Sie war noch reizbarer und kritisch. Es war ihre einzige Verteidigungsmöglichkeit.

„Er kommt schon wieder zu spät", hörte sie sich mit barscher Stimme sagen. „Wie um alles in der Welt soll ich das Frühstück fertig haben, wenn er nicht pünktlich kommt?"

„Mir scheint, du gehst sehr streng mit dem Jungen ins Gericht", bemerkte Harry draußen auf der Veranda. Es waren seine ersten Worte an diesem Morgen.

Sie drehte sich zu ihm um und blickte ihn kalt an. Es hatte keinen Zweck zu versuchen, Harry zu erklären, daß es nicht die Zeit war, die sie beunruhigte. Nein, durchaus nicht die Zeit.

Es war der Kinderhochstuhl, der auf dem Dachboden stand. Warum sie ihn behalten hatte, obwohl Joel ihm längst entwachsen war, konnte sie nicht erklären. Der Kinderhochstuhl, in dem zuerst ihr kleines Mädchen hätte sitzen sollen. Der Kinderhochstuhl, der dicht an den Tisch hätte herangeschoben werden und in dem ein weiteres ungeduldiges Kleinkind hätte sitzen und mit dem Löffel auf den Tisch klopfen sollen, während es ungeduldig auf das Frühstück wartete.

Aber Martha konnte ihre Gefühle nicht in Worte fassen. Sie konnte kaum einen zusammenhängenden Gedanken fassen. Bei solchen Gelegenheiten war der Schmerz so heftig, daß sie das Gefühl hatte, unter seiner Macht zusammenzubrechen.

Sie seufzte tief und schob die Gedanken und Gefühle beiseite. „Macht ja nichts“, sagte sie tonlos. „Ich werde es schaffen. Darin bin ich gut. Ich komme mit dem zurecht, was ich habe.“

Nach einem Jahr des Zeitungaustragens war diese Arbeit für Joel zur Routine geworden. Er schaffte es mittlerweile in einem Drittel der Zeit. Er schien mit seinem Fahrrad bereits zusammengewachsen zu sein. Wenn er hätte pfeifen können, hätte Joel ein fröhliches Lied in den stillen Frühlingsmorgen hinausgepfiffen. Ihm ging schon die ganze Zeit das Lied durch den Kopf: „Oh Yes, I'm the Great Pretender“ (Oh ja, ich bin der große Heuchler). Er hatte schon beinahe das Gefühl, daß dieses Lied nur für ihn geschrieben worden war. Aber Joel gab keinen Ton von sich, denn im Laufe der Zeit hatte er gelernt, seine Gefühle für sich zu behalten.

Er warf die letzten Zeitungen, und sie landeten genau da, wo er sie haben wollte. In dem Jahr, in dem er bei jedem Wetter mit dem Fahrrad unterwegs gewesen war, hatte er seine kleine Stadt recht gut kennengelernt.

Riverdale lag genau zwischen Baltimore und Washington und hatte keine historische Vergangenheit, auch keinen Stadtkern. Es hatte vermutlich als eine Kreuzung der Kenilworth Avenue und der Riverdale Road begonnen und sich dann auf dem angrenzenden Farmland ausgebreitet. In der kleinen Stadt war der Nachkriegsbauboom sehr stark zu merken. Hunderte rechteckiger kleiner Häuser schossen wie Pilze aus dem Boden. Mit der Zeit wurden die Häuser verändert; die Leute fügten Sonnenterrassen und Wintergärten an. Die weißen Innenwände wurden in unterschiedlichen Farben gestrichen. Hier wurde ein Busch angepflanzt, dort eine Hecke heruntergeschnitten. Doch trotzdem sahen die Straßen und die Häuser alle gleich aus.

Es war eine Familienstadt, errichtet in Maryland, zwanzig Meilen nördlich von Washington D.C. Viele lebten in der zweiten Generation hier und prahlten mit der Erinnerung an Großeltern oder Urgroßeltern, die aus Europa hierhergekommen waren, um ein neues Leben zu beginnen.

In Riverdale war man am besten Ire oder trug einen irisch klingenden Namen. Joel Grimes paßte gerade noch hinein, wenn auch seine eigenen Vorfahren aus Deutschland gekommen waren, soweit er wußte. Die Väter hatten in der Regel einen Job, den die Kinder verstehen konnten. Sie waren Angestellte in der Eisenwarenhandlung, flickten Rohre, arbeiteten an den Tankstellen oder bei der Feuerwehr. Einige fuhren zu den Eisen- und Stahlfabriken in Baltimore. Sie waren bereit, die lange Fahrt auf sich zu nehmen, um ihrer Familie ein schöneres Umfeld zu schaffen. Die Mütter blieben in der Regel zu Hause und versorgten die Kinder. Hinter den Häusern hing die Wäsche auf der Leine, und die Frauen standen an den Zäunen und plauderten mit der Nachbarin.

Joel ließ sein Fahrrad vor dem Haus stehen und nahm seine letzte Zeitung heraus. Sein Vater arbeitete in der zweiten Schicht, was bedeutete, daß er das Haus erst nach Joel verließ. Normalerweise überflog Joel die Zeitung, bevor er nach Hause kam, um etwas zu finden, über das er reden konnte. Auf diese Weise konnte er herausfinden, wie sein Vater gelaunt war. Meistens antwortete Harry nur mit einem Brummen, aber hin und wieder ging sein Vater auch auf ein Gespräch ein. An diesen Tagen hatte Joel das Gefühl, eine geheime Schlacht gewonnen zu haben.

Als Joel das Haus betrat, hörte er seine Mutter in der Küche hantieren. Sie bereitete das Frühstück vor. Er gab ihr einen flüchtigen Kuß auf die Wange, und sie reagierte mit ihrem stillen Lächeln. Alles war so wie immer, ein ganz normaler Morgen in ihrem stillen Haus. Doch aus irgendeinem unerklärlichen Grund hatte Joel das Gefühl, daß etwas anders war. Etwas Großes. Vielleicht sogar etwas Gutes.

Als Joel die Küche betrat, konnte er seinen Vater draußen auf der Veranda sitzen sehen. Vor sich auf dem kleinen Tisch stand eine Tasse mit dampfendem Kaffee. Die letzte Ausgabe der Zeitschrift *Argosy* lag geöffnet auf seinem Schoß. Harry las *Argosy* und die örtliche Zeitung, nichts anderes. Seiner Meinung nach war *Argosy* die einzige richtige Männerzeitschrift.

Joel legte die Zeitung auf den Tisch und öffnete die Fliegengittertür zur Veranda. „Pop, hast du gehört? Die Fairey Delta 2, ein britisches Flugzeug, hat einen neuen Geschwindigkeitsrekord aufgestellt. 1.132 Meilen pro Stunde."

Harry runzelte die Stirn. „Ich muß nichts über ein Tommy-Flugzeug wissen."

Normalerweise hätte eine solche Antwort Joel dazu gebracht, sich ins Haus zurückzuziehen, aber an diesem Tag brachte ihn das Gefühl, daß etwas Wichtiges passieren würde, dazu, neben seinem Vater stehenzubleiben und zu überlegen, was er sagen konnte. „Aber Pop, du hast doch immer gesagt, daß die Briten im Krieg gute Kämpfer waren."

Sein Vater schlug die Zeitung zu und raschelte mit dem Papier. „Vielleicht, aber denk an meine Worte, die guten alten Vereinigten Staaten von Amerika werden diesen Rekord in Nullkommanichts eingeholt haben."

Joel kehrte in die Küche zurück und fragte sich, warum er noch immer das Gefühl hatte, daß dieser Tag etwas ganz Besonderes war. Er setzte sich auf seinen Platz am Küchentisch. Seine Mutter hatte bereits eine Schüssel mit dampfendem Haferbrei auf den Tisch gestellt. Joel spürte, wie ihre Hand seine Schulter berührte, als sie zwei Scheiben gebutterten Toast neben seinen Teller legte. Eine solche Berührung war so selten, und sie schien ihm beinahe eine Bestätigung zu sein, daß dieser Tag tatsächlich etwas Besonderes war. Beinahe hätte er zu pfeifen begonnen.

Ohne ein einziges hartes Wort oder eine Unmutsäußerung gehört zu haben, machte er sich auf den Weg zur Schule. Ganz bestimmt hielt dieser Tag etwas Gutes für ihn bereit.

Doch als er um die letzte Ecke bog und seine Schule vor sich sah, erstarb das Lied in seinem Herzen. Vor ihm stand eine Gruppe von Jungen, die den Weg zur Schule beinahe ganz blockierten. Sobald er sie entdeckt hatte, wußte Joel, daß sie nichts Gutes im Sinn hatten. Sein Magen krampfte sich zusammen, und einen schrecklichen Augenblick lang befürchtete er, daß sie auf ihn warteten.

Er wollte stehenbleiben, wegrennen, fliehen. Aber er tat nichts dergleichen, wenn er auch nicht verstehen konnte, warum. Seine Schritte wurden unsicher, aber irgend etwas trieb ihn voran. In Erwartung dessen, was kommen würde, ging er weiter. Jeder Muskel in seinem Körper war angespannt.

Bisher hatte er dieser unangenehmen Gang, die andere Kinder ärgerte und quälte, aus dem Weg gehen können. Mit Vorliebe suchten sie sich die Kleineren und Stilleren als Opfer ihrer Späße aus. Auf Joel traf all dies zu, und er wäre ein passendes Opfer gewesen. Aber er war ihnen immer aus dem Weg gegangen, und wann immer sie in der Nähe waren, hatte er sie ignoriert, und bisher hatte er es auch geschafft, von ihnen übersehen zu werden. Doch jetzt ging er direkt auf sie zu, aus Gründen, die er selbst nicht ganz begreifen konnte. Er wappnete sich innerlich, hoffte von ganzem Herzen, daß das, was immer ihre Aufmerksamkeit auf sie zog, sie auch weiterhin von ihm ablenken möge.

Sie lachten. Es war ein bösartiges Lachen. Joel wußte, daß es keine Heiterkeit über irgendeinen Jungenwitz war. Es war auch kein gutmütiges Geplänkel. Ganz im Gegenteil, Joels Magen krampfte sich zusammen.

„Hey, Bauer", hörte Joel einen der größeren Jungen rufen. „Wo kommst du denn her?"

„Sieht so aus, als wäre er gerade aus einem Heuhaufen gekrochen", rief ihr Anführer. Herman Gadsby war ein rotgesichtiger Bulle mit einer krummen Nase. Er war ein miserabler Fußballspieler. „Entweder das, oder er ist unter einem Stein hervorgekrochen."

Das Gelächter steigerte sich wie eine dunkle, unheilverkündende Welle. „Was sollen wir denn jetzt mit ihm anstellen?“

In diesem Augenblick erblickte Joel den Gegenstand ihres Spottes. Ein Junge stand mitten in der Menge. Er trug eine dunkle Hose mit Hosenträgern und ein einfaches blaues Hemd. Ein schwarzer Hut war tief über den Kopf gezogen und verdeckte fast ganz den rechteckigen Haarschnitt. Seine Hand umklammerte eine verbeulte Blechdose so fest, daß die Knöchel weiß hervortraten.

Joel hatte den Jungen noch nie zuvor gesehen. Einen Augenblick lang wünschte er sich, er würde ihn auch jetzt nicht sehen. Ihm gefiel nicht, was er da miterlebte. Alle Bandenmitglieder trugen ihr Haar lang und im Nacken zusammengebunden. Die meisten Kinder versteckten sich, wenn Jungen mit einem solchen Haarschnitt auftauchten. Offensichtlich wußte es dieser Junge nicht besser.

Joel hatte keine Ahnung, was er tun sollte. Er stand still und leckte sich die trockenen Lippen. Er bemühte sich, den Speichel zu schlucken, der eigentlich gar nicht da war. Seine Hände wurden feucht.

Die Rettung kam mit dem lauten Gongschlag der Schulglocke. Die Bande zerstreute sich und eilte auf das Schulhaus zu; der Knoten in Joels Magen löste sich.

Das nächste, an das er sich erinnerte, war, daß er in ein Paar ernste graue Augen blickte. Keiner der Jungen sprach ein einziges Wort. Sie standen nur da und musterten sich gegenseitig. Die Schulglocke hörte auf zu läuten, und es wurde still um sie. Diese Stille rührte etwas in Joel an.

Gemeinsam drehten sie sich um und gingen auf das rote Ziegelgebäude zu. Wenn sie zu spät zum Unterricht kamen, würde es Ärger geben. Sie beschleunigten ihre Schritte, und Seite an Seite schlossen sie sich den anderen Schülern an, die durch die staubigen, mit dunklem Holz verkleideten Flure strömten. Joel blieb gerade lange genug stehen, um seine Kappe an seinen Haken an der Wand zu hängen. Er sah, wie auch der Junge seinen schwarzen Hut abnahm und nach einem Haken suchte, an den er ihn hängen konnte.

„Da.“ Joel deutete auf einen leeren Haken. Die beiden Jungen gingen weiter und betraten ihre Klasse in dem Augenblick, als Mr. Murdoch seine Hand ausstreckte, um die Tür zu schließen.

Joel schlüpfte auf seinen Platz. Der neue Junge stand schweigend an der Tür. Als Mr. Murdoch sich umdrehte, den neuen Jungen vorstellte und ihm einen Platz zuwies, trafen sich die Blicke der beiden Jungen. Dabei wurde eine Botschaft übermittelt, wenn Joel auch nicht so genau wußte, um was für eine Botschaft es sich handelte.

Es schien die natürlichste Sache der Welt zu sein, daß sie nach der Schule nebeneinander hergingen. Eine Zeitlang schwiegen sie, bis Joel fragte: „Wollen wir zum *Sprudel-Brunnen* gehen?" Sofort bereute er es, denn dieser junge Mann in seinen seltsamen Kleidern würde sich dort nicht wohl fühlen. Der *Sprudel-Brunnen* war der Treffpunkt der gesamten Schule.

„Nein, ich glaube nicht", erwiderte der Junge. Sein Akzent war genauso seltsam wie seine Kleider.

Joel dachte einen Augenblick nach, dann fragte er: „Hast du Lust, mitzukommen und dir meine Modellflugzeuge anzusehen?"

Dieser Vorschlag fand sofort seine Zustimmung. „Ja, das würde ich gerne."

Der Junge hieß Simon. Simon Miller. Nachdem er dem Lehrer zu Beginn des Unterrichts seinen Namen genannt hatte, hatte er den ganzen Tag über kaum noch ein Wort gesagt. Jedoch hatte er die beiden Male, als der Lehrer ihm eine Frage stellte, die richtigen Antworten gegeben. Joel hatte Simon fast den ganzen Tag über aus den Augenwinkeln beobachtet. Er war ungewöhnlich ruhig und aufmerksam, jedoch zurückhaltend.

„Was machst du hier?" fragte Joel. „Ich meine, es ist seltsam, daß du einen Monat vor dem Ende des Schuljahres in eine neue Schule kommst."

„Mein Vater hat Diabetes. Im vergangenen Jahr wurde ihm ein Teil seines Beins bis hierher abgenommen." Er deutete auf eine Stelle oberhalb des Knies. „Er hat eine Prothese bekommen, aber manchmal tut es ihm immer noch sehr weh." In der Art, wie Simon sprach, lag eine stille Anteilnahme. „Jetzt gibt es wieder Probleme, diesmal mit dem Kreislauf. Wir mußten hierher ziehen, um in der Nähe des Krankenhauses zu sein."

Obwohl Simon dem nicht viel Gewicht beizumessen schien, empfand Joel Mitleid mit ihm. „Hey, das ist wirklich schlimm. Mein Dad hat auch Probleme mit seinem Bein."

„Ist er auch Diabetiker?"

„Nein. Er wurde im Krieg verletzt."

„Das tut mir leid. Es ist schwer, so viel Leid zu erleben."

„Du sprichst so seltsam. Es klingt, als würdest du alles ablesen."

„Ich gehöre zu den *Pennsylvania Dutch*. Ich bin Deutscher. Hast du noch nie von uns gehört?"

„Ich glaube nicht."

„Mein Papa kann es dir erklären. Er nennt uns das ausgesonderte Volk." Simon grinste bei dem Gedanken. „Du denkst, *ich* würde seltsam sprechen. Aber warte nur, bis du meinen Papa gehört hast, er hat erst als erwachsener Mann Englisch gelernt. Seine Aussprache ist in Ordnung, aber er denkt noch deutsch."

Weitere Fragen wurden im Keim erstickt, als sie in Joels Straße einbogen. Er wurde plötzlich unsicher. Sein Vater würde noch bei der Arbeit sein, nur selten kam er vor sechs Uhr von der Mittagsschicht nach Hause, aber was würde Simon von seinem Zuhause oder seiner Mutter denken? Noch nie zuvor hatte er einen Freund mit nach Hause gebracht. Joel wurde langsamer, während er darüber nachdachte, wie seltsam es war, daß er diesen Fremden eingeladen hatte, mit ihm nach Hause zu kommen.

„Ist was, Joel?"

„Nein." Er hoffte, daß er die Wahrheit sagte und ging Simon voran zum Hauseingang. Vorsichtig öffnete er die Tür. „Mom?" rief er.

Das Haus war still. Joel seufzte erleichtert auf und erklärte: „Sie wird noch auf dem Markt sein. Komm."

Er ging Simon voran die Treppe hoch zu seinem Zimmer. Der Junge folgte ihm, den Hut in den Händen haltend. Joel bemerkte, wie er sich umsah, und forderte ihn auf: „Leg ihn einfach auf das Bett."

Vorsichtig legte Simon seinen Hut ab und zog die Jacke aus. Seine Augen wurden immer größer, während er die ganze Sammlung betrachtete - die an der Decke aufgehängten Flugzeuge bis hin zu denen, die fein säuberlich in den einfachen Regalen aufgebaut waren. „Oh - wie schön", rief der Junge.

Joel grinste. Sein Blick folgte dem seines Gastes. Es war das erste Mal, daß er stolz das Ergebnis seiner stundenlangen Arbeit vorführte.

„Oh, sie sind ja so wunderschön! Noch nie habe ich so etwas gesehen!"

„Das sind Modelle. Ich habe sie alle selbst gemacht. Ich trage morgens nämlich Zeitungen aus. Das meiste Geld spare ich. Ich muß soviel zusammensparen, wie ich kann, falls ich mal zur Uni gehen will. Aber manchmal kaufe ich mir auch ein Modell."

„Sie sind wirklich wunderschön." Simon setzte sich auf den Teppich und ließ seinen Blick über die Flugzeuge über seinem Kopf gleiten.

Joel ließ sich neben ihm nieder. Zum ersten Mal hatte er nun Gelegenheit, sich Simons Kleider näher anzusehen. Das Hemd hatte weder Kragen noch Manschetten. Es war aus grobem Stoff mit großen Stichen genäht. Sogar die Hosenträger wirkten handgemacht. Sie waren mit Knöpfen an der Hose befestigt. „Näht deine Mutter alle deine Kleider selbst?"

Simon nickte, den Blick noch immer fest auf die Flugzeuge gerichtet. „Wir kaufen nur unsere Schuhe im Geschäft, alles andere machen wir selbst."

„Warum?"

„Das ist bei den Mennoniten so Sitte", erwiderte Simon einfach.

„Mennoniten?"

Simon nickte. „Wir sind Mennoniten."

„Ich dachte, du wärest *Pennsylvania Dutch* - oder Deutscher oder so etwas."

Simon senkte den Blick und lachte gutmütig. *„Pennsylvania Dutch* - ja. Das ist unsere Herkunft. Deutsch - ist unsere Sprache. Mennoniten - das ist unser Glaube - unser Lebensstil."

Joel runzelte die Stirn. Es war schwierig, da mitzukommen. Er verstand nicht alles.

Sie saßen eine ganze Weile zusammen, und Joel erklärte Simon die Modelle und wie man ein Modell nach der Anleitung baute. Vorsichtig entfaltete er eine Bauanleitung, damit das Papier nicht beschädigt wurde. Schritt für Schritt erklärte er, wie man ein solches Modell zusammensetzte. Zuerst mußte das papierdünne Balsamholz geschnitten werden. Später wurde geklebt und schließlich angemalt und die Abziehbilder aufgeklebt. Simon hörte mit derselben stillen Aufmerksamkeit zu, mit der er bereits dem Unterricht gefolgt war.

Schließlich erhob er sich widerwillig. „Ich muß jetzt gehen. Ich habe noch Pflichten zu erledigen, und Mutter wird sich Sorgen machen."

„Ist gut. Ich bringe dich noch nach Hause." Joel führte seinen neuen Freund nach unten, und gemeinsam traten sie auf die Straße. Während sie nebeneinander hergingen, spürte Joel, wie sich ein seltsamer Druck in ihm aufbaute. Als ob alle Gedanken und Gefühle, die er bisher vor aller Welt versteckt gehalten hatte, plötzlich nach draußen drängten. Leise sagte er: „Mein Vater ist nicht glücklich."

Simon blieb an der Ecke stehen. Sein Gesicht schien Joels Schmerz widerzuspiegeln. Joel hatte das noch nie bei einem Jungen seines Alters gesehen. Bei Doc Austin kam das von Zeit zu Zeit vor. Er teilte seinen Schmerz, obwohl irgend etwas in seinem Blick ihm sagte, daß er das eigentlich nicht wollte. Aber Simon stand einfach nur da, hörte zu und *nahm in sich auf.* Der Druck baute sich weiter in Joel auf, und es war, als kämen all die Worte und Gefühle, die er zu verdrängen versucht hatte, plötzlich an die Oberfläche.

„Er wurde im Krieg verletzt, wie ich gesagt habe. Er mußte die Armee verlassen, obwohl er so gern geblieben wäre. Ich glaube zumindest, daß er es wollte, denn er spricht nie darüber. Aber es gibt eine Menge kleiner Anzeichen dafür."

„Anzeichen", ergänzte Simon. „Du beobachtest und nimmst sie wahr."

Joel nickte und fragte sich, wie es möglich war, sich in der Nähe eines Menschen, den man kaum kannte, so wohl zu fühlen. „Ich glaube, er denkt viel über das nach, was er nie gehabt hat."

Simon nickte langsam, so als ob etwas so Wichtiges tief einsinken müsse. Sie gingen eine Zeitlang weiter, bis er endlich sagte: „In dem Buch mit deinem Namen heißt es, daß sich erst am Tage des Herrn alle Pläne Gottes für den Menschen erfüllen werden."

Diese Bemerkung verwirrte Joel so sehr, daß er nicht wußte, welche Frage er zuerst stellen sollte. „Welches Buch?"

Die Frage ließ Simon zum zweiten Mal stehenbleiben. „Es heißt im Englischen wie im Deutschen gleich. In deiner Bibel mußt du es doch finden."

„Meine Bibel? Ich habe keine Bibel."

„Na ja, ... deine Familienbibel. Dein Vater muß sie doch lesen."

„Er liest nie darin."

Diese Auskunft erstaunte Simon. Er starrte Joel einen Augenblick an, bevor er sprach. Er klang sehr verwirrt. „Du trägst den Namen Joel, und deine Eltern haben ihn nicht aus der Bibel?"

„Joel war der Name meines Großvaters. Ich bin nach ihm benannt." Der Junge dachte einen Augenblick nach. „Ich glaube, wir haben irgendwo eine Bibel im Haus. Aber ich habe nie erlebt, daß jemand darin gelesen hat."

Simon schien nicht zu wissen, was er dazu sagen sollte. Schließlich drehte er sich um und deutete mit der Hand auf ein Haus. „Dort wohne ich, Joel. Ich kann dich nicht mit nach Hause nehmen, weil Mama noch beim Auspacken ist. Aber nächste Woche kannst du einmal mit zu mir kommen."

„Sicher, das ist abgemacht."

„Du wirst mit uns zu Abend essen", sagte Simon fast wie zu sich. „Du kannst mit Papa über all diese Dinge sprechen. Er wird wissen, was er dir antworten soll."

Als Joel an diesem Abend in seinem Bett lag, war er zwar müde, doch er konnte noch nicht schlafen. Er hatte das Gefühl, auf einer Wolke zu schweben. Der Tag war so großartig gewesen, wie er lange keinen mehr erlebt hatte. Und doch war nichts wirklich Großartiges passiert, kein welterschütterndes Ereignis. Er hatte nur einen neuen Freund gefunden. Einen Jungen, der so ganz anders war als alle Jungen, die Joel je kennengelernt hatte. Und da war noch mehr. Joel verschränkte die Hände hinter seinem Kopf und lächelte zur Decke hoch. Dieser seltsame Junge hatte etwas an sich. Etwas sehr, sehr Gutes.

7

Zur Beerdigung ihres Vaters die Kirche zu betreten, war das Schwierigste, was Sabrina je getan hatte.

Es waren nicht die Blicke, die auf sie gerichtet waren, obwohl bestimmt 1.000 Menschen in der Kirche saßen, als sie nach vorne ging. Es war nicht die Tatsache, daß die Familie als letzte hereinkam oder daß ihre Mutter eine kleine Prozession durch den Mittelgang der Kirche organisiert hatte. Auch nicht die Hitze, obwohl es an diesem Julimorgen drückend heiß war und die Hitze sich unter ihrem Schleier fing. Es war nicht einmal der Sarg mit dem geliebten Menschen, der ihr dieses Gefühl der Hilflosigkeit gab, als sie neben ihrer Mutter durch die Kirche schritt.

Was sie mit Schrecken erfüllte, war das, was nach diesem Tag und dieser Feier kommen würde. Die Aussicht auf ein Leben ohne das herzliche Lachen ihres Vaters, seine liebevolle Stimme und seine Liebe ließ ihre Beine so schwach werden, daß sie ihr beinahe den Dienst versagten.

Die Verwandten folgten ihnen, eine Prozession von Menschen, die Sabrina nur ein- oder zweimal in ihrem Leben gesehen hatte. Nachdem sie jedoch von dem Herzanfall ihres Vaters gehört hatten, tauchten sie auf einmal auf, so als hätten sie durch Telepathie davon erfahren. Aber obwohl sie ihr die Hand gedrückt oder sie umarmt hatten, waren sie ihr fremd geblieben.

Die ganze Kirche war voll von Fremden. Sabrina blickte sich durch ihren schwarzen Schleier hindurch um und suchte nach einem vertrauten Gesicht. Gelegentlich entdeckte sie jemanden, den sie von einer der vielen Feiern in ihrem Haus oder von ihren Besuchen in der Stadt her kannte. Aber die meisten hatte sie nie zuvor gesehen.

Die Kirche war groß, die größte in ganz Washington. Es war die Idee ihrer Mutter gewesen, den Trauergottesdienst dort abzuhalten. Sabrina hatte sie nie zuvor betreten, und das Kirchenschiff wirkte kalt und fremd auf sie. In die Sandsteinmauern waren bunte Fenster eingelassen, auf denen Szenen dargestellt waren, die Sabrina nicht einzuordnen wußte. Die Orgel spielte mit brausenden Tönen, und der Chor erhob sich und sang Worte, die Sabrina nicht verstehen konnte, selbst wenn sie sich darum bemüht hätte.

Nachdem sie Platz genommen hatten, erhob sich der Pastor und begann mit trauriger Stimme zu sprechen. Es waren Worte, die Sabrina gar nicht erst hören wollte. Sie kannte ihn nicht; wie konnte er über das sprechen, was sie empfand? Sie saß da, still und reglos, und ließ das über sich ergehen, was ihre Mutter organisiert hatte, genau wie sie alles über sich hatte ergehen lassen, seit der Doktor aus dem Schlafzimmer gekommen war und verkündet hatte, ihr Vater sei in der Nacht gestorben.

Ein Mann, den sie von seinen Besuchen in ihrem Haus her kannte, Senator Allenby, ging zur Kanzel. Immer wieder fragte sie sich nach dem Warum. Warum mußte es gerade jetzt passieren? Jetzt, wo ihr Vater begonnen hatte, mit ihr wie mit einer Erwachsenen zu sprechen. Sabrina saß da und tat so, als würde sie zuhören, doch sie dachte über das letzte ernsthafte Gespräch nach, das sie mit ihrem Vater geführt hatte.

Es war vor drei Wochen gewesen, an ihrem siebzehnten Geburtstag. Mittlerweile war es zur Tradition geworden, daß sie und ihr Vater ihren Geburtstag ganz allein mit einem Mittagessen im Direktionszimmer feierten. Die Vorbereitungen für eine weitere Party ihrer Mutter wurden dabei mit keinem Wort erwähnt. An diesem Tag hatte Sabrina ihren Vater gefragt, wie er eigentlich seine Versicherungsgesellschaft gegründet hatte.

„Das hört sich jetzt leichter an, als es tatsächlich gewesen ist", hatte Lawrence mit einem liebevollen Lächeln erwidert. „Ich kann nicht sagen, daß ich mit nichts angefangen habe. Meine Familie hatte genügend Geld, um mir eine Starthilfe zu geben, und die Crawleys haben ebenfalls ausgeholfen."

„Was ist mit Mutter?" Sabrina wußte bereits, daß die Familie ihrer Mutter sehr wohlhabend gewesen war.

Lawrence schüttelte den Kopf. „Sie waren von Anfang an dagegen. Abigails Vater wollte, nachdem ihm klar geworden war, daß Abigail entschlossen war, mich zu heiraten, daß ich in seine Firma einsteige - er hatte keine Söhne. Aber für mich waren Versicherungen der Markt der Zukunft, und ich wollte es damit versuchen. Und unter uns gesagt, Abigails Vater hatte das Familienunternehmen ziemlich heruntergewirtschaftet. Ihr Großvater war ein guter Geschäftsmann gewesen, aber ihr Vater ... Auf jeden Fall, sie haben mir nicht einen Penny gegeben, haben nicht eine ihrer Versicherungen bei mir abgeschlossen, nicht einmal als es so aussah, als würde ich es nicht schaffen."

„Hat Mutter sie denn darum gebeten?"

„Deine Mutter ..." Lawrence hielt inne und winkte ab. „Abigail wollte ein großes Haus, und dafür haben sie uns das Geld gegeben. Sie haben uns auch diesen Luxuswagen geschenkt und sogar unser erstes Personal bezahlt. Sie konnten nicht zusehen, daß ihr kleines Mädchen ohne diesen Luxus auskommen mußte."

„Das muß schrecklich für dich gewesen sein", meinte Sabrina leise. „Daß sie dir beim Aufbau der Firma nicht geholfen haben, meine ich."

„Sie hatten ihre Gründe dafür", erwiderte Lawrence und lenkte das Gespräch damit in eine andere Richtung. „Und schließlich habe ich es auch allein geschafft."

„Das hast du allerdings." Sie war so stolz auf ihn.

Er schwieg eine Weile. „Jeder Anfang ist schwer, und im Geschäftsleben ganz besonders. Vierundzwanzig Stunden pro Tag, sechs Tage pro Woche. Man lebt, ißt und atmet es und weiß, wenn man es nicht schafft, wird man keine zweite Chance bekommen."

„Aber du hast es geschafft", strahlte sie.

„So langsam, daß es schwer war zu glauben, ich würde es jemals schaffen", erwiderte er. „Um ehrlich zu sein, ich weiß nicht einmal mehr genau, wann die große Wende kam. Aber eines Tages zwang ich mich dazu zu bemerken, daß ich mich nicht mehr fragen mußte, ob wir es schaffen würden. Jetzt war die Frage nur noch, wie weit und wie hoch."

Er hatte sie nachdenklich und forschend angeblickt. So als müßte er entscheiden, ob er etwas sagen sollte oder nicht. Schließlich hustete Lawrence und sagte: „Niemand kann es allein schaffen. Man macht alle möglichen Schulden, und die schlimmsten Schulden sind die, die man nicht in Geld zurückzahlen kann."

Sabrina spürte, wie ihr Magen sich zusammenkrampfte. Sie fürchtete sich vor dem, was jetzt kommen würde. Sein Tonfall machte ihr mehr Angst als seine Worte.

„Deine Mutter hat mir sehr weitergeholfen. Sie ist intelligent und gerissen und kennt sich in der oberen Gesellschaftsschicht aus. Ich weiß genau, daß sie mir eine ganze Reihe guter Kunden beschafft hat. Und ich bin sehr dankbar dafür. Sie ist auch für mich gut gewesen - stimulierend. Ich habe meine Wahl nie bereut. Aber es hat Zeiten gegeben, vor allem in der ersten Zeit unserer Ehe, wo *sie* sich gefragt hat, ob sie das Richtige getan hat."

Er wirkte so ernst, daß Sabrina erschauerte. Aber da ihr Vater gerade sprach, sagte sie nur: „Ich verstehe, Daddy."

„Wirklich?" Er lächelte sie an, doch auf seinem Gesicht lag eine tiefe Trauer. „Deine Mutter ..." Er brach ab. Man sah ihm an, wie er innerlich mit sich kämpfte. „Nun, wir beide kennen deine Mutter, nicht?"

Sabrina nickte. Alle ihre Gedanken und Ängste saßen wie ein Kloß in ihrer Kehle. Aber das hier war ihr Vater, und er brauchte ihre Hilfe. Darum zwang sie sich zu sagen, auch wenn es das Schwierigste war, das sie je in ihrem Leben getan hatte: „Sag mir, was ich für dich tun soll, Daddy."

Er schien zu spüren, was sie empfand, denn er wurde ernst. „Du würdest es für mich tun, nicht wahr, Liebes?"

„Alles", erwiderte Sabrina unglücklich. „Was immer du möchtest, würde ich für dich tun."

„Was ich möchte." Er sprach die Worte mit solcher Heftigkeit, daß aller Atem aus seinem Körper wich. „Was ich möchte."

Sabrina wartete eine Ewigkeit, wie es ihr schien. Ihr Herzschlag setzte beinahe aus, so angespannt war die Atmosphäre zwischen ihnen.

Dann richtete Lawrence sich auf und atmete tief durch. Er schien zu einem Entschluß gekommen zu sein. Eine neue Entschlossenheit veränderte sein ganzes Verhalten. Er war nun nicht mehr betrübt und resigniert, sondern zornig und eigensinnig. „Was ich möchte", sagte er, wobei er jedes einzelne Wort besonders betonte, „ist, daß du glücklich wirst."

Diese Ankündigung kam so unerwartet, daß Sabrina zusammenfuhr. „Daddy?"

„Glücklich", wiederholte er. „Ist das so ungewöhnlich?"

„Nein, Daddy, wenn du sicher bist ..."

„Ich bin sicher!" Und das war auch so. Seine Augen funkelten, als er durch die Tür hinaus in die Halle und die Büros auf einen unsichtbaren Feind starrte. „Und ich werde alles so regeln, daß dir das auch möglich sein wird." Dann wechselte er abrupt das Thema, lächelte sie verschwörerisch an und fragte: „Da heute dein Geburtstag ist, frage ich mich, ob der Koch wohl noch ein zweites Stück Bananencremekuchen für mich hat."

Nachdem die Trauerfeier vorüber war und sie hinter dem Sarg her den Mittelgang der Kirche entlangschritten, entdeckte Sabrina Randolf Crawley, der zwei Reihen hinter ihr stand und sehr feierlich wirkte. Etwas weiter hinten saß Vaters ehemaliger Protegé Kenneth Adams. Sein Blick war fest auf den Sarg gerichtet, der von sechs Männern getragen wurde. Tiefe Trauer lag in seinen Gesichtszügen. In diesem Augenblick sah Kenneth auf. Seinem eindringlichen Blick konnte sie nicht standhalten. In seinen Augen spiegelten sich derselbe Schmerz und dieselbe Trauer, die sie selbst empfand. Sie hatte Angst, daß sie die Fassung verlieren würde, deshalb gestattete sie sich nicht, den Sarg auch nur mit ihrem Blick zu streifen. Wenn sie später nicht mehr den Blicken anderer Menschen ausgeliefert sein würde, würde noch Zeit genug sein, sich ihrem Schmerz hinzugeben. Im Augenblick war sie sehr dankbar dafür, daß sie durch ihre Gedanken so abgelenkt wurde.

Auf seltsame Weise war es beruhigend für sie, an Kleinigkeiten zu denken, zum Beispiel wie die Bäume und Büsche aussahen, an denen sie auf dem Weg zum Friedhof vorbeikamen. Oder an die Polizei-Eskorte, die ihnen den Weg freimachte. Sie konzentrierte sich auf die Sonnenstrahlen, die durch die Zweige fielen oder stellte fest, wie frisch das Gras aussah, so als hätte es jemand extra für sie saubergemacht. Es war tröstlich, an solche Dinge zu denken, vor allem nach dem vergangenen Abend.

Sie hatte ihre Mutter von dem Beerdigungsinstitut nach Hause begleitet, wo sie sich um die letzten Vorbereitungen gekümmert hatte. Auf der ganzen Fahrt hatte Sabrina nicht ein einziges Wort gesprochen. Sie hatte mitgekriegt, daß ihre Mutter dann und wann etwas zu ihr sagte, aber es war zu schwierig, die Worte auch nur zu hören, geschweige denn, sie zu begreifen. Sabrina war ins Haus gegangen. Maggie hatte irgend etwas zu ihr gesagt, aber auch das hatte sie nicht verstanden. Sie hatte gespürt, daß Maggie sich Sorgen um sie machte, aber sie war nicht in der Lage gewesen, die liebevolle Fürsorge der Freundin anzunehmen.

Sabrina war die Treppe hochgestiegen und hatte sich in ihr Zimmer zurückgezogen. In ihren Kleidern hatte sie sich auf ihr Bett gelegt. Ihre Mutter war hereingekommen und hatte etwas gesagt und war dann wieder gegangen. Aber Sabrina hatte nicht zugehört. Sie hatte dagelegen und die Decke angestarrt, hatte zugesehen, wie es draußen dunkel wurde und die blaßblauen Wände erst dunkelgrau, dann schwarz wurden.

Und sie hatte das Gefühl gehabt, als wäre sie mit ihrem Vater gestorben, nur ihr Körper hatte das noch nicht mitbekommen.

Jetzt, auf dem Friedhof, ließ Sabrina sich zu einem Stuhl in der ersten Reihe führen. Sie war dankbar für den Schleier, denn er half ihr, ihr Gesicht und ihre Gedanken vor all den neugierigen Augen um sie herum zu verstecken. Sie hielt ihren Blick fest auf den Pastor gerichtet, weil es ihr half, nicht auf das häßliche Loch im Boden zu sehen, das ihren Vater aufnehmen würde.

Hatten auch andere Menschen solche Gedanken? Während sie vor dem Grab saß und wie betäubt der Zeremonie folgte, fragte sich Sabrina, ob sie der einzige Mensch auf der Welt war, der das Gefühl hatte, zu niemandem und nirgendwo mehr hinzugehören. Gab es jemanden, der so allein war wie sie? Hatte jemand sich jemals so hilflos gefühlt, so vollkommen fehl am Platze?

8

Der Sommer ging in den Herbst über, und der Winter stand bereits vor der Tür, doch Joel war noch immer nicht zu dem versprochenen Abendessen bei Simon gewesen.

Nicht daß er nicht schon viel Zeit bei den Millers verbracht hätte. Sein Widerstreben hatte nichts mit ihrem manchmal seltsamen Verhalten zu tun, wenn auch die Millers wirklich ganz anders waren als alle Menschen, die Joel je kennengelernt hatte. Aber trotzdem fühlte er sich wohl bei ihnen. Auch wenn sie ihn häufig eingeladen hatten, sonntags einmal bei ihnen zu essen, so blieb Joel in diesem Punkt doch sehr zurückhaltend.

Bei den Millers gab es vieles, was Joel nicht verstand. Alle waren dauernd beschäftigt, und trotzdem strahlten sie eine solche Ruhe aus. Mr. Miller war so krank, daß die Familie ihre Farm in Pennsylvania hatte verlassen müssen, um nun in dieser seltsamen Stadt in der Nähe von Baltimore zu leben. Und trotzdem schienen alle glücklich zu sein. Mr. Miller hatte sein Bein verloren, und manchmal war sein Stumpf so wund, daß er nicht einmal die Prothese anlegen konnte, aber trotzdem lief er die ganze Zeit herum. Selbst wenn er still saß, sprach er, las er oder hatte das Baby auf dem Schoß, oder alles zusammen.

Mr. Miller schien seiner Behinderung keine große Bedeutung beizumessen. Er führte ein erfolgreiches Geschäft als Möbelschreiner. Tagsüber zog er sich in den Schuppen zurück, wo er sein Werkzeug und das Holz aufbewahrte, und hämmerte und sägte, und dabei humpelte er auf einem Bein und einer Krücke umher. Oder aber er stützte sich an einer Wand oder einem Tisch ab und pfiff und war fröhlich. Jawohl, er war glücklich. Er trug kein aufgesetztes Lächeln zur Schau, der Mann war wirklich glücklich. Die ganze Familie war glücklich. Und Joel konnte das einfach nicht verstehen.

Doch der wichtigste Grund, warum Joel ihre Einladung noch nicht angenommen hatte, war der, daß er Angst hatte, seine Eltern zu fragen. Die kleinsten Kleinigkeiten konnten seinen Vater erzürnen. Das Thema Haustiere zum Beispiel. Als Joel ein zweites Mal gewagt hatte, ihn um ein Hündchen zu bitten, war sein Vater tagelang sauer gewesen, so als wäre allein die Frage schon ein Verbrechen gewesen. Joel konnte nie im voraus sagen, was einen Wutanfall bei ihm auslösen würde. Darum beschloß er, still zu sein und keine Bitten zu äußern.

Aber die Ursache für sein Zögern war nicht nur Joels zurückhaltendes Wesen, das war ihm klar. Joel hatte das Gefühl, daß ein Besuch für ihn eine ganz besondere Bedeutung bekommen würde. Ohne genau zu wissen warum, spürte Joel, daß ein gemeinsames Essen und das versprochene Gespräch mit Mr. Miller ihn mit etwas Neuem bekannt machen würde, irgend etwas Fremdem. Und Joel war nicht sicher, ob er bereit dafür war, oder ob er jemals bereit sein würde.

Einen Monat nach seinem vierzehnten Geburtstag wartete Joel wie gewöhnlich nach der Schule auf Simon. Doch als sein Freund kam, wirkte er sehr niedergeschlagen. Joel trat nervös von einem Fuß auf den anderen und mied Simons Blick. „Was ist denn los?“

„Nichts“, erwiderte Simon finster.

„Geht es um deinen Vater?“ Mr. Miller hatte im Sommer eine schwierige Phase durchgemacht, weil die Ärzte ihn nicht richtig auf das Insulin hatten einstellen können.

„Nein, Papa geht es gut.“ Simon schlurfte die Straße entlang und trat nach den Steinen. Schließlich meinte er traurig: „Heute morgen ist ein Brief von zu Hause gekommen. Missy hat ein Fohlen bekommen, und Daisy hat Junge geworfen. Sechs Stück dieses Mal.“

Joel mußte einen Augenblick nachdenken. Daisy war der

Hund, das wußte er. Simons Schwester Sarah sprach von kaum etwas anderem. Das war auch erstaunlich an dieser Familie. Sie hatten mehr als zweihundert Tiere, wenn man die Kühe mitzählte, aber alle hatten Namen. Und die Kinder sprachen von ihnen, als gehörten sie zur Familie. „Wer ist noch mal Missy? Ich habe es vergessen."

„Papas Pferd. Er hat mir versprochen, das Fohlen würde mir gehören und ich dürfte es ganz allein aufziehen."

Joel empfand einen Stich der Eifersucht. Sein Vater erlaubte ihm nicht einmal einen kleinen Hund, und die Millers hatten alles. Vier Hunde, drei Katzen, Kühe, vier Pferde, zwei Maultiere, dreißig Hühner und einen schlecht gelaunten Hahn und dazu noch sieben Gänse. Bei ihnen lebte sogar ein Eichhörnchen, das aus dem Nest gefallen war und das Mrs. Miller mit der Flasche aufgezogen hatte. Es lebte jetzt in dem Baum hinter ihrem Farmhaus. Wenn Mrs. Miller es rief, kam es und brachte sogar seine Familie mit. „Das ist doch großartig. Wo liegt das Problem?"

„Jemand anderer versorgt jetzt mein Fohlen. Jemand anderer striegelt es. Jemand anderer sieht zu, wie es stehen, laufen und rennen lernt." Simon schien den Tränen nahe zu sein. „Ich möchte es sehen, möchte es selbst pflegen. Ich vermisse mein Zuhause. Ich vermisse unsere Farm."

Joel wußte nicht, was er sagen sollte. Er hatte nie eine andere Stadt als Riverdale kennengelernt. Einmal war er an einem Nachmittag mit seinen Eltern nach Washington gefahren. Sie hatten ihm das Weiße Haus und die Denkmäler gezeigt. Aber selbst Baltimore hatte er noch nicht gesehen. Er konnte sich nicht einmal vorstellen, wie es bei den Mennoniten in der Nähe von Lansdale, Pennsylvania, aussah. Nach allem, was Simon erzählt hatte, war es eine vollkommen andere Welt, anders als alles, was Joel bisher kennengelernt hatte.

Schweigend legten sie den Rest des Weges zu Simons Haus zurück. Noch bevor sie die Eingangsstufen hochgestiegen waren, hörte Joel schon das Heulen. „Sarah, sie heult", erklärte Simon traurig. Sarah war Simons jüngere Schwester. „Sie möchte die Welpen. Sie sollen alle hierher zu uns kommen. Mama sagt, wir hätten keinen Platz, und wir können sie nicht zu uns holen. Darum möchte Sarah zurück nach Hause. Wir alle wollen nach Hause."

Mrs. Miller öffnete die Tür und versuchte zu lächeln, aber an diesem Tag brachte sie kein Lächeln zustande. Sie war wie immer mit einer dunklen Bluse und einem bedruckten Rock bekleidet. Um ihr Haar hatte sie ein Tuch gebunden. „Es tut mir leid, Joel. Heute ist kein guter Tag."

„Sicher, ich verstehe." Mrs. Millers Akzent war ein wenig stärker als Simons, aber gar nichts im Vergleich zu dem ihres Mannes. Wie Simon sagte, war die Familie seiner Mutter progressiv, was immer das bedeutete. „Bis später, Simon."

„Vielleicht kommst du am Sonntag zum Gottesdienst zu uns?" Mrs. Miller hatte die Einladung bisher jede Woche ausgesprochen, solange sie Joel kannte. Und jedes Mal hatte er eine andere Entschuldigung gefunden. Aber sie drängte ihn nicht. Und Joel hatte die Gründe, warum er die Einladung nicht annahm, nie erklärt.

Heute wartete Simon nicht einmal auf Joels Antwort. Mit hängenden Schultern stieg er die Stufen hoch. Joel empfand plötzlich den Wunsch, etwas für seinen Freund zu tun, etwas, das ihn wieder glücklich machen würde. „Sehr gern, Mrs. Miller. Ich würde gern kommen."

Seine unerwartete Zustimmung verblüffte beide. Mrs. Millers besorgter Gesichtsausdruck wich einem strahlenden Lächeln. Simon wirbelte herum. „Du kommst? Wirklich?"

Joel war so erstaunt über die Wirkung seiner Worte, daß er nur nicken konnte.

„Das ist gut. Du bist uns willkommen. Komm um zehn, und du mußt auch unbedingt zum Essen bleiben."

„Das ist toll, Joel", sagte Simon und sein Grinsen unterstrich seine Worte.

„Also bis nächsten Sonntag", sagte Mrs. Millers und tätschelte Joels Kopf. „Wie schön, daß wir heute doch noch einen Grund haben, uns zu freuen."

Joel ging die Straße entlang, drehte sich um und winkte noch einmal zu Mrs. Miller und Joel zurück. Licht und Schatten wechselten sich ab, während ein kalter Herbstwind die Wolken am Himmel vor sich hertrieb. Aus irgendeinem Grund fühlte sich Joel sehr leicht, so als würde er über die Erde schweben.

Doch je mehr er sich seinem Zuhause näherte, desto niedergeschlagener wurde er. Er überlegte, wie er seinen Eltern am besten seine Bitte vortragen sollte. Sein erster Gedanke war, es ihnen erst gar nicht zu sagen. Er würde einfach seine Zeitungen austragen und dann zu den Millers gehen. Aber er fürchtete die Auseinandersetzung, und darum beschloß er, den geraden Weg zu wählen. Eine andere Lösung würde ihm nur den Tag verderben.

Während er die Straße entlangging, faßte er den Entschluß, seinen Eltern einfach seine Bitte vorzulegen und zu hoffen, daß sie einverstanden waren.

Die große Frage war, wen er zuerst um Erlaubnis fragen sollte. Seine Mutter würde es ihm vermutlich ohne weiteres erlauben, aber sein Vater haßte es, wenn er den Eindruck hatte, er würde ein Elternteil gegen das andere ausspielen. Harry interpretierte dies als eine Täuschung und reagierte darauf, indem er die Bitte abschlug, wie vernünftig sie auch sein mochte.

Nein, beschloß Joel, es war am besten, mit beiden gleichzeitig zu sprechen und dann die Konsequenzen auf sich zu nehmen. Aber wann? Sie waren so selten zusammen. In Joels Heim war es nicht üblich, daß die Familie sich zusammensetzte. Er hatte niemals eine Atmosphäre wie die in Simons Familie erlebt. Da saß der Vater im Wohnzimmer in der Nähe der großen Lampe und las, während die Mutter an der anderen Seite des kleinen Tisches saß und strickte. Außerdem saßen im ganzen Zimmer verteilt die größeren Kinder über ihren Hausaufgaben, während die kleineren mit selbstgemachtem Spielzeug spielten. Das Baby krähte in der Wiege, die so stand, daß ein Elternteil nur die Hand oder den Fuß auszustrecken brauchte, um die Wiege wieder in Bewegung zu setzen.

Nein, bei Joel ging es ganz anders zu. Sein Vater versteckte sich entweder hinter seiner Zeitung oder der *Argosy* oder saß einfach in dem Sessel in der Ecke des Zimmers und starrte in die dunkle Nacht hinaus. Seine Mutter zog sich häufig schon sehr früh zurück, gab Joel einen flüchtigen Kuß und ermahnte ihn, auch wirklich seine Hausaufgaben zu machen. Manchmal las sie im Bett ihre Groschenromane aus dem Drugstore an der Ecke. Sein Vater nannte sie den „Müll deiner Mutter" und warf sie immer weg, wenn er eines davon in die Hand bekam.

Nein, beschloß Joel, als er die Treppe hochstieg, es muß beim Essen passieren. Sicherlich brauchte er sich nicht darum zu bemühen, ihre Aufmerksamkeit auf sich zu ziehen, denn die Mahlzeiten bei ihnen verliefen immer sehr schweigsam. Aber allein der Gedanke an das, was ihm bevorstand, bewirkte, daß Joels Magen sich zusammenkrampfte.

Joel erledigte seine abendlichen Pflichten und versuchte, sich die richtigen Worte zurechtzulegen. Aber bei jeder Variante sah er nur Stirnrunzeln und Kopfschütteln vor sich. Als das Abendessen immer näher rückte, resignierte er und gestand sich ein, daß es keinen besten Weg gab, seine Bitte vorzubringen. Er würde einfach damit herausplatzen müssen.

Sie waren schon beinahe mit dem Essen fertig, als er sich endlich räusperte und schluckte. „Simon hat mich für Sonntagmorgen zu sich nach Hause eingeladen."

Niemand hob den Kopf.

„Seine Eltern veranstalten jeden Sonntag eine Art Gottesdienst."

Seine Mutter blickte auf.

„Er hat mich eingeladen, einmal zu kommen", fuhr Joel fort. Die Augen seiner Mutter waren nun auf ihn gerichtet. Er wollte sie direkt ansprechen, fürchtete aber, daß dies seinem Vater nicht gefallen würde.

„Was meinst du mit Gottesdienst?" fragte Martha.

Joel wußte es selbst nicht so genau, aber er wiederholte, was er von Simon wußte. „Sie lesen aus der Bibel vor und so. Sie singen auch. Gemeinsam."

Jetzt hob sein Vater den Kopf. „Du meinst, zu Hause?"

„In ihrem Haus“, bestätigte Joel.

„Warum? Dafür gibt es doch die Kirchen.“

Joel konnte sich nicht erinnern, daß seine Eltern jemals einen Fuß in eine Kirche gesetzt hatten, aber jetzt war nicht der richtige Zeitpunkt, sie darauf hinzuweisen. „Es gibt keine Kirche, wo sie wohnen.“

„Es gibt doch viele Kirchen in Riverdale.“

Joels Wissen war nun erschöpft. „Aber nicht ihre Kirche.“

Sein Vater runzelte die Stirn. Joel merkte, daß ihm das gar nicht gefiel. „Was sind sie denn, eine Sekte? Ich möchte nicht, daß mein Sohn sich mit einer Bande verrückter Fanatiker einläßt.“

Seine Stimme klang sehr zornig. So endgültig. Joels Mut sank. Er senkte den Kopf.

„Ich bin sicher, daß Simon und seine Familie keine Fanatiker sind“, hörte er seine Mutter sagen. „Das paßt einfach nicht zu ihnen.“

„Aber sie kleiden sich wirklich seltsam“, gab sein Vater zurück.

„Sie sind Mennoniten. Sie müssen sich so kleiden.“

„Das sieht komisch aus.“

„Dir gefällt das vielleicht nicht“, erwiderte Martha mit ihrer ruhigen, tonlosen Stimme, „aber das bedeutet noch lange nicht, daß sie komisch sind.“

„Und was bedeutet es?“

„Es ist eine Art Uniform. Wie in der Armee.“

Der Tonfall seines Vaters wurde noch schärfer. „Das ist gar nicht wie bei der Armee. Das ist ein dummer Vergleich. Die Armee hat einen guten Grund ...“

„Sie auch“, unterbrach ihn Martha. „Sie wollen sich auf diese Weise abgrenzen.“

Joel hörte den ärgerlichen Worten seiner Eltern zu. Er wünschte, er könnte alles zurücknehmen. Er hatte keinen Streit inszenieren wollen. Er haßte diese Streitereien mehr als alles andere. Wie immer hätte er einfach den Mund halten sollen.

Aber sein Vater war noch nicht fertig. „Und woher hast du alle diese Informationen?“

„Ich habe einmal etwas über die Mennoniten gelesen", erwiderte seine Mutter.

„In einem deiner Schundromane, nehme ich an. Wenn das solche Leute sind, dann ist die Sache geregelt!"

„Nur zu deiner Information, ich habe in der Bücherei etwas über die Mennoniten gefunden. Ich habe mich dafür interessiert, als Joel anfing, öfter mit diesem Jungen zusammen zu sein." Sie schleuderte ihrem Mann diese Worte entgegen wie ein gut gezielter Speer. Joel blickte überrascht auf. Nur selten trat seine Mutter seinem Vater auf diese Weise entgegen. Aber Martha war noch nicht fertig. Sie legte den Kopf zur Seite, und mit einem trotzigen Ausdruck in den Augen sagte sie: „Wenigstens ich interessiere mich für das, was in Joels Leben passiert."

Wieder Stille. Joels Vater schien zu wütend zu sein, um auch nur zu antworten. Joel wandte sich seinem halb leeren Teller zu. Er mußte erst aufessen, bevor er vom Tisch aufstehen konnte, aber der Appetit war ihm vergangen. Er wollte nichts weiter, als aus diesem Zimmer zu fliehen.

Schließlich rührte sich sein Vater und fragte: „Was wollen sie mit dir unternehmen?"

Joel wollte nicht antworten, er wollte nicht, daß der Streit erneut begann. „Ich soll einfach nur dabei sein und danach zum Mittagessen bleiben."

Wieder Schweigen. Nach einer ganzen Weile ergriff sein Vater erneut das Wort. „Ich denke, es kann nicht schaden", meinte er, ohne auch nur aufzusehen. „Wenn du nicht da bist, können wir einmal richtig ausschlafen."

Joel ließ seinen erstaunten Blick von dem gesenkten Kopf seines Vaters zu dem noch immer geröteten Gesicht seiner Mutter wandern. Sie nickte nur.

Als Nachsatz fügte sie noch hinzu: „Achte darauf, daß du dir das Gesicht wäschst und dein Haar kämmst, bevor du gehst. Wenn man in die Kirche geht, muß man sich fein machen."

9

„Mrs. Rothmore wird sofort bei Ihnen sein, Mr. Crawley", verkündete Bertrand feierlich und führte Randolf in die Bibliothek. „Sie bittet Sie, einen Augenblick hier zu warten."

„Ist gut", erwiderte Randolf zerstreut. Nachdem sich die hohen Doppeltüren hinter dem Butler geschlossen hatten, widerstand der junge Mann dem Drang, im Zimmer umherzugehen. Nervosität vor einem Treffen mit Abigail paßte so gar nicht zu ihm. Aber irgend etwas an ihrer Bitte, ihn zu sehen, beunruhigte ihn sehr.

Mit der Übernahme der Position seines Vaters im Direktorium von Rothmore hatte Randolf einiges abgelegt. Das eine war das „Junior" hinter seinem Namen, ein anderes war die unterwürfige Haltung, die er Abigail gegenüber früher eingenommen hatte. Zum ersten Mal hatte er hier in diesem Raum mit ihr als Gleichgestellte gesprochen. Sie hatte das natürlich sofort bemerkt. Abigails Aufmerksamkeit entging nur wenig. Diese Veränderung seines Verhaltens und seine beabsichtigte Botschaft hatte sie mit einem hoheitsvollen Nicken zur Kenntnis genommen.

Zwischen den beiden blieb immer vieles unausgesprochen, was Randolf ganz in Ordnung fand. Er war der Meinung, daß die wichtigsten Angelegenheiten des Lebens niemals laut ausgesprochen werden sollten. Zum Beispiel der Hunger nach Macht, den sie anscheinend beide gemeinsam hatten. Die Art von Macht, die ihnen gehören würde, sobald die Zügel der Rothmore Versicherung fest in Randolfs Händen lagen.

Randolf setzte sich in den Ledersessel und sah sich in dem Raum um. Die Bibliothek der Rothmores hatte ihn immer fasziniert. Wann immer er sich vorstellte, das Familienvermögen sowie das Familienunternehmen zu übernehmen, führte ihn dieser Tagtraum in dieses Zimmer. Wenn einer der Räume in diesem Haus verschwenderisch ausgestattet war, dann dieser hier. Die vornehme Holzvertäfelung, die Bücherregale mit den in Leder gebundenen Büchern, die Jagdszenen und das lebensgroße Porträt von Abigail an der Wand, die orientalischen Teppiche auf dem Boden - irgendwie wirkte dieser Raum zugleich maskulin und elegant, in seinen Augen eine hervorragende Kombination.

Seine Gedankengänge wurden durch Abigails Eintreten unterbrochen. „Ah, Randolf, wie schön, daß Sie kommen konnten", sagte sie und eilte auf ihn zu. „Ich hoffe, es hat Ihnen keine zu große Mühe gemacht, mich so früh am Samstagmorgen aufzusuchen."

„Durchaus nicht." Irgend etwas an ihrem Tonfall machte ihn erneut nervös. Doch Randolf gelang es, nach außen hin ruhig zu erscheinen. Lässig erhob er sich und begrüßte sie. „Ihr Anruf klang sehr dringend."

„Nein, nicht dringend. Unser Gespräch war nur wünschenswert. Da übermorgen die Testamentseröffnung stattfinden soll, kann es nicht mehr länger aufgeschoben werden." Sie setzte sich nicht auf das Sofa seinem Platz gegenüber, sondern ging zu dem handgearbeiteten Schreibtisch aus Kirschbaumholz. „Wollen Sie sich nicht wieder setzen?"

Er hatte keine Wahl, als den hochlehnigen Stuhl vor dem Schreibtisch zu nehmen. „Vielen Dank."

„Ich habe nachgedacht." Sie zögerte und spielte mit dem offen vor ihr liegenden Terminkalender. Dann fügte sie hinzu: „Über Sabrina." Wieder einen Augenblick Stille, bevor Abigail fortfuhr: „Sie ist noch sehr jung."

Randolf konnte sich plötzlich des Gefühls nicht erwehren, daß alles genau inszeniert war. Sie ließ ihn warten, setzte sich dann an den Schreibtisch, das zögernde Vorbringen ihres Anliegens - alles war nichts als einfaches Theaterspiel. Nein, nicht einfach. Nicht bei Abigail. Alles hatte einen Sinn, sogar das hier, und die Andeutungen ließen eine dunkle Vorahnung in ihm aufsteigen.

„Ich weiß, ich habe Sie gedrängt, auf eine feste Bindung hinzuarbeiten." Sie nahm den vergoldeten Brieföffner zur Hand und drehte ihn zwischen den Fingern. „Doch neulich habe ich noch einmal gründlich darüber nachgedacht."

„Sie haben nachgedacht", wiederholte er. Seine Gedanken überschlugen sich.

„Ich fürchte, ich stelle manchmal zu hohe Erwartungen an sie." Abigail seufzte dramatisch. „Und der Verlust ihres Vaters hat sie sehr schwer getroffen."

Randolf hatte den Eindruck, daß von ihm eine Antwort erwartet wurde, aber er wußte nicht, was er sagen sollte. Ihm fehlten einfach die Worte. Seine einzige Chance, die absolute Kontrolle über die Rothmore-Versicherung zu bekommen, glitt ihm plötzlich durch die Finger. Und er hatte keine Ahnung, aus welchem Grund. Er betrachtete die Frau, die ihm gegenüber saß und überlegte, was sie wohl im Schilde führte.

„Ich habe überlegt, ob wir nicht aufhören sollten, sie derartig zu bedrängen", fuhr Abigail fort. „Vielleicht sollte Sabrina mehr Zeit bekommen, erwachsen zu werden."

Randolf widerstand dem Drang zu schreien, sich die Haare zu raufen, aufzuspringen und im Zimmer umherzustürmen. *Aber was ist mit unseren Plänen?* wollte er fragen. *Was ist mit all meinem Ehrgeiz?*

Er atmete tief durch. Als er seine Ruhe einigermaßen wiedergewonnen hatte, sagte er: „Aber ich dachte, Sie hätten Angst, daß sie vielleicht ..." Er wußte nicht, ob er aussprechen sollte, was bisher immer ungesagt geblieben war. Aber da sich alle seine Träume nun in Rauch aufzulösen drohten, hatte er keine Wahl. „Ich dachte, Sie wollten sichergehen, daß sie keine Gelegenheit hat ... sich einen Mann ihrer Wahl auszusuchen."

Ein Lächeln umspielte ihre Mundwinkel, wenn sie sich auch sehr bemühte, es zu verbergen. „Das ist im Augenblick nicht so aktuell. Da ihr Vater tot ist ..."

„Aha." Jetzt war ihm alles klar. Bitterkeit lag in seiner Stimme, als er fragte: „Dann soll ich jetzt also keinerlei Verbindung zu Ihrer Tochter mehr aufnehmen?"

„Oh, mein lieber Randolf." Sie lehnte sich auf dem Schreibtischstuhl zurück. Hinter dem mächtigen Schreibtisch wirkte sie noch zierlicher, doch ein neuer Hauch von Autorität vermittelte den Eindruck, daß sie sich dort sehr wohl fühlte. „Ganz im Gegenteil. Ich würde mich sehr freuen, sollte Sabrina sich für Sie entscheiden. Aber ich habe auch das Gefühl, daß wir ihr nun ein wenig mehr Freiraum geben können. Immerhin ist sie ja noch ein Kind."

„Das hat Ihnen früher kein Kopfzerbrechen bereitet", bemerkte Randolf spitz. Es war jetzt sowieso egal. Nichts würde Abigails Meinung ändern. Das wußte er mit Sicherheit. Sie würde die Firma leiten. Sie würde ihre eigenen Regeln aufstellen.

Abigail betrachtete ihn einen Augenblick aufmerksam, bevor sie kalt erwiderte: „Denken Sie, was Sie wollen, Randolf, aber Tatsache ist, daß ich nur in Sabrinas Interesse gehandelt habe. Sie ist noch ein solches Kind. Sie glaubt, die Welt bestehe aus Süßigkeiten und liebevollen Vätern. Ich mußte sie hart anpacken, weil niemand anders es getan hat."

Randolf zögerte. Was sie sagte, klang so aufrichtig. Vielleicht lag ihr das Mädchen doch mehr am Herzen, als er dachte. „Aber Ihre Tochter bedeutet mir viel, Abigail", sagte er vorsichtig. „Sie ist attraktiv und intelligent, eine seltene Kombination. Und ihre süße Unschuld ist überaus erfrischend. Das Geschäftliche war nicht mein einziges Motiv. Ich hoffe ..."

„Natürlich wußte ich das." Sie winkte ab. „Ich würde Sie nicht einen einzigen Augenblick ermutigt haben, wenn Ihnen nur das Geschäft wichtig gewesen wäre." In Abigails Blick lag eine ganz neue Autorität. „Ich weiß sehr gut über Ihre Qualitäten Bescheid, Randolf. Ich werde Sie auch weiterhin benötigen, sowohl innerhalb der Firma als einen Verbündeten, aber auch als passenden Bewerber für meine Tochter."

Mit plötzlicher Erleichterung sackte er in sich zusammen. Es war doch noch nicht alles verloren. Noch nicht ganz. Nur verschoben. Vielleicht. „Sie meinen ..."

„Ich habe genau das gemeint, was ich gesagt habe." Sie hielt ihn mit ihrem neuen, autoritären Blick gefangen. „Ich habe die Absicht, die Firma mit fester Hand zu führen, und ich erwarte, daß eine andere feste Hand sie übernimmt, wenn ich sterbe. Ich weiß sehr gut, wie schnell ein Vermögen zerrinnen kann. Mein Großvater war sehr wohlhabend, wie Sie sehr genau wissen. Mein Vater hat es geschafft, fast alles zu verlieren, nicht, weil er nicht intelligent gewesen wäre, sondern weil er schwach war. Ich kann nicht zulassen, daß diese Familie und diese Firma in schwache Hände übergehen."

Randolf erhob sich. Er fühlte sich ausgelaugt, ja gefangen. Abigail hatte alles in der Hand. „Dann soll ich also weiterhin ihre Gesellschaft suchen."

„Aber natürlich, mein lieber Randolf." Sie blickte ihm gerade in die Augen. „Aber es ist nicht nötig, die Dinge zu überstürzen. Zumindest nicht im Augenblick."

Er nickte stumm und wandte sich zum Gehen. Er wußte, hiermit war er entlassen.

Sabrina hatte sich angewöhnt, schon bei Sonnenaufgang aufzustehen. Sie hatte festgestellt, daß sie sich auf diese Weise eine dringend benötigte Erholungspause von ihrer Mutter verschaffen konnte. Auch hatte sie auf diese Weise Zeit zum Nachdenken. Sie zog sich dann an und ging im Garten spazieren. Gelegentlich plauderte sie ein wenig mit dem alten Jim, aber meistens zog sie die Einsamkeit vor. Diese Winterspaziergänge wurden zu ihrer Zuflucht, als der Frost das Gras mit Diamantsplittern bedeckte und die ganze Welt den Atem anzuhalten schien.

Mit dem Aufgehen der Sonne wurden starke Gegensätze im Garten sichtbar. Entweder war alles in kalten Schatten getaucht oder es funkelte mit einer Fülle von winzigen Regenbogen. Jeder ihrer Schritte hinterließ einen dunklen Abdruck im gefrorenen Gras. Sie nahm immer ein wenig Brot mit und verfütterte es an die Vögel. Im Dezember warteten die Vögel bereits auf sie und flatterten munter heran, wenn sie die Brotkrumen auf den funkelnden Rasen warf.

Danach ging Sabrina dann immer in die Küche und nahm ihr Frühstück zusammen mit Bertrand und Maggie ein. Sie setzten sich zusammen an den Tisch, sprachen ein Dankgebet und besprachen während des Essens die Pläne für den Tag. Wenn Bertrand ging, um seine morgendliche Runde im Haus zu drehen, holte Maggie ihre Bibel heraus und las darin. Mehrmals hatte sie angeboten, laut vorzulesen, aber Sabrina schüttelte den Kopf. Sie war zufrieden, wenn sie einfach dabeisitzen konnte, wenn Maggie las.

Sabrina mied die großen Räume des Hauses so gut sie konnte. Dort wurde sie viel zu sehr an ihren Vater erinnert. Es gab dort nichts mehr, was die kalte, präzise Leere des Lebensstils ihrer Mutter und ihrer Persönlichkeit ausgleichen konnte. Wann immer Sabrina durch die große Halle, den Ballsaal oder den Speisesaal mit ihren wunderschönen Gemälden, den funkelnden Kronleuchtern, den gebohnerten Fußböden und polierten Silbergegenständen ging, hatte sie das Gefühl, durch ein seltsames und leeres Museum zu laufen.

An diesem ersten Samstag im Dezember nahm sich Sabrina eine Schürze und arbeitete gemeinsam mit Maggie in der Küche, als diese sich an ihre Arbeit machte. „Kind, du hast doch wirklich anderes zu tun, als mir hier in der Küche zu helfen", protestierte sie.

„Eigentlich nicht", erwiderte Sabrina beiläufig. „Emily Crawley und ein paar ihrer Freunde kommen zum Tennisspielen vorbei, aber nicht vor elf." Mehrere wohlhabende Familien hatten sich Tennisplätze auf ihr Grundstück gebaut. „Außerdem habe ich sie nicht eingeladen. Mutter hat es getan."

„Da wir gerade von ihr sprechen", fuhr Maggie fort, „wenn deine Mutter herausfindet, daß du hier in der Küche arbeitest, wird sie gar nicht erfreut sein."

Sabrina wusch gerade die Erdbeeren aus dem Treibhaus, die Bertrand zusammen mit dem Morgenkaffee ihren Gästen servieren würde. „Schick mich bitte nicht weg, Maggie. Ich weiß doch nicht, wo ich sonst hingehen soll."

„Was um alles in der Welt redest du denn da?" fragte die ältere Frau mit weicher Stimme.

Sabrina machte mit ihrer Arbeit weiter. Das half ihr, ruhig zu bleiben. „Ich gehöre nicht hierher. Ich werde nie die vornehme Dame sein, zu der Mutter mich machen möchte."

„Ach, Liebes, meine liebe Sabrina." Maggie ging zu ihr hinüber und legte ihr den Arm um die Taille. „Du bist die wundervollste junge Dame, die ich je kennengelernt habe, und das ist die Wahrheit."

„Nicht, wenn man Mutter Glauben schenkt", erwiderte sie. Das Sonnenlicht, das durch das Fenster hereinfiel, blendete sie, und Sabrina mußte sich mit dem Handrücken über die Augen wischen. „Sie nörgelt ununterbrochen an mir herum seit Daddy ... seit der Beerdigung. Nichts, was ich tue, ist gut genug. Und sie hat recht."

„Nein, sie hat nicht recht", widersprach Maggie mit fester Stimme.

„Doch."

„Sieh mich an, Liebes."

Sabrina ließ die Beeren in ein leeres Sieb fallen und wandte sich zu ihrer Freundin um. Die Sonnenstrahlen fielen auf das Gesicht der alten Frau. Doch nicht einmal ein Leben harter Arbeit hatte es vermocht, die Klarheit der weit auseinanderstehenden grauen Augen zu trüben. Sie betrachtete sie jetzt mit liebevollem Blick. „Mein liebes Kind, ich liebe dich, als wärst du meine eigene Tochter, das weißt du."

„Ich weiß", flüsterte Sabrina.

„Dann glaube mir, wenn ich dir sage, daß das Leben immer versuchen wird, dich herunterzuziehen. Wenn es nicht deine Mutter wäre, dann wäre es etwas anderes. Weißt du auch, warum?"

Sabrina konnte nicht antworten, darum schüttelte sie nur stumm den Kopf.

„Weil dein Herz zu groß ist für diese Welt. Du hast viel zuviel Liebe, zuviel Zärtlichkeit. Das sieht jeder, dessen Augen für die Wahrheit offen sind." Eine Wolke schob sich vor die Sonne. Nur noch ein Sonnenstrahl fiel auf Maggies Gesicht. Er verwandelte ihr graues Haar in eine schimmernde silberne Krone und ließ das Licht in ihren Augen so stark werden, daß es den Anschein hatte, als strahle die Sonne selbst aus ihnen heraus. „Ein Herz wie deines braucht Schutz, mein Kind. Es braucht den Schild des Gebetes, damit es vor Zynismus und Härte verschont bleibt. Verstehst du, was ich meine?"

„Ich weiß es nicht so genau", murmelte Sabrina. Sie wollte weglaufen, gleichzeitig aber auch dableiben. Sie wollte, daß Maggie aufhörte, solche Worte zu sagen, die ihr das Gefühl gaben, so verletzlich zu sein, gleichzeitig wollte sie aber auch, daß sie nicht aufhörte zu sprechen.

„Du mußt Jesus in dein Leben aufnehmen, meine Kleine. Du mußt dich von ihm führen lassen, dir den Weg zeigen lassen, den du gehen sollst." Maggie betrachtete sie mit so eindringlichem Blick, daß Sabrina das Gefühl hatte, als würde er tief in ihr verwirrtes Herz eindringen.

„Ich bin nicht ..." Ihre Antwort wurde von dem Läuten an der Eingangstür unterbrochen. „Wer ist das?"

Maggie trat einen Schritt zurück, und ihr Gesicht lag nun wieder im Schatten. Jetzt war sie nur noch eine grauhaarige alte Frau. „Ich habe keine Ahnung, wer das sein könnte. Lieferungen werden normalerweise an der Hintertür abgegeben."

Sabrina lauschte, aber sie konnte Bertrands gemessene Stimme nicht hören. „Ich denke, ich sehe lieber mal nach, wer das ist."

Als sie sich umwandte, legte Maggie ihr die Hand auf den Arm. „Komm, ich nehme deine Schürze." Nachdem sie sie ihr abgenommen hatte, sagte sie: „Wirst du über das nachdenken, was ich dir gesagt habe, Kind?"

„Natürlich." Doch noch während Sabrina die Küche verließ und die große Halle betrat, schienen ihr die Worte zu entgleiten. Sie schob sie einfach beiseite. Sie hatte keine Wahl. Hier in der harten Realität ihres wunderschönen Heimes hatten solche Worte ihrer Meinung nach keinen Platz. Hier war auch kein Platz für Gefühle. Mit Offenherzigkeit konnte sie hier nicht überleben. Nicht hier, nicht in der Nähe ihrer Mutter und der Freunde ihrer Mutter. Sie würden sie zermahlen und verschlingen, es sei denn, sie lernte, genauso hart und kalt zu werden wie sie.

Sabrina blieb vor dem ovalen Spiegel stehen und überprüfte ihr Aussehen, bevor sie die Tür öffnete, wie ihre Mutter es ihr beigebracht hatte. Aber sie blickte in ein Paar traurige, hoffnungslose Augen. Ein Gedanke ging ihr flüchtig durch den Sinn: *Wenn Maggie nun recht hat und die anderen unrecht haben?*

Die Türglocke schlug erneut an und holte sie aus ihren Träumen. Sie richtete sich auf, wandte sich ab und öffnete die Tür.

Der alte Mr. Crawley, Randolfs und Emilys Vater, stand im Eingang. „Hallo Sabrina."

„Guten Morgen, Sir. Kommen Sie doch herein", forderte sie ihn herzlich auf. Dieser Mann war im selben Alter wie ihr geliebter Vater. „Waren Sie mit Mutter verabredet?"

„Eigentlich nicht. Die Eröffnung des Testaments Ihres Vaters steht bevor, wie Sie sicher wissen."

„Natürlich." Dieser Termin war schon seit über einem Monat im Terminkalender ihrer Mutter rot angestrichen. Abigail hatte ihrer Sekretärin aufgetragen, an jedes Mitglied der Familie eine Einladung zu schicken, so als handle es sich um ein wichtiges gesellschaftliches Ereignis. Jedesmal, wenn Abigail davon sprach, spürte man ihre mühsam unterdrückte Freude. Sabrina konnte es nicht ertragen, zu sehen, wie das Andenken ihres Vaters derartig besudelt wurde. Doch wie immer schwieg sie dazu. „Aber findet sie nicht erst am Montag statt?"

„Allerdings." Aus irgendeinem Grund wirkte der alte Mann nervös. „Es gibt da eine Angelegenheit ... nun, ich dachte, es wäre das beste, mit Ihnen beiden privat zu sprechen."

Bertrand erschien und entschuldigte sich, daß er nicht auf seinem Posten gewesen war. „Miss Sabrina, entschuldigen Sie, ich habe gerade mit dem Party-Service wegen des Empfanges am Montag gesprochen und nicht gehört ..."

„Das ist schon in Ordnung. Sehen Sie doch einmal nach, ob Sie Mutter finden können, ja?"

„Natürlich, Miss. Sofort." Er verbeugte sich steif vor Mr. Crawley und wandte sich ab.

„Vielleicht sollten wir in die Bibliothek gehen, Mr. Crawley. Da ist es gemütlicher." Gegen den älteren Mann empfand sie nicht eine solche Abneigung wie gegen seinen Sohn. Mr. Crawley hatte spät geheiratet und war gut fünfundzwanzig Jahre älter als seine Frau. Sein Verhalten war genauso steif und formal, wie das häufig bei Vertretern der älteren Generation der Fall war. Aber ihr war er immer mit reservierter Höflichkeit begegnet. An ihm war nichts Falsches, auch hatte er nicht den kalten Hochmut von Randolf Junior. „Darf ich Ihnen eine Tasse Tee anbieten?"

„Nein, vielen Dank." Er betrat die Bibliothek, nahm den ihm angebotenen Platz, stellte seine Aktentasche neben sich und wartete mit einer gewissen inneren Anspannung auf das Erscheinen der Dame des Hauses. Als Schritte in der Halle Abigails Ankunft ankündigten, sprang er beinahe auf, um sie zu begrüßen.

„Nun, Randolf, welch eine unerwartete Freude", sagte Abigail, als sie mit ausgestreckter Hand die Bibliothek betrat. Das aufgesetzte Lächeln besagte, daß sein Besuch alles andere als gelegen kam. „Wenn Sie Ihren Sohn suchen, dann haben Sie ihn, fürchte ich, verpaßt."

Mr. Crawley blickte sie alarmiert an. „Sind Sie sicher, daß er fort ist?"

„Ja, natürlich. Ich habe ihn selbst hinausbegleitet." Sie gestattete sich ein gewisses Maß an Neugier, aber ganz offensichtlich hatte sie Wichtigeres zu tun. „Es tut mir so leid, daß ich Sie nicht zum Essen einladen kann, aber ich muß wirklich ..."

„Ich bin nicht gekommen, um mit Ihnen zu essen", erwiderte der ältere Herr grimmig. „Und ich weiß, wie beschäftigt Sie sind. Aber wir müssen unbedingt miteinander sprechen."

Abigail hob ihr Kinn ein wenig an, um den Eindruck zu vermitteln, als würde sie auf ihren Besucher herabsehen. „Also wirklich, was ist denn so dringend, daß es nicht bis Montag warten kann?"

„Ich habe mir dieselbe Frage gestellt und überlegt, ob ich durch meinen Besuch nicht den Anweisungen Ihres Mannes zuwiderhandle", erwiderte er schroff. „Aber da Sie sich geweigert haben, die Testamentseröffnung in privatem Rahmen durchzuführen, habe ich das Gefühl, nicht anders handeln zu können."

Abigail zeigte einen Anflug von Unsicherheit, faßte sich aber schnell wieder und sagte: „Möchten Sie nicht Platz nehmen?"

„Vielen Dank." Steif ließ er sich in seinem Sessel nieder.

„Wie ich Ihnen bereits gesagt habe", fuhr Abigail fort, „sehe ich keinen Grund dafür, Ihrer seltsamen Bitte nachzukommen. Lawrence hat sich seinen Angehörigen gegenüber zweifellos genauso großzügig gezeigt wie immer."

„Mein Vorschlag hatte nichts damit zu tun, inwiefern Lawrence die anderen bedacht hat. Vielleicht ist Ihnen nicht bewußt, Abigail, daß Ihr Mann mich damit betraut hat, einige sehr private Angelegenheiten zu regeln."

Dieses Mal konnte sie ihr Erstaunen nicht verbergen. „Wie bitte?"

„Angelegenheiten, die so privater Natur sind", fuhr Mr. Crawley fort, „daß nicht einmal mein Sohn davon weiß. Lawrence selbst hat mir Anweisung gegeben, bis zur Testamentseröffnung Stillschweigen darüber zu bewahren. Doch da Sie darauf bestanden haben, dies zu einer öffentlichen Angelegenheit zu machen, fühlte ich mich verpflichtet, zuerst mit Ihnen persönlich zu sprechen."

Die Zeit schien plötzlich stillzustehen. Sabrina spürte die Anspannung ihrer Mutter. Abigail wandte sich ihr wie in Zeitlupe zu. „Warte draußen, bitte."

„Tatsache ist", unterbrach sie Mr. Crawley, „daß diese Angelegenheit in erster Linie Ihre Tochter betrifft."

„Ich sagte, warte draußen." Die Stimme ihrer Mutter klang beinahe schrill.

„Abigail ..."

„Sie haben vielleicht eine geheime Beziehung zu meinem verstorbenen Mann gehabt", schnappte die aufgebrachte Frau. „Aber noch bin ich Herrin dieses Hauses, oder etwa nicht?"

Mr. Crawley beobachtete sie fassungslos, dann zuckte er mit den Schultern und holte einige Papiere aus seiner Aktentasche heraus. Sabrina erhob sich und verließ schweigend den Raum. Leise schloß sie die hohen Doppeltüren hinter sich. Sie war froh, daß sie dem sich zusammenbrauenden Gewitter entkommen war.

Aber sie hatte die Halle kaum halb durchquert, als Abigails Aufschrei sie innehalten ließ. „WAS!?"

Sabrina stand da wie zu Stein erstarrt. Die Küchentür öffnete sich, und Maggie und Bertrand gesellten sich zu ihr. Gemeinsam starrten sie auf die geschlossenen Türen der Bibliothek.

Mr. Crawleys Stimme war als leises Murmeln zu hören, dann ein langes Schweigen, das von Abigails lauter Stimme durchbrochen wurde: „Das kann nicht Ihr Ernst sein!"

Weiteres leises Murmeln wurde von Abigails Aufschrei unterbrochen: „Das werde ich nicht dulden!" Das Murmeln hielt an, wurde unmerklich lauter, doch es war trotzdem noch zu leise, als daß sie etwas hätten verstehen können. Sabrina war nicht sicher, ob sie traurig oder froh sein sollte, daß sie die Worte des älteren Mannes nicht verstehen konnte.

Plötzlich wurden die Türen der Bibliothek mit solcher Wucht aufgerissen, daß sie an die Wand knallten und eines der Porträts herunterfiel. Leichenblaß und mit wutverzerrtem Gesicht stolzierte Abigail heraus. Ihre Lippen waren zu einem dünnen Strich zusammengepreßt. Sie warf Sabrina einen wütenden Blick zu und eilte die Treppe hoch.

Mr. Crawley tauchte auf. Er fuhr sich mit einem weißen Taschentuch über die Stirn. Mitfühlend blickte er Sabrina an. Doch alles, was er sagte, war: „Ich finde schon allein hinaus."

10

Bei den Millers war Joel vieles unverständlich. Aber das war nicht der Grund, warum er so nervös war, als er an diesem Sonntagmorgen die Stufen zu ihrem Haus hochstieg. Er blieb vor der Tür stehen, um seine Krawatte zurechtzurücken und sein Haar glattzustreichen. Doch noch bevor er die Hand heben konnte, um anzuklopfen, hatte Ruthie die Tür bereits geöffnet.

„Hallo, Joel", begrüßte sie ihn mit ihrer weichen Stimme. Die kleine Ruthie, so wurde sie von der Familie genannt, weil sie denselben Namen trug wie ihre Mutter. Aber Ruthie war nicht klein. Sie war nur einen Zentimeter kleiner als Joel und gesund und kräftig. Wie immer trug sie eine selbstgeschneiderte Bluse und einen langen Rock, genau wie ihre Mutter, aber das Tuch um den Kopf war etwas farbenfreudiger als das ihrer Mutter. Hochaufgerichtet stand sie vor ihm und hielt ihm die Tür auf. „Ich wünsche dir einen guten Tag des Herrn, Joel", fügte sie höflich hinzu.

„Vielen Dank", murmelte er unsicher, da er nicht so genau wußte, wie er sich verhalten sollte. Manchmal war die Familie so schrecklich formell und traditionsbewußt. Als er eintrat, entdeckte er die Traurigkeit in ihren Augen, und er sagte: „Es tut mir leid wegen ... wegen eurer Farm ... daß ihr so weit weg leben müßt, Ruthie."

Sie belohnte ihn mit einem so dankbaren Blick, daß es ihm durch und durch ging. „Ich bin froh, daß du gekommen bist, Joel", erwiderte sie. „Die ganze Familie freut sich darüber."

„Joel, hallo, willkommen." Simon kam heran. Er trug seine einfache Kleidung und Schnürstiefel. „Es ist also tatsächlich passiert. Kaum zu glauben. Du bist gekommen." Simons Akzent war an diesem Tag viel ausgeprägter als sonst.

Joel ließ sich ins Wohnzimmer führen, wo die Familie zusammensaß. Alle begrüßten ihn sehr herzlich, sogar das Baby. Doch als Joel sich zwischen Simon und Ruthie niederließ, spürte er die Traurigkeit der einzelnen Familienmitglieder. Die trübe Stimmung griff auch auf ihn über. Er rutschte unruhig hin und her, räusperte sich und ließ seinen Blick über die Gesichter gleiten.

Mrs. Miller beobachtete ihn mit ihren traurigen, dunklen Augen. Er hörte sie sagen: „Du hast ein gutes Gespür für Menschen, Joel. Du kommst, setzt dich und merkst genau, wie traurig wir sind."

Ihre Worte erstaunten Joel. Er starrte die Frau mit dem feingeschnittenen Gesicht an und fragte sich, woher sie das wußte. Sein Leben lang hatte er seine Gefühle versteckt, doch diese Frau konnte seine Gedanken lesen und bemerkte, wie er die anderen beobachtete. Er senkte den Blick und nickte. „Sie vermissen Ihre Farm", sagte er einfach.

Die neben ihm sitzende Ruthie seufzte leise. Ihre jüngere Schwester Sarah kämpfte mit den Tränen.

Mrs. Miller wandte sich ihrem Mann zu. „Habe ich es dir nicht gesagt? Der junge Mann hat ein großes Herz."

Mr. Miller nickte langsam. Er war sehr groß, seine abgearbeiteten Hände waren doppelt so groß wie die von Joel. Seine spärlichen blonden Haare umrahmten ein sonnengebräuntes Gesicht. Der rötlich braune Kinnbart ließ den Mund frei. Sein Akzent war noch stärker als der seiner Familie. „Sei uns herzlich willkommen, Joel. Eine solche Traurigkeit am Tag des Herrn."

Als Joel zum ersten Mal zu den Millers gekommen war, hatte er große Mühe gehabt, Mr. Miller zu verstehen, da er jedes zweite Wort ausließ. Aber im Laufe der Zeit hatte er sich an seine Sprechweise gewöhnt und fühlte sich wohl in der Nähe dieses Mannes, so wie er auch mit allen anderen Mitgliedern der Familie gern zusammen war.

Der jüngste Sohn Gerd wimmerte leise: „Ich möchte wieder nach Hause, Papa."

„Ich auch", flüsterte Sarah.

Mr. Miller reagierte darauf nicht mit ungeduldigem Zorn, wie Joel es von seinem eigenen Elternhaus her kannte, statt dessen nickte er wieder mit dem Kopf. Er strich sich über den langen Bart. „Ja, ja, das habe ich schon oft gehört."

Joels Blick wanderte hinunter zum rechten Hosenbein Mr. Millers, das hochgesteckt worden war. Als Joel ihn zum ersten Mal ohne seine Prothese gesehen hatte, war ihm ganz übel geworden. Aber er hatte es mittlerweile geschafft, dem amputierten Bein genauso wenig Beachtung zu schenken wie auch Mr. Miller es tat. Denn eigentlich war es so, daß sich Mr. Miller in seinem Haus und seiner Werkstatt ebenso flink bewegte, wie jeder gesunde Mensch auf zwei Beinen.

Aber heute schien ihm sein Beinstumpf Probleme zu bereiten, denn er beugte sich vor und begann ihn zu massieren. Sofort zeigte sich im Gesicht von Mrs. Miller Besorgnis. „Joseph, ist etwas nicht in Ordnung?"

„Ach, es ist nur ein wenig wund. Nichts Schlimmes." Aber er hörte nicht auf zu massieren. Stumm blickte er jedes seiner Kinder an. Sie schienen sich auch ohne Worte zu verstehen.

„Kann ich dir irgendwie helfen, Joseph?" fragte Mrs. Miller.

„Vielleicht sollte ich meine Spritze heute einmal früher nehmen", erwiderte er.

„Ja. Das glaube ich auch." Mrs. Miller erhob sich sofort und ging in die Küche. Es war so still im Raum, daß Joel hörte, wie sie den Kühlschrank öffnete, ihn wieder schloß und zurückgeeilt kam. „Da ist sie."

„Vielen Dank, Frau." Ohne seinen Blick von seiner Familie zu nehmen, zog er den Schutz von der Nadel ab, richtete sie auf, klopfte gegen das Glas und drückte den Kolben so weit vor, daß ein wenig Flüssigkeit herausspritzte.

Von Simon wußte Joel, daß Mr. Miller mehrmals am Tag diese Spritzen bekommen mußte. Doch als Mr. Miller ein Stückchen Haut desinfizierte, die Nadel ansetzte und sie sich in den Arm stoßen wollte, mußte Joel den Blick abwenden. Er wandte sich seinem Freund zu. Simons Blick blieb fest auf seinen Vater gerichtet. Mit gerunzelter Stirn sah er ihn an, so als würde er intensiv nachdenken und sich darum bemühen, etwas Bestimmtes zu begreifen. Irgendeine Lektion, eine Botschaft, die er verstehen wollte.

„So."

Joel richtete seinen Blick wieder auf Mr. Miller, als dieser die Spritze auf den Tisch neben sich legte und die große Familienbibel zur Hand nahm. „Warum zeigen wir unserem Gast nicht, wie gerne wir singen? Ruthie, du darfst das erste Lied aussuchen."

Sie schlug etwas vor, das Joel nicht verstand, und erst als sie zu singen begannen, merkte er, daß es ein deutsches Lied war. Aber das machte nichts. Die ganze Familie sang. Doch das war nicht einfach nur Singen. Sie waren mit dem Herzen dabei, machten sich eins mit der Harmonie, sogar das jüngste Kind. Ihr Gesang war so schön, daß Joel seinen Ohren kaum traute.

Er blickte in die Gesichter. Die Familie saß in einem lockeren Kreis im Zimmer, einige auf Stühlen, die anderen auf dem Boden. Sie sangen ohne Begleitung, mit geschlossenen Augen oder mit abwesendem Blick, aber jeder von ihnen strahlte eine solche Ruhe aus, daß Joel tief beeindruckt war. Sie schienen alle Sorgen hinter sich gelassen zu haben.

Lied folgte auf Lied. Während die Familie sang, betrachtete Joel die schmucklosen Wände und dachte, wie sehr sie doch zur einfachen Majestät ihrer Musik paßten. Er betrachtete den selbstgezimmerten Tisch mit den Stühlen, den handgearbeiteten Teppich und erkannte darin dieselbe Kraft des Geistes und der Unabhängigkeit, die er aus ihren Stimmen heraushörte. In diesem Haus gab es weder Radio noch Fernsehen, und doch schien es auf eine Art vollständig zu sein, die er nicht verstehen konnte.

Schließlich war das letzte Lied verklungen. Mr. Miller rückte das große Buch auf seinem Schoß zurecht und sagte: „Joel, du sprichst kein Deutsch, nicht? Ich werde den deutschen Text vorlesen, ein anderer kann für dich dieselbe Stelle auf Englisch wiederholen. Wer? Ruthie? Ja, du mit der lieblichen Stimme. Wir beginnen mit Jesaja, Kapitel 52, Vers 7."

Langsam las er in der unbekannten Sprache vor, die ihm sehr

viel leichter über die Lippen ging als Englisch. Joel hörte genau zu, als Ruthie aus einer kleineren Bibel vorlas: „,Wie lieblich sind auf den Bergen die Füße der Freudenboten, die da Frieden verkündigen, Gutes predigen, Heil verkündigen, die da sagen zu Zion: Dein Gott ist König!'"

„Gut, gut. Und noch einen anderen Vers, denke ich." Er blätterte die Seiten um und ließ seinen Finger über eine Seite gleiten. „Hier, in Matthäus, Kapitel zehn, Vers 34."

Ruthie wartete, bis er zu Ende gelesen hatte, bevor sie begann: „,Ihr sollt nicht meinen, daß ich gekommen bin, Frieden zu bringen auf die Erde. Ich bin nicht gekommen, Frieden zu bringen, sondern das Schwert.'"

„So ein Dilemma", sagte Mr. Miller, als Ruthie fertig gelesen hatte. „So ein Gegensatz." Er blickte Joel an und fuhr fort: „Mein Englisch ist so schlecht. Kannst du mich verstehen?"

„Ich verstehe Sie sehr gut", erwiderte Joel. Er mochte Mr. Miller sehr.

„Gut, gut, du hörst gut zu und versuchst zu verstehen. Das ist gut. So, sprechen diese beiden Verse denn nun von zwei unterschiedlichen Männern? Nein, wie kann das sein, denn spricht Jesaja nicht von einem, der Heil bringt? Es gibt nur einen, der dies tun kann." Er lächelte das kleine Mädchen zu seinen Füßen an. „Und wer ist das, meine süße Sarah?"

„Jesus, Papa. Er kann es."

„Ja, nur Jesus. Aber er ist derjenige, der sagt, er käme mit einem Schwert. Das ist doch ein Widerspruch. Wie können Frieden und Konflikt nebeneinander existieren? In einer Welt? In einer Familie? Im Himmel oder auf der Erde? Das ist ein Geheimnis, nicht? Ein großes Problem."

Er blickte in die Gesichter seiner Kinder. Sein Gesichtsausdruck war feierlich, doch seine Augen strahlten. „Darüber wollen wir heute nachdenken. Was könnte das bedeuten? Vielleicht folgendes: Vielleicht soll der Mensch gar keinen Frieden erleben."

Ruthie meldete sich zu Wort: „Aber Papa –"

„Warte, meine Kleine. Warte nur und denke nach. Unter den Menschen herrscht kein Frieden. Niemals. Aber das bedeutet nicht, daß wir keinen Frieden erleben können. Nein, es bedeutet, daß der Frieden Gott gehört. Jeder andere Friede kommt und geht, man kann ihn nicht besser aufrechterhalten, wie man Wasser mit einer Gabel transportieren kann."

Er hielt einen Augenblick inne und fragte dann: „Kann denn ein Friede, der von uns gemacht wird, bestehen?"

Eine lange Pause entstand, bis Simon leise erwiderte: „Nein, Papa."

„Und warum nicht?"

Joel war erstaunt zu sehen, daß Simon ein wenig verlegen war, als er antwortete: „Weil es ein irdischer Friede ist, nicht Gottes Friede."

„Genau!" rief Mr. Miller triumphierend. „Friede kann nicht an irdische Dinge geknüpft werden. Warum? Weil sie vergänglich sind und uns genommen werden können. Wir verlieren dieses und jenes, Gesundheit und kleine Welpen und vielleicht sogar eine Farm. Aber bedeutet das, daß wir traurig sein müssen?"

Joel beobachtete, wie einer nach dem anderen den Kopf schüttelte.

„Gott hat Frieden. Gott sagt: ‚Wendet euch zu mir und ihr werdet immer Frieden haben.' Er schenkt Frieden. Einen tiefen Frieden, ja. Aber es ist auch ein Friede, der trennt." Noch immer wanderte Mr. Millers Blick ernst über die Gesichter seiner Familie. Er zwang sie dazu, in sich zu gehen, nachzudenken, selbst eine Antwort zu finden. „Gottes Friede ist wie ein Schwert. Gottes Friede fordert uns auf, zu wählen. Wir müssen uns zwischen Himmel und Erde entscheiden. Und denjenigen, die sich entscheiden, die suchen, die für ihn leben, wird er Frieden schenken. *Seinen* Frieden. Wir dürfen diesen Frieden haben. Und behalten. Für immer. Er gehört uns, weil wir uns für ihn entscheiden. Nur bei ihm finden wir wahren Frieden."

Joel saß schweigend und aufmerksam am großen Küchentisch der Millers und wartete auf das Essen. Hier in dieser lärmenden Familie war es so ganz anders als bei ihm zu Hause. Mit strahlendem Gesicht stellte Mrs. Miller ihr Essen auf den Tisch. Die fünf Kinder lachten und plauderten durcheinander, und der Vater saß auf seinem großen Stuhl am Kopfende des Tisches, sog den Duft des Essens ein und lobte seine Frau schon, bevor er überhaupt probiert hatte.

Aber es waren nicht nur die Gespräche und die Fröhlichkeit. Da war noch etwas. Etwas, das Joel nicht beschreiben konnte. Das Geheimnis, das er bereits in ihrem Sonntagsgottesdienst gespürt hatte, hüllte sie auch jetzt ein, wo alle Feierlichkeit und Traurigkeit verflogen war und nur Lachen und fröhliches Plaudern herrschte.

„Alle mal herhören", rief Mr. Miller mit seinem lustigen Akzent. „Vergesse ich hier vielleicht etwas? Können wir schon anfangen zu essen? Was kommt zuerst?"

„Das Tischgebet, Papa", sagte Ruthie, als sie mit einer großen Schüssel Kartoffelpüree aus der Küche kam. „Das ist ein absolut nicht komischer Witz, den Papa bei jedem Essen losläßt", erklärte sie Joel.

„Alle Witze sind lustig, man muß sie nur richtig hören", erwiderte Mr. Miller gutmütig, dann machte er eine Handbewegung, und alle am Tisch neigten den Kopf. Mrs. Miller legte eine Hand auf die Schulter ihres Mannes und schloß die Augen. Ruthie schwieg ebenfalls und stand mit gesenktem Kopf hinter ihrem Stuhl.

Joel folgte ihrem Beispiel und lauschte den seltsamen Worten. Er bemühte sich, Mr. Millers Worte zu verstehen und überlegte gleichzeitig, wie es kam, daß das Beten in diesem Haushalt so natürlich war.

„Amen", sagte die ganze Familie im Chor, und sofort brach der Lärm und Tumult wieder los. Joel blickte in die Gesichter und mußte die Situation hier unwillkürlich mit seinem Zuhause vergleichen. Mutter würde die Schüsseln auf den Tisch stellen und ihren Platz Vater gegenüber einnehmen. Sie würden am Tisch sitzen, einander nicht anschauen und kaum ein Wort miteinander sprechen. Hier gab es nicht die leisesten Anzeichen von Unbehagen. Das Baby schrie und wurde von Mr. Miller auf den Schoß genommen. Mit seinem gesunden Bein wippte er es, bis es vor Freude quietschte. Es hatte den Anschein, als wären vier oder fünf Gespräche gleichzeitig im Gang, und alle schienen Freude daran zu haben, zu erzählen, zuzuhören, zu widersprechen und zu lachen. Joel aß, beobachtete und wunderte sich. Noch nie hatte er so viel Gelächter an einem Tisch gehört.

Nach dem Essen nahm Mr. Miller seine Krücken und ging hinaus auf die Veranda. Mrs. Miller lehnte Joels Angebot, beim Tischabräumen zu helfen, freundlich ab. Daraufhin folgte Joel Mr. Miller auf die Veranda. Es war, als würde er durch eine unbekannte Macht dorthin gezogen. Als er die Küche verließ, rief Ruthie: „Du gehst doch noch nicht so bald, nicht, Joel?"

„Ich ..." Seine Stimme verklang. Er deutete vage auf die Tür, obwohl er den Grund dafür nicht verstehen konnte.

Ruthie wandte sich vom Spülbecken um und schenkte ihm ein Lächeln, das sie von einem Mädchen in eine Frau zu verwandeln schien. „Geh nicht jetzt - geh erst das nächste Mal."

„Ruhig, Kind, ruhig", schimpfte Mrs. Miller leise.

Ruthie errötete und war plötzlich wieder Simons jüngere Schwester.

Noch verwirrter als zuvor wandte sich Joel um und ging zur Tür. Mr. Miller saß auf der großen Schaukel auf der Veranda. Die Sonne war herausgekommen, und es war angenehm warm draußen. Joel setzte sich auf die erste Stufe in die Sonne.

Simon kam kurz heraus, warf einen Blick auf sie und verzog sich wieder. Lange saßen die beiden schweigend zusammen und beobachteten die Vorgänge auf der Straße. Joel fragte sich, wie es sein konnte, daß er hier allein neben dem älteren Mann sitzen konnte und sich trotzdem wohl fühlte.

Schließlich ergriff Mr. Miller das Wort. „Mein Sohn hat mir erzählt, daß dein Vater nicht glücklich ist."

„Nein, Sir." Die Antwort kam ohne Zögern. Mr. Millers Bemerkung schien einen unsichtbaren Stopfen aus seinem Herzen gezogen zu haben, und es dauerte nicht lange, bis die Worte nur so aus ihm heraussprudelten. Er erzählte, wie es in seiner Familie zuging, wie sich sein Vater verhielt. Mr. Miller schaukelte langsam hin und her, strich sich über den Bart und hörte ihm mit ernstem Gesicht zu.

Joel sprach, bis ihm die Worte ausgingen. Dann saß er einfach nur da. Er wußte nicht, was er sonst noch tun oder sagen sollte. Er hatte das Gefühl, sich plötzlich an jemanden angeschlossen zu haben. Die Emotionen, die er die ganzen Jahre über in sich verschlossen hatte, hatten eine Art Sperre in ihm errichtet. Nun war die Sperre eingerissen, und er war in der Lage, auf einer ganz anderen Ebene zu denken und zu empfinden.

Schließlich sagte Mr. Miller: „Herzen aus Dunkelheit, Herzen aus Stein." Ganz leise kamen die Worte, wie ein entferntes Gewittergrollen. „Man kann gar nicht glauben, daß sie jemals heil werden können, nicht?"

„Nein", stimmte Joel zu. Ein Kloß drückte ihm plötzlich die Kehle zu, und er hatte Schwierigkeiten mit dem Schlucken.

„Ein Herz aus Stein kann furchtbaren Schmerz zufügen, ganz schlimmen Schmerz. Ja, ja, ich weiß, ganz schlimmen Schmerz. Aber es gibt einen Weg, Heilung zu finden. Heilung sowohl für den Schmerz als auch für das Herz. Für denjenigen, der blind herumtappt und für den, der tief in seinem Innern weint. Für alle gibt es den einen Weg."

Trotz des starken Akzents, trotz der undeutlichen Aussprache schienen die Worte klar zwischen ihnen zu stehen. Es lag eine solche Macht in ihnen, daß Joel unwillkürlich Hoffnung in sich aufsteigen spürte. „Wie?"

„Ach, das kann ich nicht mit Worten ausdrücken. Solche Worte kenne ich nicht. Nicht auf Englisch - nicht einmal auf Deutsch." Doch er lächelte dabei. Ein weiches Lächeln, das seine Gesichtszüge veränderte. „Vielleicht gibt es keine Worte für ein solches Herz? Vielleicht läßt es sich gar nicht beschreiben? Vielleicht kann man nur sagen, daß es von Gott kommt. Nur durch das Wunder seiner Heilung."

Er beugte sich vor und wurde leiser. „Ich denke, du mußt mit dem Herrn sprechen. Wenn du geheilt wirst, dann kannst du vielleicht auch anderen Heilung bringen?"

„Sie meinen, beten?"

„Ah, mein Sohn Simon sagt, daß du ein kluger junger Mann bist. Du bist wirklich klug. Du hörst zu. Du denkst nach. Das ist ein gutes Zeichen."

„Aber ich kann nicht beten“, erwiderte Joel, und seltsamerweise fiel es ihm gar nicht schwer, das einzugestehen. Nicht diesem seltsamen, liebevollen Mann gegenüber.

Mr. Miller hörte auf zu schaukeln und beugte sich zu Joel vor. „Es wäre mir eine Ehre, wirklich eine große Ehre, wenn ich mit dir beten dürfte.“

11

Die Testamentseröffnung wurde auf unbestimmte Zeit verschoben und der Party-Service abbestellt. Abigails Sekretärin wurde hastig gerufen, und sie mußte das ganze Wochenende damit verbringen, allen Verwandten mitzuteilen, daß sie nicht kommen mußten. Aus einer stillen Ecke heraus beobachtete Sabrina das ganze Hin und Her. Sie hörte die Stimme ihrer Mutter, die am Rande einer Panik zu sein schien und jeden, der ihr über den Weg lief, herumkommandierte. Aus irgendeinem Grund wurde sie aber nicht zu ihr gerufen, was seltsam war. Wenn diese Stürme über den Haushalt hinwegfegten, wurde Sabrina normalerweise genauso herumkommandiert wie das Personal. Aber dieses Mal nicht. Ihre Mutter ließ sie nicht einmal zu sich kommen. Es hatte den Anschein, als würde Abigail ihre Gegenwart meiden.

Der Winter ging langsam in den Frühling über, und die Testamentseröffnung hatte noch immer nicht stattgefunden. Sabrina wußte das nur durch die gelegentlichen Besuche von erzürnten Verwandten, die unangemeldet auftauchten und Abigail unverzüglich zu sehen verlangten. Sie besprachen sich dann in der Bibliothek, wo die Stimmen bald eine Lautstärke erreichten, die die Grundfesten des Hauses erschütterten. Sabrina machte lange Spaziergänge im Garten, sobald ihre Verwandten auftauchten. Sie haßte solche Auseinandersetzungen. Noch weniger gefiel ihr, daß das Arbeitszimmer ihres Vaters immer mehr in ein Schlachtfeld verwandelt wurde. Diese Besuche waren ihr ein Greuel. Sie hatte den Eindruck, die zornigen Worte würden sein Andenken besudeln.

Als dann der März anbrach, wurden die Auseinandersetzungen im Haus noch schlimmer. Ganze Gruppen von Männern in dunklen Anzügen kamen, die sofort empfangen und in die Bibliothek geführt wurden. Stundenlang saßen sie hinter geschlossenen Türen zusammen. Ihre Stimmen waren ein gleichmäßiges Gemurmel, das nur dann und wann durch Abigails schrille Töne durchbrochen wurde. Sabrina hörte, wie Maggie zu Bertrand sagte, Geschäfte sollten im Büro erledigt werden, nicht zu Hause. Aber mit einem schnellen Seitenblick auf Sabrina brachte er sie immer sehr schnell zum Schweigen.

Sabrina war nicht im mindesten traurig, von den Vorgängen ausgeschlossen zu sein. Und sie war auch froh, nicht ins Büro gehen zu müssen. Sie wollte das oberste Stockwerk von Rothmore Versicherungen nicht betreten, jetzt, wo ihr Vater nicht mehr da war. Sie war froh, mit dem allen nichts zu tun zu haben. Die wenigen Wortfetzen, die sie aufschnappte, wenn sich die Türen der Bibliothek öffneten und wieder schlossen, waren mehr als genug – diese Wortfetzen und die gehetzten Blicke, die diese Männer in den dunklen Anzügen ihr zuwarfen. Sie wollte gar nicht wissen, was vorging. Sie wollte das Andenken ihres Vaters von diesen ganzen Intrigen reinhalten. Er war ein Geschäftsmann gewesen, ja, ein guter und ehrenhafter Geschäftsmann. Aber er war auch ein netter und liebevoller Vater gewesen. Sabrina wollte nichts wissen, das ihre Erinnerung an diesen Mann trüben konnte.

In diesem Frühling gab es eine Reihe von schönen Dingen, und daran klammerte sich Sabrina. Das half ihr über die schwierigen Augenblicke hinweg, in denen sie den Verlust ganz besonders spürte, und half ihr, ihr Gleichgewicht einigermaßen wiederzufinden. Nach ihrem Schulabschluß an der St. Albans Schule war sie an der Georgetown University angenommen worden. Sehr zu ihrem Erstaunen schien ihre Mutter beinahe erleichtert zu sein, als sie das erfuhr. Ganz offensichtlich machte sich Abigail keine Gedanken darüber, ob Sabrina zum College gehen würde, sondern ob sie auch weiterhin zu Hause wohnen würde. Sabrina wollte unbedingt studieren, und wenn sie, um eine Auseinandersetzung mit ihrer Mutter zu vermeiden, zu Hause wohnen mußte, dann würde sie das eben auf sich nehmen.

Gut in diesem Winter und Frühling war auch, daß Sabrina Randolf Crawley fast gar nicht zu Gesicht bekam. Aus irgendeinem Grund beschränkten sich seine Besuche auf gelegentliche eilige Zusammenkünfte mit ihrer Mutter. Wann immer Sabrina ihn bei diesen Gelegenheiten begrüßte, wanderte sein Blick ängstlich zu der Stelle, wo ihre Mutter zuletzt gestanden hatte.

Emily Crawley war offensichtlich dieselbe Laus über die Leber gelaufen, denn auch sie schien den Kontakt zu Sabrina zu meiden. Doch wann immer Sabrina ihr in der Schule begegnete, hielt sie in ihrem Gespräch inne und sah ihr nachdenklich nach. Konnte es sogar Neid sein? Das erstaunte Sabrina mehr als alles andere, denn noch nie in ihrem Leben war Emily Crawley neidisch auf jemand anderen gewesen.

Das Wetter in diesem März schien bestens zu Abigails schlechter Stimmung zu passen. Hin und wieder gab es einen warmen Tag, so als würde der Frühling sich freikämpfen wollen, um dann durch eisige Stürme und Minustemperaturen doch wieder zurückgedrängt zu werden. Am ersten Tag des Aprils tobte in Chevy Chase und Washington ein heftiger Schneesturm, der alles zum Erliegen brachte. Sabrina verbrachte diesen Tag draußen im Garten und baute mit Bertrands und Maggies vier Enkelkindern, die am Wochenende bei ihnen zu Besuch waren und wegen der Straßenverhältnisse ihren Aufenthalt verlängern mußten, eine Schneefamilie. Sie bauten einen ansehnlichen Schneevater, eine lächelnde Schneemutter und dazu noch elf Schneekinder, von einem eineinhalb Meter großen Basketballspieler bis hin zu einem zwanzig Zentimeter großen Schneebaby.

Sabrina war dankbar für die Gesellschaft und dafür, einen Grund zu haben, sich draußen aufhalten zu können, denn Abigail rannte wie ein gefangener Tiger in der Halle umher und wütete gegen das Wetter. Sie war so wütend, daß Sabrina Angst bekam. Sie konnte nicht verstehen, warum ihre Mutter sich so aufregte. Eigentlich hätte Abigail heute vor Gericht erscheinen sollen. Sabrina fragte sich, ob alle die Gespräche und Streitereien dieses Winters sich nun in diesem Zornesausbruch über das Wetter Luft machten, das verhinderte, daß sie zum Gericht fahren konnte. Die durch den Schnee bedingte Verzögerung machte Abigail fast rasend vor Wut.

Zwei Tage später gab der Schnee sich endlich geschlagen. Doch während die Tage und Wochen dahingingen und Sabrinas Abitur im Mai unaufhaltsam näherrückte, kämpfte die Kälte noch immer mit dem Frühling um die Vorherrschaft. Morgens war es nach wie vor sehr kalt und der Himmel tagsüber verhangen. Jim leistete ihr bei ihren Morgenspaziergängen Gesellschaft. Er erzählte ihr, der ganze Garten sei mit seiner Entwicklung mehr als einen Monat zu spät dran. Sogar die Tulpen schienen Angst zu haben, ihre Köpfe durch die Erde zu stecken und sich der für die Jahreszeit ungewöhnlichen Kälte auszusetzen.

Der April näherte sich seinem Ende, und noch immer war vom Frühling keine Spur zu sehen. Das Wetter wurde zum Thema in den Nachrichten. Die Nachrichtensprecher wetteiferten miteinander darum, von den abwegigsten Launen der Natur zu berichten. Sabrina setzte das von ihrem Vater begonnene Ritual fort und leistete ihrer Mutter bei den Abendnachrichten Gesellschaft. Verstohlen beobachtete sie sie von Zeit zu Zeit und bemerkte, daß Abigail häufig gar nicht zuhörte. Ihre Mutter war seltsam schweigsam. Nicht einmal beim gemeinsamen Essen kritisierte ihre Mutter wie sonst die Art, wie sie sprach oder aß. Sie sagte fast gar nichts.

In der ersten Maiwoche wich das schlechte Wetter von heute auf morgen einer warmen Frühlingsbrise. Über Nacht begann alles zu blühen. Sabrinas Morgenspaziergänge wurden zu einer wahren Entdeckungsreise, denn der ganze Garten schien auf einmal zu blühen. Er war so farbenprächtig, daß sie vor Freude hätte aufschreien können.

Die Vögel kannten sie nun schon so gut, daß sie vor der Küchentür auf sie warteten und verärgert zwitscherten, wenn sie sich ein paar Minuten verspätete. Sogar die scheuen Spatzen flatterten heran, setzten sich auf ihre Finger und pickten ihr das Brot aus der Hand. Alle Hausangestellten versammelten sich dann am Küchenfenster, tranken ihren Morgenkaffee und beobachteten, wie Sabrina die Vögel fütterte.

Am Dienstag nachmittag war Sabrina nach ihrer Rückkehr von der Schule oben in ihrem Zimmer, um sich umzukleiden, als sie Maggie rufen hörte: „Mrs. Rothmore, geht es Ihnen nicht gut?"

„Wo ist Sabrina?" kam die Antwort ihrer Mutter.

„Oben, Madam. Soll ich ..."

„Nein, lassen Sie nur. Ist Randolf mittlerweile eingetroffen?"

„Mr. Crawley? Nein, Madam, außer Sabrina und dem Personal ist niemand hier."

Irgend etwas in der Stimme ihrer Mutter veranlaßte Sabrina, ihr Zimmer zu verlassen und an die Treppe zu kommen. Sie hielt sich jedoch so, daß ihre Mutter sie nicht sehen konnte. Ihre Mutter wirkte irgendwie verwirrt. „Er hätte eigentlich da sein sollen", sagte sie. Abigails Stimme klang rauh und heiser. „Warum ist er nicht gekommen?"

„Madam, ich weiß es nicht. Soll ich jemanden anrufen?"

Sabrina konnte ihren Augen kaum trauen. Ihre Mutter, die ihr Leben lang immer untadelig gekleidet und frisiert war, war vollkommen aufgelöst. Sie warf wilde Blicke um sich. Ihr Haar hing ihr in wirren Strähnen um den Kopf, und ihre Kleidung wirkte unordentlich. „Er wird schon noch kommen. Er sagte, er müsse zuerst im Büro vorbei. Aber er wird kommen. Er muß. Wir müssen planen. Das kann nicht endgültig sein. Es kann nicht sein."

„Nein, Madam", erwiderte Maggie zweifelnd. „Soll ich den Arzt rufen?"

Die Frage schien Abigail in die Wirklichkeit zurückzubringen. „Was für ein Unsinn. Mir geht es gut. Wenn Randolf kommt, führen Sie ihn zur hinteren Veranda."

Als Sabrina am Freitag aus der Schule kam, stand der Rolls Royce vor der Schule. Bertrand stand mit ausdruckslosem Gesicht neben der geöffneten Tür. Sabrina eilte zu ihm hin. „Ich dachte, Sie hätten versprochen ..."

„Es ist der ausdrückliche Wunsch Ihrer Mutter, Miss Sabrina." Bertrand ignorierte ihr Unbehagen und die geflüsterten Bemerkungen der anderen Schüler, die sich versammelt hatten und die Szene beobachteten. „Sie möchte Sie im Büro treffen."

„Aber es ist doch Freitag", protestierte sie. Sie wußte, das war ein schwacher Einwand und würde nichts bewirken.

Bertrand warf ihr einen düsteren Blick zu, bevor er wiederholte: „Ihre Mutter hat darauf bestanden."

„Na gut, aber nehmen Sie wenigstens den langen Weg", bat Sabrina.

Bertrand zögerte, dann wendete er den großen Wagen und fuhr zum Zentrum der Stadt, nicht zum Rothmore-Firmengebäude. Sabrina ließ sich mit einem Seufzen in den Sitz sinken. „Vielen Dank, Bertie."

Sie fuhren am Weißen Haus vorbei, bevor sie in die Constitution Avenue einbogen. Das Jefferson Denkmal und der riesengroße Park waren von Hunderten blühender Kirschbäume gesäumt, die die Japaner geschickt hatten, um das Ende des Zweiten Weltkrieges zu symbolisieren. Die Bäume waren in den folgenden Jahren sehr groß geworden. Bertrand fuhr langsam, damit er zusammen mit Sabrina die plötzliche Blütenpracht des verzögerten Frühlings bewundern konnte. Auf den Bürgersteigen drängten sich die Menschen, die das warme Wetter genossen. Die Sonne brannte vom wolkenlosen Himmel, und die Blütenpracht über ihnen war so üppig, daß es eine wahre Freude war.

Als Bertrand den Wagen schließlich in Richtung Rothmore-Gebäude lenkte, wurde Sabrina zusehends unsicher und aufgeregt. Nachdem Bertrand den Wagen zum Stehen gebracht hatte, drehte er sich zu ihr um und sagte: „Alles wird in Ordnung kommen, Miss Sabrina."

„Wirklich?" Sie betrachtete das vertraute Gesicht und entdeckte die aufrichtige Anteilnahme. Aber das machte alles nur noch schlimmer. „Wie kannst du da so sicher sein?"

„Weil ich Sie kenne", erwiderte er. „Und ich weiß, Sie werden das Richtige tun."

„Ich habe solche Angst, Bertie."

Er zögerte einen Augenblick, dann sagte er: „Ich finde, Maggies Weisheit paßt ganz gut in Situationen wie diese. Vielleicht sollten Sie es einmal mit dem Beten versuchen."

Sabrina blickte auf und sah vorne durch die Windschutzscheibe. Sie hatte das Gefühl, daß dort die Gegenwart ihrer Mutter und alle unbeantworteten Fragen auf sie warteten. „Gebet gehört nicht an diesen Ort", murmelte sie.

„Das stimmt nicht", protestierte er. „Der Herr hat Daniel aus der Löwengrube gerettet. Er könnte auch dort bei Ihnen sein, wenn Sie es zulassen würden."

Die Worte ließen sie nachdenklich werden, doch die dunklen Schatten streckten sich nach ihr aus und erfaßten sie. „Ich muß gehen", sagte sie mit zusammengepreßten Lippen.

Bevor Bertrand um den Wagen herumgehen konnte, war Sabrina bereits ausgestiegen. Sie wartete nicht, zögerte nicht einen Augenblick. Das Risiko, daß der Mut sie verlassen könnte und sie das Gebäude überhaupt nicht betreten würde, war zu groß.

Doch sobald sie durch die Eingangstür getreten war, trafen sie ihre Gefühle mit einer solchen Wucht, daß sie ihre Tränen mühsam zurückdrängen mußte. Zwei Sekretärinnen kamen aus der Cafeteria und begrüßten sie lächelnd. Nur vage erinnerte sie sich daran, sie schon einmal gesehen zu haben. Der Fahrstuhlführer tippte sich an die Mütze und plauderte fröhlich mit ihr über das Wetter. Alle Fahrgäste, die unterwegs einstiegen, hatten ein freundliches Wort für sie. Nie hatte Sabrina so etwas erlebt. Ihren Vater kannten natürlich alle Angestellten, und alle schienen ihn wirklich gemocht zu haben. Aber das hier galt ihr.

Als sie das oberste Stockwerk erreichte, begrüßte sie eine vorübergehende Sekretärin. Sie sagte ihr, sie hätte ihre Mutter gerade unten in Randolf Crawleys Büro gesehen. Sabrina dankte ihr, ging aber trotzdem weiter zu dem Büro am Ende des Flures.

Sie zögerte nicht, nicht einmal, als sie die Tür zum Vorzimmer öffnete und Mrs. Parker, die Sekretärin ihres Vaters aufsprang, sie begrüßte und strahlend anlächelte. Sie ging geradewegs in das Büro ihres Vaters und schloß die Tür hinter sich.

Ganz still blieb sie stehen, die Hände auf den Türgriff hinter sich gelegt, und lehnte sich gegen die Tür. Das hier mußte sie ganz allein durchstehen.

Langsam sah sie sich in dem ihr so vertrauten Zimmer um. Hier war die Gegenwart ihres Vaters greifbar nahe. Bei jedem Schritt schlug ihr Herz wild in ihrer Brust. Sie fuhr mit dem Finger über die Schreibtischkante, betrachtete seinen hochlehnigen Ledersessel und hörte im Geiste seinen schweren Schritt, wenn er ihr entgegenkam.

Sie schloß die Augen, um seine Stimme zu hören, den Duft seines Rasierwassers zu riechen, den Druck seiner Hand auf ihrer Schulter zu spüren. Doch als Sabrina hinter sich griff, faßte sie ins Leere.

Sorgfältig überprüfte Sabrina in ihrem Taschenspiegel ihr Aussehen. Niemand sollte merken, daß sie geweint hatte. Als sie die Bürotür öffnete, stand Mrs. Parker noch an dem selben Platz neben ihrem Schreibtisch, so als hätte sie sich überhaupt nicht gerührt. „Ihre Mutter ist gerade hier gewesen, Miss Sabrina. Ich ... nun, ich habe ihr gesagt ...“ Sie zögerte. „Ich habe gesagt, ich würde Sie nach unten schicken ... sobald Sie herauskommen.“

„Vielen Dank“, murmelte sie, wobei sie den Blick der Frau mied. Dieser Besuch im Büro ihres Vaters hatte sie mehr erschüttert, als sie gedacht hatte. „Wo ist sie jetzt?“

„Unten bei Mr. Crawley, denke ich. Soll ich anrufen und Bescheid sagen?“

„Nein, vielen Dank, Mrs. Parker. Ich werde nach unten fahren.“

„Miss Sabrina“, begann die Frau, dann brach sie ab. Mrs. Parker arbeitete schon so lange Sabrina denken konnte für ihren Vater. Doch jetzt wurden ihre Gesichtszüge weich. „Ich wollte

Ihnen nur sagen, Madam, daß wir alle hier auf Ihrer Seite stehen."

„Vielen Dank", erwiderte Sabrina, doch sie hatte keine Ahnung, was die Frau meinte. Sie betrat den Flur, gab den Gruß mehrerer Leute zurück, die sie nicht erkannte, und machte sich auf den Weg zu Randolfs Büro. Doch ihre Beine wollten sie nicht tragen. Ihre Glieder waren schwer wie Blei. Es war, als habe alle Kraft sie verlassen. Sie fühlte sich schrecklich allein.

Sabrina stolperte und suchte an der Wand nach Halt. Doch sie lehnte sich gegen eine Tür, die nach innen aufging.

„Hallo, Sabrina, wie geht es Ihnen?"

Sie erkannte die Stimme, bevor sie sich an den dazugehörigen Namen erinnerte. Sabrina sah, wie der ehemalige Assistent ihres Vaters sich erhob. „Hallo, Kenneth."

Er kam auf sie zu, betrachtete ihr Gesicht, und in diesem Augenblick erlosch sein Lächeln. Es wurde verschluckt von einem Spiegelbild dessen, was sie selbst tief in ihrem Innern empfand. „Es ist so schwer", sagte er leise. „Ich kann es noch immer nicht glauben, daß ich seine Stimme nie wieder hören werde."

Die Leere in ihrer Brust wurde durch ein sanftes Feuer gefüllt. Ihre Tränen begannen erneut zu fließen. In warmen Rinnsalen liefen sie ihr die Wangen hinunter. „Ich vermisse ihn so sehr", flüsterte sie.

„Das glaube ich. Er hat Sie so geliebt." Kenneth nahm ihren Arm, führte sie in sein Büro und schloß die Tür hinter ihr. „Nie war er so glücklich, wie wenn er von Ihnen erzählte."

Jedes Wort schien ihre Beherrschung noch stärker zu erschüttern. Ihre Schultern zuckten, und sie schien sich gar nicht wieder beruhigen zu können. Sie legte die Hände über ihr Gesicht und versuchte, ihre Fassung wiederzugewinnen.

Kenneth legte den Arm um sie und gab ihr mit dieser Geste die Kraft und den Trost, die sie seit dem Tod ihres Vaters vermißte. Sie hörte seine Stimme an ihrem Ohr. Sie spürte seine Hand, die ihr das Haar aus dem Gesicht strich, spürte die Muskeln seiner Arme, die sie mit sanfter Kraft umgaben.

Allmählich gewann sie ihre Fassung zurück, und schließlich war sie in der Lage, sich aus seinem Arm zu winden und sich mit dem Taschentuch, das er ihr reichte, über die Augen zu wischen. „Es tut mir so leid."

„Sie brauchen sich doch nicht zu entschuldigen. Ich glaube, ich weiß genau, was Sie empfinden."

Sie blickte ihn an, mußte aber den Blick sofort wieder abwenden. In seinen Augen lag soviel Aufrichtigkeit, daß sie ihm nicht lange standhalten konnte. Aber seine Worte schienen unmittelbar zu ihrem Herzen zu sprechen. „Sie vermissen ihn auch?"

„Sehr. Er war nicht nur mein Arbeitgeber, sondern auch ein Freund. Sie wissen gar nicht, können gar nicht wissen, wie selten das ist." Er führte sie zu einem Stuhl und nahm neben ihr Platz. „Er war ein aufrichtiger Mensch, durch und durch ehrlich. Er meinte jedes Wort, das er gesagt hat."

Sie nickte. So war ihr Vater gewesen. Noch immer konnte sie Kenneth nicht ansehen. Es war zu schwer. In seinem Blick las sie Mitgefühl. Es sprach zu ihr und brachte Dinge zum Vorschein, die sie lieber versteckt gehalten hätte.

Sabrina mied seinen Blick, indem sie sich in seinem Büro umsah. In der Vergangenheit war sie mehrmals hier gewesen, in der Regel immer dann, wenn sein Vater die Tür aufgestoßen und mit einem Stolz auf seinen Protegé gewiesen hatte, als hätte er den jungen Mann selbst erfunden. Doch an diesem Tag war sie zum erstenmal in dem Büro. Auf einmal bemerkte sie den Wandbehang über der Tür. Sie richtete sich hoch auf.

Kenneth bemerkte die Veränderung. „Was ist los?"

Sie deutete nach oben. „Dort."

„Der Wandbehang? Er ist schon sehr alt. Die Großmutter meiner Mutter hat ihn gestickt."

Es war ein zartes und wunderschönes Muster, ein Gartenzaun mit Wicken, die in voller Blüte standen. Am Himmel eine Sonne, die wie ein goldenes Kreuz geformt war. Darunter die Worte: „Gib mir, mein Sohn, dein Herz."

„Das ist ein Vers aus der Bibel, nicht?"

„Ja, aus den Sprüchen."

Sie erinnerte sich an das Gespräch, das sie damals während dieser Party in ihrem Haus bei Tisch geführt hatten. Es schien ihr eine Ewigkeit her zu sein. „Sie sind ... Christ?"

Das Erstaunen in ihrer Stimme brachte ihn zum Lächeln. „Ich versuche es. Nein, das stimmt nicht“, fuhr er schnell fort. „Man wird nicht zu einem Christen, indem man versucht, einer zu sein. Aber ich versuche, nach den Maßstäben zu leben, die Christus uns gegeben hat.“

Sabrina konnte sich nicht zu einer Antwort durchringen. In einem Augenblick, wo sie den Eindruck hatte, daß ihre Welt bis in die Grundfesten erschüttert war, wurde sie nicht nur mit Worten konfrontiert, sondern mit einer *Tatsache.* Hier war ein Mann, der ihren Vater sehr geliebt hatte. Er gab ihr die liebevolle Fürsorge, nach der ihr Herz sich sehnte. Er war erfolgreich im Geschäft; das wußte sie aus dem, was ihr Vater von ihm erzählt hatte.

Und er war Christ. Hier, im Herzen des Ortes, wo der Glaube ihrer Meinung nach nicht hingehörte. Vor allem nicht jetzt.

Kenneths Blick wanderte wieder zu dem Wandbehang. „Ihr Vater ist manchmal nach Feierabend in mein Büro gekommen. Wir haben über alles mögliche gesprochen. Auch über den Glauben. Und schließlich haben wir angefangen, gemeinsam in der Bibel zu lesen.“

Sie konnte ihre Überraschung nicht verbergen. „Daddy?“

Aber er sah sie nicht an. Sein Blick und seine Gedanken schienen auf etwas gerichtet zu sein, das sehr weit in der Ferne lag, das ihm vielleicht sehr kostbar war. „Er gehörte zu den offensten Menschen, die ich je kennengelernt habe. Die meisten Menschen lassen sich von ihrem Erfolg *einkerkern.* Sie weigern sich, irgend etwas in Betracht zu ziehen, das ihr gutes Leben in Gefahr bringen könnte.“

Sabrina stellte fest, daß sie zu seinen Worten nickte. Solche Menschen kannte sie nur zu gut.

„Lawrence war vollkommen anders. Er interessierte sich für alles. Er hatte keine Zeit für Dummschwätzer, und er konnte Menschen, bei denen er den Eindruck hatte, er würde seine Zeit mit ihnen vergeuden, sehr kurz abfertigen. Aber er saß hier und hörte mit einer Offenheit zu, die ich ganz erstaunlich fand. Einmal sagte er zu mir ...“

Kenneth brach ab. Sabrinas Blick wanderte zu dem jungen Mann. In seinen Gesichtszügen war tiefe Trauer zu erkennen.

Er atmete tief ein, hielt den Atem an und ließ ihn schließlich langsam entweichen.

„Es war kurz vor seinem Tod, bei einem der letzten Gespräche, die wir hier miteinander geführt haben", erzählte er leise. „Ich habe mich gefragt, ob er vielleicht wußte, was ihm bevorstand. Lawrence sagte mir, er hätte noch nie jemanden kennengelernt, der so über den Glauben gesprochen hätte wie ich. Er sagte, die Worte schienen ganz natürlich aus meinem Innern hervorzusprudeln - so hat er es ausgedrückt. Ich habe ihm gesagt, niemand hätte mir jemals ein schöneres Kompliment gemacht. An diesem Abend beteten wir zusammen. Er hat Gott sein Leben anvertraut. Das war ein wundervolles Gefühl."

Kenneth wandte sich unerwartet zu ihr um. Sein Blick traf sie unvorbereitet. Sabrina starrte ihn an. Sein Herz schien direkt zu ihrem Herzen zu sprechen. Schließlich sagte er: „Ich vermisse ihn."

„Ich auch", flüsterte sie. „So sehr." Nach einer Pause meinte sie: „Vielen Dank, daß Sie mir das erzählt haben."

Hier schien endlich ein Mensch zu sein, den sie fragen konnte. Ein Mensch, dem sie vertrauen konnte.

Sabrina richtete sich auf. „Bitte sagen Sie mir, was hier vor sich geht."

In den kommenden Wochen und Monaten würde sie noch lange über diesen Augenblick nachdenken. Denn Kenneth zog sich nicht hinter eine offizielle Barriere zurück. Er blieb neben ihr sitzen und war bereit, auf sie einzugehen. „Was meinen Sie?"

„Alle sind so nett zu mir. Sie sind immer nett gewesen, aber nicht so. Irgend etwas ist anders."

Er nickte langsam. „Sie sind lange nicht mehr hier gewesen, nicht?"

„Seit der Beerdigung nicht mehr. Ich konnte es einfach nicht."

„Zu Hause haben Sie vermutlich nichts davon gehört", fuhr er fort. „Hier jedoch breiten sich Gerüchte schneller aus als die Schallwellen."

„Was für Gerüchte?"

Wieder hatte sie nicht das Gefühl, daß Kenneth ein kalkuliertes Spiel mit ihr spielte. Er betrachtete ihr Gesicht und fragte: „Wollen Sie es wirklich wissen?"

In diesem Augenblick begann sie zu verstehen. Nicht nur diesen Tag, sondern all die Zwischenfälle des vergangenen Winters. Noch bevor er erklären konnte, glaubte sie alles zu wissen. Es war, als hätte sie nur nicht herausfinden wollen, was die ganze Zeit für jedermann sichtbar dagelegen hatte.

Sabrina wandte sich nicht ab, nicht in diesem Augenblick. Sie nickte langsam, ihren Blick fest auf Kenneths Gesicht gerichtet.

Er seufzte und nahm ihre Hand. Es war die Geste eines Freundes, eines Menschen, der ihr ohne Worte die Gewißheit geben wollte, daß sie nicht allein war. „Ihre Mutter hat das Testament Ihres Vaters angefochten. Wissen Sie, was das bedeutet?"

„Ja." Sie war die Tochter ihres Vaters. Sie kannte diese Terminologie. Etwas anfechten bedeutete, eine Sache vor Gericht austragen.

„Ihr Vater hat alle in Erstaunen versetzt. Er hat die Firma in eine Treuhandgesellschaft umgewandelt. Sein gesamtes Vermögen, alle Anteile und alle seine Tochtergesellschaften hat er in diese Treuhandgesellschaft eingebracht - für Sie."

Sabrina saß einen Augenblick vollkommen still, bevor sie sich erhob und aus dem Fenster starrte.

„Ich verstehe, daß Sie schockiert, vielleicht sogar verängstigt sind", sagte er. Langsam wandte sie sich ihm wieder zu. In seinem Blick lag Verständnis. „Aber das ist das, was Ihr Vater gewollt hat, Sabrina. Niemand hätte das Ganze so sorgfältig und so entschlossen durchziehen können, wenn es ihm nicht äußerst wichtig gewesen wäre."

Er deutete auf den Platz neben sich und wartete, bis sie wieder Platz genommen hatte. „Zwei Treuhandverwalter werden bis zu Ihrem einundzwanzigsten Geburtstag Ihr Stimmrecht wahrnehmen. Dann werden Sie tun können, was Sie wollen, abgesehen davon, daß Sie die Anteile erst nach Ihrem neunundzwanzigsten Geburtstag verkaufen dürfen."

Unzählige Fragen gingen ihr durch den Kopf, so viele, daß sie nicht wußte, welche sie zuerst stellen sollte. Kenneth fuhr fort: „Ihre Mutter hat versucht, das Testament für null und nichtig erklären zu lassen. Aber Ihr Vater hat ihr noch genügend andere Vermögenswerte hinterlassen, so daß sie keine rechtliche Handhabe für einen Prozeß hat. Für die Gründung der Firma wurde kein Geld ihrer Familie verwendet, das ist alles genau dokumentiert. In der vergangenen Woche hat das Gericht ihren Antrag abgelehnt. Die Firma gehört nun Ihnen."

„Nein", flüsterte sie. „Ich möchte sie nicht."

„Der erste Treuhandverwalter ist der alte Mr. Crawley." Kenneth sprach mit sanfter Eindringlichkeit weiter. Da er nun einmal angefangen hatte, wollte er ihr auch alles sagen. Mit gleichmäßiger Freundlichkeit fuhr er fort: „Auch in dieser Hinsicht hat es Kämpfe gegeben. Als Mr. Crawley hörte, daß Ihre Mutter versucht hatte, Randolf Junior in ihre Bestrebungen mit einzubeziehen, hat er gedroht, seinen Sohn zu enterben. Und das hätte er bestimmt auch getan, da bin ich sicher."

Sabrina erinnerte sich an Randolfs eilige und heimliche Besuche. Sie erinnerte sich an die Blicke, die er ihr zugeworfen hatte, das Schweigen, die spürbare Angst. „Ich weiß nicht ..."

Plötzlich wurde die Tür mit einer solchen Wucht aufgerissen, daß beide zusammenfuhren. Ihre Mutter sah zur Tür hinein, entdeckte sie und schien sofort zu begreifen, was hier vorging. Vor Entsetzen schien sie wie gelähmt zu sein. „Was tust du denn hier?"

„Wir haben uns unterhalten." Aus irgendeinem Grund schien die Aufregung ihrer Mutter Sabrina nur noch ruhiger zu machen.

„Komm sofort mit. Sofort." Abigail stampfte vor Wut beinahe mit dem Fuß auf. „Ich verbiete dir, jemals noch einmal mit diesem ... diesem *Intriganten* zu sprechen."

Sabrina erhob sich und begann, ihrer Mutter aus dem Zimmer zu folgen. Aber gerade als sie durch die Tür ging, drehte sie sich noch einmal um und fragte: „Und wer ist der andere Treuhandverwalter?"

„Sofort!" befahl ihre Mutter.

Kenneth Adams stand in der Mitte seines Büros. Abigails Zorn ließ ihn kalt. Seine Stimme blieb ruhig, als er sagte: „Wenn Sie jemals irgend etwas brauchen, was immer es auch ist, rufen Sie mich einfach an."

12

Dieser Frühling und Sommer waren die abwechslungsreichsten und ausgefülltesten Monate, die Joel je erlebt hatte. Trotz des schlechten Wetters zu Beginn des Jahres stand Joel schon vor Sonnenaufgang auf, um die Zeitungen auszutragen. Der Aprilfrost war dabei das schlimmste - nicht unbedingt der kälteste, aber trotzdem der schlimmste, vielleicht weil er mit warmem Wetter rechnete, das nicht kam.

Gleich nach der Schule traf er sich dann mit Simon. Meistens ging er mit zu den Millers, wo er es sich zur Gewohnheit machte, Mr. Miller in der Werkstatt zu helfen. Der breitschultrige Mann war ein guter Lehrer und machte Joel mit dem Schreinerhandwerk bekannt. Joel lernte bei ihm so gut mit Hobel, Bohrer und Schmirgelpapier umzugehen wie früher mit den kleinen Teilchen seiner Modellflugzeuge.

Zu Beginn des Sommers verkündete Mr. Miller, die Jungen seien nun soweit, ein eigenes Möbelstück in Angriff nehmen zu können. Joel war genauso begeistert wie Simon und begann mit einem Schaukelstuhl für seine Mutter.

Als es dann abends immer länger hell war, fiel es Joel immer schwerer, sein Werkzeug hinzulegen und nach Hause zu gehen. Gegen Abend blickte Mr. Miller ihn häufig mit nachdenklicher Traurigkeit an, aber nur selten erwähnte er Joels Familienleben, nur nach den Sonntagsgottesdiensten sprachen sie dann und wann einmal darüber. Manchmal betete Mr. Miller außerdem mit Joel wegen eines bestimmten Bedürfnisses oder eines besonders schlimmen Tages zu Hause.

Joels Leben zu Hause wurde mehr und mehr eine Welt für sich. Es fiel ihm immer schwerer, auf dem Heimweg in seine schweigsame Rolle zurückzuschlüpfen. Bei den Millers wurde soviel gelacht und geredet, da herrschte soviel Leben. Ruthie kam häufig in den Schuppen, brachte Limonade, ein gutes Wort und ein strahlendes Lächeln. Joel fühlte sich mehr und mehr zu dem Mädchen hingezogen, denn für ihn schien sie immer ein ganz besonderes Lächeln bereit zu haben.

Am ersten August kam Joel gerade rechtzeitig zu den Abendnachrichten nach Hause. Er hatte festgestellt, daß er zu diesem Zeitpunkt am besten ins Haus schlüpfen konnte. Walter Cronkite mit den neusten Nachrichten des Tages bot ihm die Unterhaltung, die mit seinen Eltern nicht möglich war. An diesem Abend würde nach den Nachrichten die Ed Sullivan Show laufen. Joel hoffte, daß die kleine Maus Topo Gigio auftauchen würde. Diese Marionette brachte seinen Vater immer zum Lachen. Das war ein so seltenes Erlebnis, daß er und seine Mutter sich dann immer hinter seinem Rücken anlächelten.

Er stellte sein Fahrrad hinter dem Haus ab, kam durch die Küchentür herein und gab seiner Mutter, die am Herd stand und das Abendessen vorbereitete, einen Kuß. Als er das Wohnzimmer betrat, erblickte er auf dem Bildschirm Elvis Presley, dessen Haare dem Armeefriseur zum Opfer gefallen waren. Die ganz Welt hatte miterlebt, wie Elvis in die Armee einberufen worden war. Aus irgendeinem Grund war seine Popularität dadurch sogar noch gesteigert worden. An dem Tag, an dem er ins Ausbildungslager aufbrach, hatten Millionen Teenager ihm geschrieben und ihm alles Gute gewünscht.

Auf den Ruf seiner Mutter hin erhob sich Joel und deckte den Tisch. Als er zurückkam, sah er, wie die amerikanischen Soldaten in Beirut landeten. Den Blick fest auf den Bildschirm gerichtet, murmelte Joels Vater: „Sieh dir nur die Ledernacken an.“

„Was tun sie?“

„Ach, irgendein König ist erschossen worden“, erklärte er. „Drüben in Jordanien oder da irgendwo.“

„Im Irak“, korrigierte Joel leise. Er erinnerte sich daran, das als Schlagzeile der Morgenzeitung gelesen zu haben.

„Wo auch immer." Harry machte eine wegwerfende Handbewegung. „Junge, ich wünschte nur, ich wäre ..."

Er wurde durch einen dumpfen Schlag und das Klirren von Glas in der Küche unterbrochen. Joel und sein Vater fuhren zusammen, und als sie ein langgezogenes Stöhnen hörten, sprangen sie auf und rannten aus dem Zimmer. In der Küche fanden sie Joels Mutter auf dem Boden liegend, das eine Bein ausgestreckt, das andere unter ihr eingeknickt. Ihr Gesicht war schmerzverzerrt. „Oh, ich bin ausgerutscht. Ich kann nicht ..."

Mit erstaunlicher Geschwindigkeit hinkte Joels Vater zu ihr hin und kniete sich neben sie. „Wo tut es weh?"

„Mein Rücken", stöhnte sie. Ihre Hand zerrte schwach an dem abgeknickten Bein.

Mit einer Sanftheit, die Joel seinem Vater nie zugetraut hätte, befreite er ihren eingeklemmten Fuß und legte das Bein gerade. „Hol Howard", sagte er zu seinem Sohn. „Schnell."

Joel rannte durch den Flur zur Tür hinaus, sprang die Eingangsstufen hinunter und hastete die Straße entlang. In der Kurve wäre er beinahe ausgerutscht, doch er fing sich mit einer Hand gerade noch ab und rannte weiter. Ohne nach rechts oder links zu sehen überquerte er die Straße. Ein Wagen kam mit quietschenden Reifen zum Stehen. Der Fahrer drückte wütend auf die Hupe. Joel hastete die Stufen zum Haus der Austins hoch, riß die Fliegengittertür auf und fand Doc Austin im Wohnzimmer, wo auch er vor den Nachrichten saß.

„Sie müssen mitkommen", keuchte Joel und rang nach Atem. Sein Herz klopfte so heftig, daß ihm übel wurde. Er hatte das Gefühl, sich übergeben zu müssen.

Howard Austin wandte sich vom Bildschirm ab. Sein müder Blick berichtete von unzähligen dringenden Anrufen an diesem Tag. Als er Joel erblickte, veränderte sich jedoch augenblicklich seine Haltung. „Beruhige dich erst mal, atme tief durch. Du bist ja so blaß wie ein Gespenst. Bist du in Ordnung? So ist es besser."

Als Joel wieder Luft bekam, wiederholte er, was er bereits gesagt hatte. „Sie müssen schnell mitkommen."

„Ruhig", sagte Howard. „Jetzt erzähl mir erst einmal, was passiert ist."

„Es geht um Mom“, brachte Joel heraus. „Sie ist gefallen, und es sieht böse aus.“

Howard Austin sprang sofort alarmiert auf. Seine Frau erschien im Wohnzimmer. Ihr Gesicht zeigte höchste Besorgnis. „Ist sie in Ordnung?“

„Wo ist meine Tasche?“ fragte er als Antwort auf ihre Frage.

„Auf dem Tisch, wo sie immer steht“, erwiderte Carol und streckte ihrem Mann die Tasche entgegen. „Ich werde das Essen in den Ofen stellen. Joel, sag ihr, ich hoffe, daß es nicht so schlimm ist.“

„Danke, Mrs. Austin.“

„Okay, Sportsfreund, wir nehmen meinen Wagen.“

Doc Austin fuhr so schnell er konnte. Joel saß neben ihm. Sein Herz klopfte unregelmäßig, und er atmete noch immer schwer. Wie gewöhnlich ignorierte er die stechenden Schmerzen in der Brust, die sich immer dann bemerkbar machten, wenn er zuviel Aufregung hatte. Schon bald bog der Doktor in die Einfahrt zu Joels Haus ein. Noch bevor er den Motor richtig abgestellt hatte, sprang er schon aus dem Wagen, rannte die Treppen hoch, öffnete die Tür und eilte in die Küche. In der Türöffnung blieb er so abrupt stehen, daß Joel in ihn hineinrannte. Scharf zog er den Atem ein, dann durchquerte Doc Austin in drei großen Schritten den Raum und kniete neben Martha nieder. Joel erstarrte innerlich, als er die Blutlache auf dem Linoleumboden sah.

„Wo blutest du, Martha?“

„Das bin ich“, erwiderte Harry und hielt seine Hand hoch, um die er ein Geschirrtuch geschlungen hatte. „Als sie ausgerutscht und gefallen ist, hat sie ein Glas fallenlassen. Ich wollte die Scherben aufheben.“

„Um Himmels willen, ich habe doch wirklich genug zu tun, ohne daß du mir noch zusätzliche Arbeit machst!“ Howard Austin legte die Hand unter Marthas Hals und tastete sie ab. „Tut das weh?“

„Nein, weiter unten“, murmelte sie.

Harry fragte: „Soll ich sie hochheben?“

„Nein, warte.“ So vorsichtig er konnte setzte der Doktor seine Untersuchung fort, wobei er leise brummte.

„Was ist los?“ Harrys Gesicht zeigte eine Mischung aus Bestürzung und Angst. Joel starrte seinen Vater an. Noch nie hatte er solche Regungen in dem normalerweise ausdruckslosen Gesicht gesehen.

Aber Howard antwortete nicht. Er tastete sie noch weiter ab, dann richtete er sich leicht auf und fragte: „Kannst du die Zehen bewegen?“

„Ich denke schon.“

„Heb die Beine nicht an. Gut, das ist gut.“ Er drehte sich zu Harry um und sagte leise: „Du rufst besser einen Krankenwagen.“

Harry starrte seinen Freund einen Augenblick an, dann erhob er sich und ging in den Flur zum Telefon.

Howard wandte sich Martha wieder zu und fragte: „Spürst du ein Kribbeln in den Beinen? Irgendwelche stechenden Schmerzen? Taube Stellen?“

„Nein.“

„Das ist gut“, seufzte Howard. Seine Anspannung ließ offensichtlich nach. „Das ist sehr gut.“

„Ich bin doch nur in einer Pfütze beim Spülbecken ausgerutscht“, schimpfte Joels Mutter.

Doc Austin blickte sie an und sagte leise: „Es sieht so aus, als wäre deine Wirbelsäule verletzt, Martha. Aber du kannst deine Füße bewegen. Offensichtlich sind die Nerven nicht geschädigt worden.“

Harry knallte den Hörer auf die Gabel und kam zurück. „Sie sind schon unterwegs.“

„Wir sollten dich nicht bewegen“, sagte Howard zu Martha. „Aber ich kann dir ein Kissen unter den Kopf legen. Würde dir das helfen?“

„Ich werde es holen“, sagte Harry, bevor Martha auch nur die Gelegenheit hatte zu antworten. Er eilte ins Wohnzimmer und kam mit einem der Sofakissen zurück. Während Doc Austin ihren Kopf anhob, kniete sich Harry neben sie und schob es vorsichtig darunter.

Joel stand wie erstarrt in der Tür. Er war genauso über die Reaktion seines Vaters erschrocken wie über den Unfall seiner Mutter. Harry zeigte solche Besorgnis, solche Fürsorge. Es war, als hätte Joel es mit einem vollkommen anderen Menschen zu tun, mit jemandem, den er nur von alten Fotos her kannte. Ein Mensch, der fühlte, der Empfindungen hatte und auch zeigte.

In den Tagen, nachdem seine Mutter ins Krankenhaus gebracht worden war, änderte sich Joels Leben zu Hause nur geringfügig. Jeden Nachmittag fuhr er für eine Stunde ins Krankenhaus. Er blieb immer so lange, wie Besuchszeit war. Sein Vater jedoch verbrachte bald mehr Zeit dort als auf der Arbeit. Zu Hause war Harry still und schweigsam wie immer, nur gelegentlich warf er besorgte Blicke aufs Telefon, und auch mit Joel sprach er nicht mehr in dem üblichen barschen Tonfall.

Joel war sehr erstaunt darüber. Howard Austin berichtete jeden Tag von den Fortschritten, die Martha machte, und versicherte ihnen, daß ihre Heilung gut voran ging. Sie sprach so gut auf die Behandlung an, daß eine Operation möglicherweise nicht notwendig sein würde. Joels Vater war sehr besorgt um sie. Er hatte seine steinerne Maske abgelegt und sich verletzlich gemacht.

Doch wenn Joel mit seinem Vater bei seiner Mutter im Krankenzimmer saß, konnten die beiden noch immer nicht miteinander sprechen. Joel schien es beinahe so, als hätten sie sich so an ihr Schweigen gewöhnt, daß sie es nicht mehr durchbrechen konnten.

Abends, wenn Joel allein zu Hause war, sah er sich gern die Bilder seiner Eltern von früher an. Damals, bevor er geboren wurde, noch vor dem Krieg. Bevor sich der Schatten über sie gelegt hatte, den er jetzt auf ihren Gesichtern sah.

Damals schienen ihre Augen vor Freude, Liebe und Hoffnung zu leuchten. Sein Vater zeigte ein strahlendes Lächeln. Spuren dieses Lächelns nahm Joel auch heute noch war, nur waren die Linien nach unten gezogen. Und seine Mutter ... damals blickte sie vertrauensvoll und glücklich in die Kamera. Sie waren miteinander so glücklich gewesen. Warum hatte es nicht so bleiben können? War er der Grund dafür? War es sein Fehler? Joel sah die Bilder durch und wünschte, es gäbe einen Weg, alles wieder so hinzukriegen, wie es früher gewesen war.

An diesen Abenden hatte die Stille in seinem Haus eine andere Qualität. Die Stille war wie ein Spiegel, die ihn dazu brachte, über sich selbst und seine Isolation nachzudenken, wie er es früher nie getan hatte. Er fand dabei Trost in der Bibel. Für ihn war es beschämend zu sehen, daß selbst das kleinste Miller-Mädchen die biblischen Geschichten besser kannte als er. In der zweiten Woche, nachdem seine Mutter ins Krankenhaus gekommen war, las er jeden Abend in der Bibel. Und wenn es ihm auch schwerfiel zu beten, so versuchte er doch, jeden Abend, bevor er zu Bett ging, mit Gott zu sprechen. Sein dringendstes Anliegen war die Heilung seiner Mutter. Doch im Laufe der Zeit weiteten sich seine Gebete aus, und schließlich betete er auch um die innere Heilung seines Vaters.

Gegen Ende dieser zweiten Woche klopfte es eines Abends, als Joel und sein Vater vor dem Fernsehgerät saßen, an der Tür. Sein Vater, der in seinem gewohnten Sessel saß, sah erstaunt auf. Er nickte zur Tür und sagte: „Sieh mal nach, wer das ist."

Joel erhob sich sofort. An der Tür erwartete ihn eine Überraschung. Mr. Miller stand mit strahlendem Gesicht davor. Joel wußte nicht so recht, was er tun sollte. Außer Dr. Austin und seiner Frau kam sonst niemand zu ihnen zu Besuch. Sein Herz begann wild zu schlagen. Schnell schickte er ein Stoßgebet zum Himmel. „Bitte laß Simon nichts zugestoßen sein. Bitte."

Mr. Miller hinkte auf seinen Krücken ins Haus und fragte: „Ist dein Vater zu Hause, Joel?"

Eine Stimme ertönte: „Wer ist es, Junge?"

Joel schluckte. Er wußte nicht, was er sagen sollte. „Es ist ..."

„Joseph Miller", rief Mr. Miller und setzte sich in Bewegung, vorbei an dem verwirrten Jungen. Seine Krücken machten auf dem blanken Holzfußboden ein dumpfes Geräusch.

Joel folgte Mr. Miller durch den Flur. Er sah, wie sein Vater sich in seinem Sessel aufgerichtet hatte. Halb stand er, halb hatte er sich auf der Lehne abgestützt, so als wüßte er nicht so genau, ob er sich erheben und den Mann begrüßen sollte, der ihn an diesem Abend gestört hatte.

Aber Joseph Miller ließ sich nicht so leicht abwimmeln. Joel beobachtete, wie sein Vater ihn anstarrte. Das Staccato seiner Krücken hallte im Raum wider. Sein gesundes Bein bewegte sich leicht im Rhythmus der Krücken, das Hosenbein seines amputierten Beines war hochgesteckt. Sein Vater beobachtete, wie der Beinstumpf mit jedem Schritt mitschwang.

„Es tut mir leid, daß ich Sie störe", sagte der Mann. Das laufende Fernsehgerät ignorierte er. „Aber ihr Sohn hat mir erzählt, daß Sie Probleme haben. Meine Frau war heute in der Stadt, und als sie nach Hause kam, sagte sie mir, ich solle mal bei Ihnen vorbeischauen."

Joels Vater sah ihn an. Sein Blick wanderte zu dem Beinstumpf. Harry wirkte verwirrt und sogar ein wenig verärgert. Joel spürte, wie er vor Unbehagen erzitterte. Sein Vater würde doch hoffentlich keine Szene machen. Allein beim Gedanken daran hätte er das Zimmer am liebsten fluchtartig verlassen.

Aber sehr zu seiner Erleichterung streckte sein Vater Mr. Miller seine Hand entgegen. Joel freute sich, daß Harry nicht zusammenzuckte, als Mr. Miller sie herzlich schüttelte. „Setzen Sie sich doch", forderte Harry ihn auf und deutete mit dem Kopf auf einen Sessel.

„Vielen Dank." Mr. Miller ging zu dem Sessel, setzte sich und legte seine Krücken vorsichtig neben sich auf den Boden. Sein freundlicher Gesichtsausdruck veränderte sich nicht. Aufmerksam betrachtete er Joels Vater, bevor er fortfuhr: „Es ist schwer, wenn die eigene Frau auf einmal krank wird. Ein Mann weiß dann nicht so genau, was er mit sich anfangen soll. Meine Ruth ist im Krankenhaus vorbeigegangen und hat erzählt, daß der Arzt Ihrer Frau Bettruhe verordnet hat, wenn sie nach Hause kommt. Und sie braucht auch viel Ruhe. ‚Wie kann ein Junge aber Ruhe halten?' frage ich sie. Jungen machen nun mal Lärm. Meine Ruth sagte dann: ‚Du gehst jetzt los und sagst dem armen Vater, daß Joel hier in unserem Haus Lärm machen kann.' Er kann bei uns bleiben, bis Ihre Frau wieder auf den Beinen ist. Sie kann in aller Ruhe gesund werden. Joel wird sich bei uns wohl fühlen."

Joel hielt die Luft an. Hatte er Mr. Miller richtig verstanden? Wollte Simons Vater ihn wirklich einladen, bei ihnen zu wohnen? Aber das ging doch nicht. Er wurde doch zu Hause gebraucht. Er erledigte alle Botengänge, er half bei der Vorbereitung des Essens und spülte das Geschirr. Er tröstete seine Mutter, wenn sie in stille Verzweiflung versank. Er sorgte dafür, daß Tabak und Zigarettenpapier vorhanden waren und sein Vater etwas zu tun hatte, wenn seine Nerven zum Zerreißen gespannt waren.

Doch auch ein anderer Gedanke ging Joel durch den Sinn. Eine Sehnsucht, ein Teil, nur ein kleiner Teil dieser großen, lebendigen und liebevollen Familie zu sein. Wo so viel gelacht und jeder gutmütig geneckt wurde. Wo es gutes und reichliches Essen gab und jeder mit gutem Appetit zulangte. Wo zu einem Gott gebetet wurde, der so real war, daß seine Anwesenheit in dem Haus spürbar war.

Sein Vater würde das nie erlauben, dachte Joel verzweifelt. Es hatte also keinen Zweck, davon zu träumen.

In diesem Augenblick ergriff Joels Vater das Wort. Seine Stimme war tief und unnatürlich, und seine Finger trommelten nervös auf der Armlehne herum. „Nun, der Arzt hat uns von einem Haus erzählt. Es ist ein Veteranenhospital – sie haben dort gute Heilungsmöglichkeiten für Rückenprobleme. Howard sagte, ein Aufenthalt dort würde ihr sehr gut tun. Ich habe mich gefragt, wie das möglich sein soll ..."

Mr. Miller klatschte mit der Hand auf das Knie seines gesunden Beines. „Sehen Sie", rief er. „So wird es gehen. Sie bringen Ihre Frau in dieses Krankenhaus und geben Ihr Zeit, richtig gesund zu werden, und Joel bleibt in der Zeit bei uns."

Er strahlte Vater und Sohn an. Joel wand sich. Was würde sein Vater sagen? Wie konnte er einer solchen Vereinbarung zustimmen? Er konnte die Ungewißheit kaum noch ertragen.

„Das ist mächtig nett von Ihnen", antwortete sein Vater und strich sich nervös über den Arm. „Es würde uns ganz bestimmt helfen, aber wie ich höre, haben Sie bereits eine Menge Mäuler zu füttern. Es ist doch sicher zuviel verlangt ..."

„Ja", erwiderte Mr. Miller. „Ja, wir haben fünf. Das ist eine Familie. Meine Ruth sagt immer, sie machen so viel Lärm wie eine Horde Hunde, die Hühner jagt." Mr. Miller lachte herzlich.

Joels Vater unterbrach ihn, so als könnte er das fröhliche Lachen nicht ertragen. „Aber dann haben Sie doch schon genug zu tun, ohne daß ..."

„Was macht denn einer mehr oder weniger schon aus? Außerdem ist Joel ein guter Helfer, das hat er bereits gezeigt." Er winkte ab. „Er fügt sich gut in unsere Familie ein. Wir werden ihn kaum merken."

Mr. Miller griff nach seinen Krücken. „Simon wird morgen kommen und Joel helfen, seine Sachen zu uns zu bringen. Es macht uns wirklich nichts aus. Denken Sie jetzt im Augenblick nur an Ihre Frau."

Joels Vater beobachtete, wie Mr. Miller sich mühsam erhob und seine Krücken nahm. Aus irgendeinem Grund schien diese Bewegung jeglichen Protest, den Harry eventuell noch äußern wollte, zum Schweigen zu bringen.

Mr. Miller setzte sich in Bewegung. „Ich möchte Sie jetzt nicht mehr länger aufhalten." Auf seinen Krücken humpelte er zur Tür. Er öffnete sie, drehte sich um und nickte zuerst Harry, dann Joel zu. „Noch einen schönen Abend, und Gottes Friede möge auf diesem Haus ruhen und auf allen, die unter seinem Dach wohnen."

Mit aufgerissenen Augen und klopfendem Herzen beobachtete Joel, wie er durch die Tür schritt und sie leise hinter sich zuzog.

Stille. Tödliche Stille. Joel rührte sich nicht einmal. Er hatte Angst, daß sein Vater das wilde Pochen seines Herzens hören würde, aber er schwieg. Er schien in einer anderen Welt zu sein, während seine Finger an dem Stoff seiner Armlehne zupften. Sein Blick war starr, aber er schien ins Leere zu starren. Joel fragte sich, was ihm wohl im Kopf herumging.

Doch als sein Vater schließlich das Wort ergriff, traf Joel das, was er sagte, vollkommen unvorbereitet. „Du hast mir gar nicht erzählt, daß der Mann nur ein Bein hat."

Joel schluckte. Was konnte er darauf sagen?

„Warum nicht?“

„Ich ... ich habe nicht daran gedacht“, brachte Joel schließlich heraus.

Sein Vater blickte ihn ärgerlich an. Joel versuchte herauszufinden, was er getan hatte, das ihn schon wieder so aufgebracht hatte. Eilig fuhr er fort: „Ich ... na ja, es schien mir irgendwie nicht so wichtig zu sein, glaube ich.“

Sein Vater wirbelte herum. „Ein Mann hat sein Bein verloren, und du findest das nicht wichtig?“

Joel wußte, daß er antworten mußte, doch es war ihm unmöglich, dem Blick seines Vaters standzuhalten. Er ließ den Kopf sinken, bis ihm einfiel, wie sehr sein Vater es haßte, wenn er ihn nicht ansah. Er müßte ein Mann sein, sagte sein Vater häufig, und lernen, unangenehmen Dingen ins Auge zu sehen. Joel hob den Kopf. „Es ... ich meine ... Mr. Miller sagt nie etwas über sein Bein. Er vergißt es einfach. Ich denke, na ja, ich habe es auch einfach vergessen. Niemand in der Familie macht viel Wind darum.“

Er wußte, daß dies keine gute Antwort war. Aber ihm fiel nichts anderes ein. Joel hielt die Luft an. Er fürchtete sich vor der Reaktion seines Vaters. Vermutlich würde er wieder einen Wutausbruch bekommen. Dessen war er sich sicher.

Aber so war es nicht. Sein Vater erhob sich aus dem Sessel und hinkte zu dem kleinen Fenster. Er schob den Vorhang zur Seite und starrte schweigend in die Dämmerung hinaus.

Joel blieb still auf seiner Stuhlkante sitzen und unterdrückte sogar das Geräusch seines Atmens.

Als sein Vater schließlich das Schweigen durchbrach, schien er sich wieder gefangen zu haben. „Du packst jetzt besser deine Sachen zusammen und gehst zu Bett“, sagte er mit weicherer Stimme. „Morgen ist ein großer Tag für dich, wenn du zu den Millers ziehst.“

Joel ließ die angehaltene Luft entweichen. Er biß sich auf die Unterlippe und verließ das Zimmer. Das Unmögliche schien passiert zu sein. Er durfte zumindest ein vorübergehendes Mitglied der Miller-Familie werden. Ungeduldig wartete er darauf, Simon am nächsten Morgen zu treffen.

13

Das College war aufregender, als Sabrina es sich je hätte träumen lassen. Jeder Tag bedeutete eine neue Herausforderung für sie, an jedem Tag entdeckte sie etwas Neues. Auf dem College hatte sie Gelegenheit, ihr Wissen zu erweitern, etwas anderes kennenzulernen als das, was sie bisher gewohnt war, vor allem aber andere Leute als die Freunde ihrer Mutter. Sie belegte so viele Wirtschaftskurse wie es ihr neben den vorgeschriebenen Seminaren nur möglich war. Der ganze Studienbetrieb war noch sehr verwirrend für sie, aber sie war entschlossen zu lernen. Das war sie ihrem Vater und seinem Vermächtnis schuldig.

Die Jahre, in denen ihre Mutter sie manipuliert und immer wieder heruntergemacht hatte, waren nicht spurlos an ihr vorübergegangen und hatten ihre Spontaneität gedämpft. Sie fand deshalb nur wenige Freunde. Sabrina beobachtete, wie die anderen Studenten miteinander plauderten und lachten, und sie sehnte sich danach, an ihrem unbeschwerten Leben teilhaben zu können. Aber sie wußte nicht, wie sie reagieren sollte, wenn sie versuchten, mit ihr zu sprechen. Und da sie sofort nach dem Unterricht wieder nach Hause mußte, hatte sie keinerlei Anteil an dem gesellschaftlichen Leben der Studenten. In den wenigen Freistunden, die sie auf dem Campus hatte, stand sie am Rande, beobachtete die anderen und hörte ihnen zu. Die Studenten kamen aus allen nur denkbaren Gesellschaftsschichten, und ihre Gespräche waren für Sabrina genauso lehrreich wie der Unterricht selbst.

Sie wußte, daß sie keine natürliche Begabung für ein wirtschaftswissenschaftliches Studium hatte. Den Lehrstoff, der anderen zuzufallen schien, mußte sie sich in stundenlanger Arbeit erarbeiten. Doch ihre Lehrer schienen zu merken, daß sie sich Mühe gab, und sie waren bereit, ihr zu helfen. Außerdem liebte sie die Herausforderung des Lernens.

In diesem Frühling machte sie es sich zur Gewohnheit, einmal in der Woche in der Firma zu erscheinen. Der Unterricht mittwochs war um ein Uhr zu Ende, und ihre Mutter erwartete sie nicht vor vier Uhr zu Hause. Sie war gern in der Firma, und der Gedanke, eines Tages vielleicht Anteil an der Arbeit ihres Vaters zu haben, gefiel ihr. Bevor sie dorthin ging, schrieb sie sich immer einige Fragen auf. Dann suchte sie sich die Leute, die sie ihr auch beantworten konnten. Einige der Angestellten schienen mißtrauisch, oder zumindest perplex zu sein, einige wenige waren sogar regelrecht feindselig. Aber die meisten begrüßten sie mit einem Lächeln und einem freundlichen Wort. Sie bemühte sich, intelligente Fragen zu stellen und ehrlich zu sein, wenn sie die Antworten nicht verstand. Die meisten waren bereit, ihr hilfreich zur Seite zu stehen.

Während des ersten Monats jedoch betrat sie nicht ein einziges Mal das obere Stockwerk. Im vergangenen Winter war Randolf Crawley zum neuen Vorsitzenden gewählt worden und in das Büro ihres Vaters eingezogen. Sabrina wollte nicht diesen langen Flur entlanggehen, die große Mahagonitür am Ende des Flures sehen und wissen, daß jemand anderer nun am Schreibtisch ihres Vaters saß.

Aber Sabrina stellte fest, daß ihre Gedanken unablässig um Kenneth Adams kreisten, und Anfang März endlich nahm sie allen Mut zusammen und fuhr mit dem Aufzug in das oberste Stockwerk. Sie ging den langen Flur entlang und versuchte, nicht auf die Tür zum Büro ihres Vaters zu sehen. Doch als sie vor Kenneths Büro stehenblieb, wurde ihr Blick unwillkürlich von der Tür am Ende des Ganges angezogen. Ein anderes Türschild hing nun daran, und sofort überfiel sie eine große Traurigkeit.

Deshalb klopfte sie schnell und öffnete die Tür zu Kenneths Büro, ohne auf seine Antwort zu warten.

„Sabrina!" Der junge Mann strahlte sie an. Er erhob sich von seinem Schreibtisch und eilte auf sie zu. „Sie haben mir gar nicht gesagt, daß Sie kommen."

„Ich wußte es selbst nicht, bis ich unten war", gestand sie. „Wie geht es Ihnen?"

„Ich bin sehr beschäftigt", erwiderte er und deutete auf seinen vollen Schreibtisch. Jedes freie Fleckchen war mit Akten und Briefen vollgestapelt. „Manchmal denke ich, unser neuer Vorsitzender möchte mich in Arbeit begraben."

„Dann sollte ich Sie nicht stören. Ich wollte nur kurz vorbeikommen und sagen ..."

„Unsinn." Er packte sie beim Arm, zog sie herein und schloß die Tür hinter ihr. „Kommen Sie, setzen Sie sich und erzählen Sie mir, wie es Ihnen ergangen ist."

Mit ihm ließ sich so leicht plaudern. Sie sprach freimütig über das, was sie bewegte, während sie im Umgang mit anderen immer ziemlich gehemmt war. Aber sicher hätte ihre Mutter auch das nicht für gut befunden. Abigail kontrollierte noch immer sehr stark Sabrinas Aktivitäten, und Sabrina war entschlossen, ihr keinen Grund dafür zu geben, sie vom College zu nehmen. Doch hier, in Kenneths Gesellschaft, schien ihre Mutter an Bedeutung zu verlieren. Sie saßen zusammen und plauderten wie alte Freunde miteinander. Es dauerte nicht lange, bis sie das Gefühl hatte, ihn erst in der vergangenen Woche gesehen zu haben, nicht Monate zuvor.

Die sprachen über alles mögliche - Sabrinas Studium, ihre Arbeit hier in den verschiedenen Abteilungen und über ihren Vater.

Als eine Gesprächspause entstand, entdeckte Sabrina die Washington Post auf Kenneths Schreibtisch. Sie deutete auf die Schlagzeile. Einige Tage zuvor hatte sie mitbekommen, wie ein paar Studenten darüber diskutiert hatten. „Wieso ist Fidel Castro so wichtig?"

Er drehte sich um und entdeckte die Zeitung. „Haben Sie diese Geschichte in den Nachrichten verfolgt?"

„Ich versuche es. Er ist der neue Führer in Kuba. Aber das ist ein so kleines Land, ich verstehe nicht, wie es für Amerika so wichtig sein kann."

„Es geht nicht um die Größe Kubas", erklärte er. „Wichtig ist die Nähe zu Amerika. Außerdem weiß niemand, was er von Castro zu erwarten hat. Die Frage ist: Wird er den Sowjets gestatten, in seinem Land einen Militärstützpunkt zu errichten? Deswegen haben alle Angst."

Sabrina gefiel es, daß sie mit ihm über alles sprechen konnte, von der Politik bis zur Situation bei ihr zu Hause. „Ich habe gelesen, daß der Schah von Persien seine Macht ausweitet. Das ist ein anderes Problem, nicht? Niemand weiß, was er tun wird. Und er könnte den gesamten Mittleren Osten destabilisieren."

„Ganz genau", sagte er und betrachtete sie erstaunt. „Ihr Vater wäre stolz auf Sie, Sabrina."

Sie errötete und stellte schließlich die Frage, die ihr auf der Seele brannte, seit sie beschlossen hatte, ins oberste Stockwerk zu kommen. „Als ich das letzte Mal hier war, sagten Sie mir, Sie würden alles für mich tun, ich bräuchte Sie nur darum zu bitten. Erinnern Sie sich?"

„Natürlich."

„Sie haben mir gesagt, es gäbe zwei Treuhandverwalter." Sie atmete tief durch. „Sie sind der andere, nicht?"

„Ja." Kenneth wurde augenblicklich ernst. „Ja, das bin ich."

„Warum haben Sie mir das nicht gesagt?"

„Na ja, es ist nicht immer gut für einen ... Minderjährigen zu wissen, wer sein Vermögen verwaltet", sagte er, wobei er seine Worte sorgfältig auswählte.

„Aber das ist nicht der eigentliche Grund, nicht?"

„Nein." Er senkte die Stimme. „Nachdem Sie das letzte Mal hier waren, wurde mir befohlen, Sie nicht anzurufen, mich nicht mit Ihnen in Verbindung zu setzen und Ihnen nicht zu schreiben. Da ich nicht zu Ihnen kommen konnte, hoffte ich, Sie würden zu mir kommen. Ich durfte Ihnen auch keinerlei Angaben zu der Treuhandgesellschaft machen."

Er schien auf ihre nächste Frage zu warten, doch plötzlich konnte sie es auf ihrem Stuhl nicht mehr aushalten. Sabrina erhob sich und ging zum Fenster. Von der Direktionsetage aus betrachtete sie die weißen Gebäude der Umgebung. In der

Ferne erhob sich die Nadelspitze des Washington-Denkmals. Unten auf der Straße wimmelte es von Menschen. Sie bummelten an den Geschäften entlang und blieben gelegentlich stehen, um die Auslagen zu betrachten. Sie waren frei zu kommen und zu gehen, zu wohnen, wo es ihnen gefiel, den Menschen zu heiraten, den sie liebten. Sabrina seufzte und fragte sich, ob sich wohl auch noch andere Menschen so gefangen fühlten wie sie.

„Ich wollte die Rothmore-Versicherung gar nicht", erwiderte sie leise. „Niemals. Ich hasse es, daß alle diese Besitztümer mich noch mehr einengen. Ich fühle mich so ... so manipuliert. Und Daddys Andenken - sie sind so damit beschäftigt, alles zu verdrehen, die Güte, die er mir zeigte, in Dollars und Cents zu verwandeln. Ich hasse das."

Eine lange Stille folgte, bis Kenneth schließlich leise sagte: „Ich habe für Sie gebetet."

Diese Worte kamen so unerwartet, daß Sabrina ihn verblüfft anstarrte. „Wie bitte?"

„Das ist das einzige, was ich für Sie tun kann." Sein Blick war genauso fest wie seine Stimme. „Das einzige Geschenk, das ich Ihnen machen kann."

Sabrina wehrte sich gegen das Gefühl, schutzlos und verletzlich zu sein. Ihr Blick fiel auf den Wandbehang über seiner Tür. „Ich erinnere mich daran, gehört zu haben, daß Ihr Vater Prediger ist."

„Er war es. Er lebt jetzt im Ruhestand."

Sie rang noch immer darum, seinen Glauben zu verstehen. „Vermutlich ist es nur natürlich, daß sein Glaube auf Sie übergegangen ist."

„Sein Glaube?" Kenneth lächelte. „Als Kind wurde mir natürlich viel aus der Bibel erzählt, und ich bin sehr dankbar für meine Erziehung. Aber das bedeutet nicht, daß Gott uns einen Erlösungsplan für die ganze Familie anbietet."

Sabrina war tief von Kenneths ruhiger Ausstrahlung berührt. „Was meinen Sie damit?"

„Der Glaube wird nicht einfach von einer Generation an die nächste weitergegeben", erklärte Kenneth. „Er ist etwas, das jeder für sich finden muß. Die Tatsache, daß man einen Pastor zum Vater hat, ist keine Garantie für Gottes Gegenwart und seinen Segen hier auf der Erde oder für einen Platz im Himmel. Nur der Glaube an Jesus kann dies bewirken."

Sabrina konnte die Bitterkeit in der Stimme nicht unterdrücken, als sie sagte: „Ich kann beim besten Willen Gottes Hand nicht in dem entdecken, was mir passiert ist."

„Ich verstehe", erwiderte er leise. „Sie haben das Gefühl, in einen Sturm geraten zu sein. Überall um Sie herum stürmt es, und Sie werden hin und her gestoßen, ohne Hoffnung, jemals die Kontrolle darüber bekommen zu können."

Diese Worte zeugten von einem so großen Einfühlungsvermögen, daß Sabrina die Tränen unterdrücken mußte. „Ich verstehe nichts davon. Ich weiß nicht, warum ich überhaupt zuhöre."

„Weil Ihr Herz sich nach etwas sehnt, und ich glaube, daß Sie nach der Kraft und Führung Gottes suchen", erwiderte er. „Ich bete darum, daß Sie sie finden."

Eine Kirchenglocke läutete in der Ferne die volle Stunde. Sie blickte auf ihre Uhr und stellte erschrocken fest, daß es bereits vier Uhr war. „Ich muß los. Vielen Dank."

Kenneth erhob sich und begleitete sie zur Tür. Als sie sich umdrehte, um zu gehen, sagte er leise: „Wann immer Sie etwas brauchen, lassen Sie es mich wissen."

„Vielen Dank", erwiderte sie. „Auf Wiedersehen."

„Miss Sabrina!" Mrs. Parkers schrille Stimme brachte sie beim Aufzug zum Stehen. Die ehemalige Sekretärin ihres Vaters wirkte erfreut, aber gleichzeitig auch überrascht. „Haben wir Sie heute erwartet?"

„Nein, ich habe nur ..." Sabrina brach ab. In den unteren Etagen hatte sie gehört, daß Mrs. Parker nun Randolf Crawleys Sekretärin war, und sie war nicht sicher, ob sie etwas von ihrem Besuch bei Kenneth erfahren sollte.

„Natürlich", erwiderte Mrs. Parker, die das, was sie nicht

mehr gesagt hatte, mißverstanden hatte. „Ihre Mutter ist bereits bei Mr. Crawley."

Sabrina trat einen Schritt zurück. „Meine Mutter?"

„Ja, sie ist früher als erwartet gekommen, aber Mr. Crawley hat einen Termin abgesagt, so daß sie schon beginnen konnten." Sie hielt das Tablett in ihren Händen in die Höhe. „Ich wollte gerade frischen Kaffee kochen, aber wenn Sie möchten, bringe ich Sie zuerst hinein."

„Das ist nicht nötig", erwiderte Sabrina schwach. Sie war gefangen. Jetzt konnte sie nicht mehr einfach nach Hause gehen. Ihre Mutter würde von ihrem Besuch erfahren und ihr unangenehme Fragen stellen. Nein, es war besser, einfach hineinzugehen. „Machen Sie nur weiter, ich kenne den Weg."

Mrs. Parker lächelte strahlend. „Ja, natürlich."

Doch als sie das Vorzimmer betrat, ließen die lauten Stimmen aus dem Büro sie innehalten. Sabrina stand mitten im Zimmer und hörte ihre Mutter sagen: „Ich sage Ihnen, Randolf, diese Situation muß sofort geklärt werden."

„Zuerst sagen Sie mir: ‚Nur nichts überstürzen', und jetzt soll ich das Gegenteil tun."

„Sie wissen sehr gut, daß die Dinge seit dem dummen Testament ganz anders liegen."

„Ja, natürlich weiß ich das." Seine Stimme war seltsam blasiert.

„Jetzt stellen Sie sich doch nicht so an, Randolf", unterbrach ihn Abigail.

„Ich stelle mich nicht an. Ich bin nur frustriert. Es gibt viel zu viele Menschen, die mir sagen, was ich tun und was ich lassen soll."

„Es ist doch ganz einfach. Wir dürfen keine Zeit vergeuden. Die Zeit ist der kritische Faktor."

„Und ich sage Ihnen", gab er zurück, „daß ich absolut nichts dagegen unternehmen kann."

Sabrina erinnerte sich unwillkürlich an ein anderes Gespräch, das sie versehentlich mit angehört hatte, und welche Fragen es in ihr hatte aufkommen lassen. Sie wollte sich umdrehen und gehen, doch irgendeine unsichtbare Macht hielt sie fest.

„Wovon um alles in der Welt reden Sie?" fragte Abigail kurzangebunden.

„Haben Sie denn nicht gehört, was ich gesagt habe?" Randolf sprach nicht mehr wie sonst mit erzwungener Höflichkeit. Seine Stimme klang selbst durch die geschlossene Tür noch messerscharf. „Mein Vater hat mir verboten, etwas mit Sabrina zu tun zu haben. Hören Sie? Ich *darf* mich ihr nicht einmal nähern."

Sie sprachen also über sie. Warum war sie nicht erstaunt? Sabrina ging näher an die Tür heran. Sie hörte ihre Mutter sagen: „Was für ein Unsinn."

„Unsinn, ja? Wie würde es Ihnen gefallen, wenn all meine Anteile und mein Stimmrecht wieder an meinen Vater gingen? Würde es Ihnen gefallen zuzusehen, wie er mich absetzt und meinen Platz im Direktorium wieder selbst einnimmt? Denn genau das hat er mir angedroht, falls ich Ihre Tochter auch nur anrufe."

Es herrschte Stille im anderen Raum. Nervös blickte Sabrina sich im Zimmer um. Jetzt verstand sie, warum Randolf zu den kleinen Festen ihrer Mutter in letzter Zeit nicht mehr eingeladen worden war. Und daß Abigail ihn in ihren Gesprächen seltener erwähnte. Sabrina war einfach an der kurzen Leine gehalten worden. Sie hatte das College besuchen dürfen, solange sie dort weder Zeit noch Möglichkeiten hatte, neue Freunde zu finden.

„Dieser alte Narr", murmelte Abigail. „Ich dachte, seine Einmischung sei zeitlich begrenzt, und er würde Sie in Ruhe lassen, wenn die Sache mit dem Testament erst mal erledigt wäre."

„Ich auch." Ein lautes Knacken ertönte, und Sabrina legte erschrocken die Hand auf den Mund. Sie kannte dieses Geräusch. Es war der Stuhl ihres Vaters. Randolf Crawley lehnte sich im Stuhl ihres Vaters zurück. Mit seiner kultivierten Stimme fuhr er fort: „Mit seiner Gesundheit ist es jedoch nicht zum Besten bestellt, und ..."

Bevor sie noch genau wußte, was sie tat, riß Sabrina die Tür auf. Das Entsetzen auf ihren Gesichtern war Lohn genug für ihren Mut. Ihre Mutter stand neben dem Schreibtisch und hielt eine Kristallfigur in der Hand, die ihr Vater einmal bei einem Ehrenbankett geschenkt bekommen hatte. Sie fiel krachend zu Boden und zersplitterte. „Du?!“

„Guten Tag“, meinte Sabrina gelassen. Randolf sprang erschrocken auf. Das gab ihr die Kraft, ruhig zu bleiben und weiterzumachen. „Entschuldigt, wenn ich störe. Ich war gerade hier und habe mir einige Informationen für den Unterricht besorgt, als ich hörte, daß du hier bist, Mutter. Ich warte unten in der Cafeteria. Wenn du fertig bist, können wir ja zusammen nach Hause fahren.“

Sie drehte sich um und verließ den Raum. Leise schloß sie die Tür hinter sich. Die absolute Stille nach ihrem Abgang gab ihr auf dem Weg nach unten ein Gefühl der Genugtuung.

Abigail saß in der Bibliothek und dachte nach. Dies war kein erholsamer Zeitvertreib, den sie sich freiwillig zugestand, denn sie mochte nicht nachdenken. Wenn man zuviel nachdachte, konnte man schrecklich unzufrieden werden. Nein, sie war eher eine Frau der Tat. Schnelles, entschlossenes Handeln, das keinen Raum für Sentimentalität oder Selbstmitleid ließ, das war ihr Stil.

Nicht daß sie viel Grund zum Selbstmitleid gehabt hätte, gestand sie sich ein, während sie den Blick über die verschwenderisch ausgestattete Bibliothek gleiten ließ.

Aber es war nicht immer so gewesen. Sie verzog das Gesicht, als sie an die Angst dachte, die sie in ihrer Teenagerzeit empfunden hatte, als durch die Unfähigkeit ihres Vaters das Familienvermögen dahingeschwunden war. Und auch in den ersten Jahren ihrer Ehe hatten sie sehr kämpfen müssen. Immer wieder hatte sie die Garderobe des vorhergehenden Jahres abändern und aufarbeiten lassen müssen. Noch jetzt errötete sie bei dem Gedanken an diese Demütigung.

Irgendwie hatte es Lawrence dann aber durch Willenskraft und harte Arbeit geschafft, ihr einen mehr als angemessenen

Lebensstil zu bieten. Sein Erfolg war für Abigail sehr wichtig gewesen. Sie hatte es genossen, ihren neuen Reichtum vor ihrem Vater zur Schau zu stellen, dem Mann, der vor Wut geschäumt hatte, als sie ihre Absicht kundgetan hatte, einen Mann ohne Vermögen zu heiraten, der, nach Ansicht ihres Vaters, wenig Aussichten hatte, seine Lebensumstände jemals zu ändern.

Warum hatte sie sich damals zu Lawrence hingezogen gefühlt? Zum ersten Mal seit langer Zeit wagte es Abigail, sich diese Frage zu stellen. War es einfach die Herausforderung gewesen, sich den Wünschen ihres Vaters zu widersetzen? Des Vaters, der seine eigenen Wünsche immer mit der Vorbemerkung: „Zu deinem Besten" vorbrachte.

Sicherlich hatte sie sich von Lawrence angezogen gefühlt, weil er so ganz anders war als ihr lauter und aufbrausender Vater. Lawrence war trotz seiner rauhen Männlichkeit so sanft gewesen. Und doch hatte man ihm immer seine Kraft und Aufrichtigkeit abgespürt. Nie hätte man ihn schwach nennen können. Er war entschlußfreudig und griff hart durch, wenn die Situation es erforderte. Selbst ihr Vater hatte dies gelegentlich zugeben müssen.

Lawrence.

Abigail ließ ihren Finger über den Goldrand ihrer Tasse gleiten. Lawrence. Sie hatte nicht gedacht, daß sie ihn so vermissen würde. Nicht daß sie sich sehr nahe gestanden hätten. Und doch war das Haus ohne seine energische Gegenwart irgendwie leer. Er hatte immer schnell ein Lob auf den Lippen gehabt, eine Ermutigung, war ihr Beschützer und Versorger gewesen. Er hatte keinerlei Ähnlichkeit mit ihrem finster dreinblickenden Vater gehabt. Sein Widerspruch hatte ihrem Leben die richtige Würze gegeben. Er hatte sie angespornt, sich mit ihm zu messen.

Sie richtete sich auf und lenkte ihre Gedanken wieder auf die Gegenwart: Sabrina.

Sabrina kooperierte nicht. Sie war sogar überaus entnervend. Abigail fragte sich, wie lange sie Randolf noch an der Leine halten konnte. Sicherlich war er genauso ärgerlich über die Verzögerung wie sie. Vielleicht hatte er Sabrina sogar schon satt. Und nun noch diese unselige Einmischung seines senilen Vaters.

Allein der Gedanke daran ließ die Wut in ihr wieder hochsteigen. Was würde passieren, wenn Randolf nun zu dem Schluß käme, daß es sich nicht lohnte, auf Sabrina zu warten? Daß die Firma, das Geld und seine Position kein angemessener Lohn war für die Anstrengung, Sabrina für sich zu gewinnen? Würde er aufgeben? Das konnte er doch nicht machen. Sie würden beide verlieren. Schrecklich verlieren. So wie dieses blödsinnige Testament abgefaßt war, konnten weder Abigail noch Randolf die Kontrolle über die Firma gewinnen. Das wäre schrecklich. Einfach schrecklich. Nein, noch schlimmer. Es wäre eine Katastrophe. Es gab nur einen Weg, wie Abigail die Kontrolle über die Firma behalten konnte: Sabrina mußte Randolf heiraten. Sie mußte. Es gab keinen anderen Weg, diese Situation zu lösen.

Abigail rührte in ihrem Kaffee. Ihre Hände zitterten. Sie mußte einen Weg finden, das Mädchen zu überzeugen – sie wenn nötig zwingen.

Aber wie? Sie hatte schon alles ausprobiert. Würde sie jetzt alles verlieren? Wegen dieses Mädchens, das nicht einmal ihr eigen Fleisch und Blut war? Warum hatte sie sich von Lawrence nur zu einer Adoption überreden lassen? Warum? Sie hätte wissen müssen, daß nichts Gutes dabei herauskommen konnte.

Plötzlich kam ihr ein Gedanke. Sie richtete sich hoch auf und schob ihr Kinn vor. „Ahh“, sagte sie, und ihre Augen begannen zu funkeln. Sie würde noch nicht aufgeben. Es gab Mittel, die sie noch nicht ausprobiert hatte.

Klirrend stellte sie ihre Kaffeetasse auf dem Tisch ab. Aber Abigail nahm es gar nicht wahr. Sie hatte nun genug nachgedacht. Jetzt mußte sie wieder handeln. Sie griff nach der Klingel.

Als Bertrand erschien, gab sie knapp und klar ihre Anweisungen. „Holen Sie sofort den Wagen. Ich muß ins Büro.“

„Sehr wohl, Madam.“ Er verbeugte sich leicht, doch sie eilte bereits in die Halle und die geschwungene Treppe hoch. Sie würde ihr Make-up auffrischen, ihre Handtasche nehmen und sich noch einmal mit Randolf zusammensetzen.

14

Joel stieg mit klopfendem Herzen die Stufen zum Haus der Millers hoch. War es nur die Trauer oder pochte es aus einem anderen, unbekannten Grund an diesem Tag so unregelmäßig? Diese Unregelmäßigkeiten, wo immer sie ihre Ursache hatten, hatten sich in letzter Zeit verstärkt. Er wurde dann immer so kurzatmig. So sehr ihm der Gedanke auch mißfiel, vielleicht sollte er doch einmal mit Doc Austin darüber sprechen.

Oben angekommen, fühlte er sich nicht in der Lage, einzutreten und sich dem zu stellen, was ihn hinter dieser Tür erwartete. Er drehte sich um und lehnte sich gegen das verwitterte Geländer. Der Morgen war klar und für Juli ziemlich kühl. Die Vögel zwitscherten in den Bäumen, ein Wagen fuhr leise durch die Straße. Es war einer von diesen neuen Sportwagen. Er war klein, niedrig und hatte dadurch, daß der Motor hinten war, eine gute Straßenlage. Joel sah dem Wagen nach und hörte auf das Lied, das aus dem Radio plärrte *Smoke Gets in Your Eyes* (Rauch gerät dir in die Augen). Joel seufzte. Das Lied paßte sehr gut zu seiner Stimmung.

Normalerweise war der Samstag immer ein herrlicher Tag. Seit er im vorhergehenden Sommer bei den Millers gewohnt hatte, verbrachte er die Wochenenden immer bei ihnen. Nachdem er seine Zeitungen ausgetragen hatte, kehrte er zum Frühstück nach Hause zurück, doch dann fuhr er zu ihnen und zimmerte und hämmerte, lachte und genoß ihre fröhliche Geselligkeit. Erst am Sonntagnachmittag ging er wieder nach Hause zu seinen Eltern.

Diese Wochenenden und die drei Wochen, die er bei ihnen gewohnt hatte, waren für ihn eine Zuflucht vor einer Welt, in der er sich meistens als Fremder fühlte. Die Millers waren so voller Leben und Hoffnung und Fröhlichkeit, daß ihm sein eigenes Zuhause, die Schule und der Rest der Welt wie ein ganz anderer Planet erschienen.

Die Millers besaßen kein Fernsehgerät und gingen auch nie ins Kino. Sie blieben vollkommen unberührt von Popmusik und ihrem immer größer werdenden Einfluß auf die Gesellschaft. Joel freute sich die ganze Woche über auf das Wochenende mit ihnen, an dem sie gemeinsam arbeiteten, lachten und Gott anbeteten.

Aber heute war es ganz anders.

„Ach Joel, was sagst du dazu, Sportsfreund." Als Doc Austin die Eingangstür öffnete, war Joel nicht erstaunt. Es war nicht ungewöhnlich, daß er bei den Millers war. Er sah häufig nach seinem Patienten. Doc Austin betrachtete Joel mit mildem Interesse. „Bist du zu einem Abschiedsbesuch gekommen?"

„Jawohl, Sir." Er konnte dem nicht entgehen. Er straffte die Schultern und drehte sich zur Tür um. „Ich denke schon."

„Nie hätte ich gedacht, daß sich der Sohn von Harry Grimes mit den Millers anfreundet." Doc Austin steckte seinen Rezeptblock in die Jackentasche. Seine Kleidung sah so aus, als hätte er darin geschlafen, was ein wenig seltsam war, denn das Gesicht des Doktors ließ eher darauf schließen, daß er überhaupt nie schlief. Seine Wangen waren aufgedunsen, unter seinen Augen lagen dunkle Ringe. Joels Vater sagte, er würde bestimmt ein frühes Ende finden. „Komm, sei nicht so traurig, mein Sohn. Du wirst andere Freunde finden."

„Nicht wie sie", erwiderte Joel einfach.

„Nein, wahrscheinlich nicht. Die Millers sind etwas Besonderes."

Joel war erstaunt zu hören, daß der Doktor mit ihm einer Meinung war. Er fand den Mut zu sagen, was er empfand. „Ich habe das Gefühl, meine Familie zu verlieren."

Mitfühlend sah der Doktor ihn an. „Deine Mutter hat mir erzählt, daß du dich von ihrer Religion hast anstecken lassen."

Joel hielt dem Blick des Doktors stand. „Das ist das beste, was mir je passiert ist."

„Ah, das ist aber wirklich ein schönes Abschiedsgeschenk von Joel. Wie schön zu hören, daß ihm der Glaube soviel bedeutet." Joseph Miller öffnete die Fliegengittertür und kam heraus. Sein normalerweise strahlendes Lächeln war an diesem Tag nicht ganz so strahlend. „Geht es dir gut, Joel?"

„Ich denke schon." Die Trauer in Mr. Millers Gesicht zu sehen, machte seinen Schmerz um so größer. „Den Umständen entsprechend."

„Ja, ja, für alle ein schwieriger Tag." Joseph gab dem Doktor die Hand. „Ihnen schulde ich mehr Dank, als es Worte gibt."

„Keine Ursache." Doc Austin nahm seine Hand, schien jedoch durch die offenen Worte des Mannes in Verlegenheit gebracht zu sein. „Ich bin sehr froh, daß Sie so gut auf die neue Medizin angesprochen haben. Ich überlege, ob ich nicht etwas über Ihren Fall schreibe und es an eine Fachzeitschrift schicke."

„Ja, mit Ihrer Geduld und Ihren Fähigkeiten haben Sie mir viele Jahre geschenkt und außerdem die Kraft und die Zeit, mich wieder um meine Farm zu kümmern. Wir stehen tief in Ihrer Schuld. Wie froh sind wir, wieder nach Hause fahren zu können. Jetzt können sich meine Brüder wieder um ihr eigenes Vieh und ihre eigenen Felder kümmern, und ich kann meine Arbeit wieder selbst tun. Viel zu lange haben wir sie bemühen müssen. Und die Kinder – sie vermissen ihre Cousins und ihre Haustiere." Er nickte traurig mit dem Kopf. „Diese Schuld werden wir nie abtragen können."

„Sie haben mich doch bereits bezahlt." Doc Austin nahm seine schwarze Tasche zur Hand. „Ganz zu schweigen von den Verandastühlen und dem Tisch, die Sie für mich und meine Frau gebaut haben. Schönere habe ich nie gesehen. Wir sind Ihnen sehr zu Dank verpflichtet."

Mr. Miller hinkte heran und legte Joel die Hand auf die Schulter. Joels Kehle war plötzlich wie zugeschnürt. Mr. Miller fuhr fort: „Wir werden für Sie beten. Mögen Sie das Geschenk des Lebens erhalten, Doktor Howard Austin. Dieses Geschenk kann nur der Eine machen, und dafür werden wir beten."

Die Nervosität des Doktors steigerte sich. „Habe nie viel Zeit für Religion gehabt."

„Sprechen Sie mit Joel. Er hat die Zeit dafür gefunden. Er hat gut gelernt."

„Noch nicht, aber ich bemühe mich", murmelte Joel.

„Ja, ja, die Lektionen des Glaubens müssen wir alle jeden Tag lernen." Sein Griff wurde fester. „Aber du hast die Erlösung. Das darfst du wissen."

„Ja", erwiderte Joel und hob den Kopf. Der Blick des Doktors lag auf ihm. „Das stimmt."

Doc Austin öffnete den Mund, schloß ihn jedoch wieder, nickte ihnen abwesend zu und wandte sich zum Gehen. Mr. Miller wartete, bis er um die Ecke gebogen war, bevor er sagte: „So ein Mann, er weiß nicht, daß sein Herz nach dem Erlöser schreit."

„Ich wünschte, er hätte auf Sie gehört", stimmte Joel zu.

„Vielleicht", sagte Joseph Miller, „vielleicht hört er ja auf dich."

Die Tür öffnete sich hinter ihnen. Ruthie erschien, ihre Hände fest vor sich gefaltet. „Mama sagt, ihr sollt zu Tisch kommen."

„Ja, das erste Möbelstück, das hereinkommt, das letzte, das hinausgeht." Mr. Miller drehte sich um und ging ins Haus. „Mama hat dieses Haus zu einem Heim gemacht und unserer Küche ein Herz gegeben."

Joel versuchte, Ruthies zaghaftes Lächeln zu erwidern, aber er hatte das Gefühl, als sei sein Gesichtsausdruck festgefroren. Er folgte den beiden ins Haus. Sein Herz pochte schmerzhaft in seiner Brust, als er die leeren Räume erblickte. Fast alles war verpackt und auf die beiden Lastwagen geladen worden, sogar die Matten, auf denen sie in der letzten Nacht geschlafen hatten. Joel hatte zwei Tage die Schule geschwänzt, um beim Packen helfen zu können. Ihre schweigende Annahme seines Geschenkes war ihm das schönste Dankeschön, das er je bekommen hatte.

Der Tisch und die Stühle in der Küche ließen den Raum

noch leerer wirken. Mrs. Miller drehte sich gerade so lange vom Herd zu ihm herum, um ihn anzulächeln, aber sie sagte kein Wort. Joel fragte: „Wo ist Simon?"

„Er fegt den Schuppen", erklärte Ruthie. „Setz dich, Joel."

Doch bevor er sich niederlassen konnte, ergriff Ruthies jüngere Schwester Sarah seine Hand und zog ihn zur hinteren Tür. Er wehrte sich nicht. Zusammen gingen sie zum Schuppen, wo Sarah in stiller Herausforderung zu ihm aufsah, bevor sie rief: „Simon, komm rein, das Essen steht auf dem Tisch, und Joel ist bereits da."

„Sei still", gab Joel zurück und ging damit auf ein Spiel ein, das sie an dem Tag begonnen hatten, als Joel bei ihnen eingezogen war. Zuerst hatte er ihre Sprache untereinander verwirrend gefunden, doch in den drei Wochen seines Aufenthaltes bei ihnen hatte er selbst einige ihrer Redensarten übernommen. „Sarah, geh und kämm' dich, du bist ganz strubbelig", fügte er hinzu.

„Bin ich nicht!" Einen Augenblick leuchtete ihr Gesicht vor Freude auf, weil er auf ihr Spiel einging. „Wenn du so sprichst, Joel Grimes, machst du dich hier unbeliebt!"

„Und zieh diese schmutzige Schürze aus, Kleine", sagte Joel und fragte sich gleichzeitig, wie es möglich war, Scherze zu machen, wo ihm das Herz brach.

Sie tat so, als würde sie an sich herabsehen. „Ich habe über dem Teig gelegen, mußte meinen Kuchen fangen."

„Dann eile dich, Kleine, und schmier mir eine Scheibe frisch gebackenes Brot mit Marmelade."

Sie warf die Hände vors Gesicht. Wer zuerst lachte, hatte verloren. Sie lachte los, doch sofort füllten sich ihre blauen Augen mit Tränen, und sie wandte sich um und floh durch die Hintertür. Ihr haltloses Schluchzen hallte in den leeren Räumen wider.

Simon kam heran. Er wischte sich die schmutzigen Hände an einem Lappen ab. „Nie hätte ich gedacht, daß wir jemals so traurig sein würden, weil wir wieder auf unsere Farm zurück dürfen."

Ruthie öffnete die Tür und kam heraus. Noch immer hielt sie

die Hände fest vor sich gefaltet. „Mama sagt, ihr sollt jetzt zu Tisch kommen."

Joel blickte sie an und wiederholte die Worte, die sie zu ihm gesagt hatte, nachdem er das erste Mal bei ihnen gegessen hatte. „Geh jetzt nicht, geh nächstes Mal."

Sie schluckte und versuchte zu lächeln. Eine einsame Träne stahl sich aus ihren Augen. „Du mußt versprechen, uns zu besuchen, Joel."

Er nickte. „Im kommenden Sommer." Bis dahin schien es eine Ewigkeit zu sein.

Als alle am Tisch saßen und das Tischgebet gesprochen war, aßen sie schweigend, bis Mr. Miller schließlich seine Gabel hinlegte. „Joel, meine Familie ist nur aus einem Grund so traurig: Du kommst nicht mit."

Alle wandten ihre Augen ab. Joel hörte auf so zu tun, als würde das Essen ihm schmecken. „Ich werde euch vermissen. Alle. Sehr."

Mrs. Miller legte ihre abgearbeitete Hand auf seine. „Du bist mir wie ein Sohn, Joel."

Joel konnte nur nicken.

„Joel." Mr. Miller wartete, bis er den Blick hob, doch dann schien er keine Worte zu finden für das, was er sagen wollte. Er blickte Ruthie an, die rot wurde und sofort ihren Blick auf ihren Teller senkte. Verwirrt blickte Joel zu Mrs. Miller, die ihren Mann sanft anlächelte. Mr. Miller räusperte sich und versuchte es erneut. „Joel, an unserem Tisch ist immer ein Platz für dich reserviert."

„Vielen Dank", brachte er heraus. Er wußte nicht so genau, was das bedeuten sollte und errötete gleichzeitig. „Vielen Dank."

Noch bevor es richtig dunkel geworden war, entschuldigte sich Joel und ging nach oben. Er schloß die Tür hinter sich und streckte sich auf seinem Bett aus. Er vermißte die Millers jetzt schon. Ihr Lachen, ihre lächelnde Besorgnis, ihre liebevolle Zuneigung zu ihm. Noch nie zuvor hatte er ein solches Zugehörigkeitsgefühl empfunden. Jetzt waren sie fort, und ihre Abwesenheit hinterließ eine schreckliche Leere in seinem Herzen.

Er stand wieder auf. Es hatte keinen Zweck, schlafen zu wollen. In der Dunkelheit zu liegen, machte alles nur noch schlimmer. Joel setzte sich an seinen Schreibtisch und knipste die Lampe an. Er holte seine Bibel hervor und schlug das Alte Testament auf.

Er liebte die alten Worte. Er liebte die Geschichte, die sich vor ihm ausbreitete. Er liebte es, zu etwas zu gehören, das so stark war, daß es die Zeit überdauert hatte. Eine lange Reihe von Menschen, die über die Jahrhunderte hinweg auf Gott gehört und die Lektionen des Glaubens Schritt für Schritt gelernt hatten, bis er jetzt hier sitzen und ihre Geschichten lesen und ihre Botschaften hören konnte. Wie schwierig es im Augenblick auch für ihn war, sie waren im Geist bei ihm, ließen ihn wissen, daß er zu der großen und liebevollen Familie gehörte, die eins war im Geist Gottes.

Der nächste Tag war der erste Sonntag, den er in fast zwei Jahren ohne die Millers verbrachte. Trotzdem war der Schmerz nicht so groß, wie er erwartet hatte. Nach dem Mittagessen ging Joel mit seiner Bibel auf die Veranda. Irgendwann würde er sich eine Gemeinde suchen müssen, aber noch nicht. Im Augenblick fehlten ihm die Millers noch zu sehr. Und doch hatte er das Gefühl, getröstet zu sein. Die Millers hatten ihm ein großes Geschenk gemacht, und das half ihm über seine Trauer hinweg.

Er war so sehr in seine Bibel und seine Gedanken vertieft, daß er nicht hörte, wie sich die Tür öffnete. Erst als ein Schatten auf seine Bibel fiel, sah Joel auf und entdeckte seinen Vater, der ihn beobachtete.

„Was ist denn hier los?“ fragte sein Vater.

Aus irgendeinem Grund berührte ihn die Verärgerung seines Vaters nicht. Dieses Mal nicht. „Was meinst du?“

„Diese Sache mit der Religion.“ Er deutete auf die aufgeschlagene Bibel auf Joels Schoß. „Jedesmal wenn ich dich sehe, liest du in diesem Buch.“

Joel betrachtete seinen Vater. Die Situation war ihren anderen Auseinandersetzungen so ähnlich. In der Stimme seines Vaters lag sowohl Anklage als auch Verärgerung, noch bevor Joel ein Wort gesagt hatte.

Und doch gab es auch einen Unterschied.

Dieses Mal schien sein Vater nicht wirklich verärgert zu sein. Er war vielmehr nervös und unentschlossen, so als wüßte Harry nicht genau, ob er überhaupt eine Antwort auf seine Frage haben wollte.

Und Joel erlebte das Gefühl einer tröstlichen Isolation; er fühlte sich beschützt, während er sich dem Zorn seines Vaters stellte. Ruhig saß er da in der Gewißheit, weder allein noch schutzlos zu sein.

Joel schickte ein stummes Stoßgebet zum Himmel. Danach wußte er genau, was er sagen sollte. „Pop, wie viele Freunde hast du?“

„Ich habe eine Menge Kumpel.“ Die Antwort seines Vaters fiel nicht so hitzig aus wie sonst, wenn ihm eine Frage gestellt wurde. „Kumpel auf der Arbeit, die Veteranen und so weiter. Howard, der alte Doc Austin, er ist fast zu oft bei uns.“

„Das meine ich nicht“, beharrte Joel. „Ich meine, einen Freund, dem du ganz vertrauen kannst und der immer da ist, wenn du ihn brauchst. Jemand, auf den du dich verlassen kannst.“

„Das ist das Problem bei den Kindern von heute, sie haben ihren Kopf in den Wolken“, brauste Harry auf. „Man darf nicht zuviel von den Menschen erwarten. Sie werden dich doch nur enttäuschen. Genau wie das Leben.“

„Aber ich habe einen solchen Freund gefunden.“

„Simon?“

„Nein - nicht ihn. Keinen von den Millers. Das meine ich nicht“, erwiderte Joel mit ruhiger Zuversicht. „Einen anderen

Freund. Jemanden, dem ich bei allem, was ich bin und was ich habe, vertrauen kann. Jemand, der mich liebt, der immer da sein wird, der mich immer führen wird. Jemand so groß und mächtig, daß ich ihm mein ganzes Leben anvertrauen kann."

Eine lange Stille folgte. Schließlich fragte Harry brummig: „Sprichst du von Gott?"

„Ja", stimmte Joel zu. „Ich spreche vom Herrn Jesus Christus."

15

Sabrina fürchtete sich vor dem Sommer.

Die Ferien begannen vier Wochen vor ihrem zwanzigsten Geburtstag, und sie hatte nun keinen Grund mehr, dem Haus zu entfliehen. Drei lange Monate lagen wie eine endlose Leere vor ihr.

Abigail weigerte sich standhaft, ihr die Erlaubnis zu Sommerkursen zu erteilen. In den vergangenen Monaten hatte ihre Mutter noch stärker als sonst in ihr Leben eingegriffen. Sie hatte jetzt das Gefühl, ersticken zu müssen. Sabrina überlegte bereits, ob sie fortlaufen sollte. Die Tatsache, daß sie kein Geld hatte, hielt sie nicht davon ab, denn ihre Mutter gab ihr fast gar kein Geld in die Hand. Das Geld für das Essen in der Schule bekam sie genau abgezählt. Sabrina durfte auch keinen Ferienjob annehmen, und Abigail schloß sogar Sabrinas Schmuck weg, wenn sie ihn nicht trug. Aber Geld war nicht das Problem. Sabrina wußte, wenn sie wollte, konnte sie sich von Maggie etwas für ein Busticket borgen. Was sie davon abhielt, ihr Vorhaben in die Tat umzusetzen, war die Uni. Sie liebte die Vorlesungen, liebte die Faszination des Lernens. Sie war entschlossen, durchzuhalten und ihren Abschluß zu machen.

Aber es war nicht nur die Leere eines Sommers ohne Schule, die Sabrina Sorgen bereitete. Anfang Mai war der alte Mr. Crawley gestorben. Seit der Beerdigung des alten Mannes war Abigail wie ein hungriger Tiger im Haus umhergelaufen. Ihre Haltung Sabrina gegenüber war noch barscher geworden.

Sabrina konnte spürten, daß etwas geplant wurde. Irgend etwas, das ihr überhaupt nicht gefallen würde.

Und Randolf Crawley kam nun auch wieder häufiger zu Besuch.

In der letzten Maiwoche rief Maggie Sabrina von ihrem Morgenspaziergang ins Haus. Als sie durch die Tür trat, reichte Maggie ihr den Hörer. Sabrina nahm ihn entgegen und meldete sich: „Hallo?"

„Es tut mir leid, daß ich Sie so früh störe", ertönte eine bekannte Stimme.

„Kenneth?" Sie nahm lächelnd eine Tasse Kaffee von Maggie entgegen. „Ich dachte, Sie dürften nicht mit mir in Kontakt treten."

„Ich darf es auch nicht, aber ich hoffte, Sie zu erreichen, bevor -", er hielt inne, fuhr dann aber fort -, „bevor die anderen im Haus aufwachen. Ich habe Sie in letzter Zeit nicht mehr hier gesehen, und wir müssen unbedingt miteinander reden."

„Mutter hat mir ausdrücklich verboten, ins Büro zu gehen." Sie machte keinen Versuch, leise zu sprechen, damit Maggie und Bertrand sie nicht verstanden. „Jetzt habe ich die Schule nicht mehr als Ausrede, um aus dem Haus zu kommen."

Eine lange Pause entstand, dann sagte Kenneth: „Ich möchte Ihnen keine Schwierigkeiten bereiten, Sabrina, aber wir müssen wirklich miteinander reden."

Die stille Dringlichkeit in seiner Stimme erstickte weitere Fragen. „Einen Augenblick." Sie legte den Hörer auf ihre Schulter und fragte Bertrand: „Können Sie mich in die Stadt fahren?"

Sie brauchte nicht hinzuzufügen, *bevor Mutter aufwacht.* Bertrand warf einen Blick auf die Uhr an der Wand und antwortete: „Wir müssen sofort aufbrechen, Miss Sabrina."

Sie nahm den Hörer wieder auf und sagte: „Ich komme sofort."

„Gut." Erleichterung lag in seiner Stimme. „Es hätte mir gar nicht gefallen, wenn Sie das von jemand anderem erfahren hätten."

„Was erfahren?"
„Das sage ich Ihnen, wenn Sie hier sind."

Sabrina ließ sich von Bertrand einen Häuserblock vom Versicherungsgebäude entfernt absetzen, weil sie nicht wollte, daß irgend jemand sie sah und Bertrand Schwierigkeiten bekam, weil er sie gefahren hatte. Sabrina ließ sich von der Menschenmenge treiben. Die Hauptstadt hatte sich in den vergangenen Jahren sehr verändert. Jedesmal, wenn sie nach Washington D.C. kam, schien in der Nähe des Verwaltungskomplexes ihres Vaters ein anderes hohes Gebäude in die Luft zu schießen. Als Kind war ihr das Rothmore-Gebäude als das größte Haus der Welt erschienen. Jetzt war es nicht einmal mehr das größte in der Straße.

„Sabrina, wie schön, daß Sie da sind. Kommen Sie herein." Sobald sie im Türrahmen erschien, kam Kenneth Adams auch schon auf sie zugeeilt und zog sie in sein Büro. „Wie ist es Ihnen in der Zwischenzeit ergangen?" fragte er, als er die Tür hinter ihr schloß.

„Ganz gut", erwiderte sie und setzte sich. „Aber ich wünschte, ich könnte hierherkommen und hier arbeiten."

Kenneths Augen funkelten ärgerlich. Seine Wangenmuskeln zuckten. „Ich habe Sie heute hergebeten, weil ich das Gefühl habe, Sie sollten wissen, was hier vor sich geht."

Sie umklammerte ihre Handtasche und nickte ihm zu.

Kenneth zögerte kurz, dann sagte er: „Ihre Mutter drängt darauf, daß Randolf Crawley zu Ihrem Vermögensverwalter bestimmt wird."

Sie spürte, wie sich ihr Magen zusammenkrampfte. „Kommt sie damit durch?"

„Vermutlich. Offensichtlich hat der alte Mr. Crawley diesbezüglich keine Instruktionen hinterlassen. Ich nehme an, er dachte, er hätte noch mehr Zeit, um diese Angelegenheit zu regeln." Kenneth seufzte. „Und die Stimme Ihrer Mutter hat großes Gewicht. Immerhin ist sie Ihr alleiniger Vormund."

Sie betrachtete sein Gesicht. „Aber Sie werden doch da sein, nicht?"

Sein innerer Kampf spiegelte sich in seinem Gesicht wieder. „Wochenlang habe ich mit mir gerungen, was ich Ihnen sagen soll, Sabrina. Aber an diesem Punkt zu schweigen, wäre meiner Meinung nach ein schrecklicher Fehler. Darum habe ich beschlossen, die Anweisung Ihrer Mutter und meines Vorgesetzten zu ignorieren."

Sie spürte, wie eine eisige Hand nach ihrem Herzen griff. „Sagen Sie es mir."

„Falls Randolf ernannt wird, oder vielleicht sollte ich besser sagen, wenn", berichtete Kenneth langsam, „wird er sehr wahrscheinlich versuchen, mich zu entlassen."

Sie starrte ihn an. „Wie bitte?"

„Nach dem Gesetz werden Sie Ihr Erbe in gut einem Jahr antreten können", fuhr Kenneth grimmig fort. „Aber ich fürchte, daß Randolf und Abigail, falls es ihnen gelingt, mich zu entlassen, versuchen werden, diesen Zeitraum zu verlängern oder die Bestimmungen zu ändern. Theoretisch wäre alles denkbar."

„Können sie das denn?" fragte sie wieder.

„Sie sollten es nicht tun", erwiderte er. „Aber sie könnten es versuchen. Ich habe keinen Beweis, daß dies geschehen wird, aber ich fürchte ..."

„Daddy hat all das doch aus einem bestimmten Grund so festgelegt", sagte sie. „Es zu ändern, wäre falsch. Können Sie sie denn nicht aufhalten?"

„Wenn Sie ganz sicher sind, daß Sie das möchten", erwiderte er langsam nickend. „Aber das würde bedeuten, daß Sie sich den Wünschen Ihrer Mutter offen widersetzen müßten."

Es lief ihr eiskalt den Rücken herunter. Sabrina zwang sich zum Aufstehen. „Wenn stimmt, was Sie sagen, werde ich versuchen, das zu stoppen. Aber ich muß erst sicher sein." Wenn sie sich auch vor einer Auseinandersetzung mit ihrer Mutter fürchtete, so erklärte sie ruhig: „Ich werde noch heute mit ihr sprechen."

„Ja." Kenneth erhob sich mit ihr. „Soll ich Sie begleiten?"

Sie schüttelte den Kopf, obwohl sie wünschte, er könnte an ihrer Seite sein, und sie könnte sich auf seine Stärke stützen. Aber sie wußte, daß sie das allein tun mußte. Sie war schon beinahe an der Tür, als sie stehenblieb. „Ich habe kein Geld. Könnten Sie mir bitte das Geld für ein Taxi leihen? Ich ..."

„Was?" Diese Bitte schien ihn zu schockieren.

„Mutter sagt, es hätte keinen Zweck, mir mein monatliches Taschengeld auszuhändigen", erklärte Sabrina, die noch zu schockiert war von dem, was sie gerade gehört hatte, um zu versuchen, diese Tatsache zu verschleiern. „Sie sagt, ich würde es ja doch nur weggeben."

„Sabrina, wissen Sie denn nicht, daß Sie ein monatliches Einkommen aus der Treuhandgesellschaft beziehen?"

Nun war sie schockiert.

„Im letzten Monat haben Sie - warten Sie, ich habe die genauen Zahlen hier." Er beugte sich über seinen Schreibtisch und fuhr mit dem Finger über eine Zahlenreihe. „Ja, letzten Monat betrugen Ihre Dividenden insgesamt 34.700 Dollar. Das Geld wurde genau wie immer auf Ihr Konto eingezahlt."

Sabrina fragte schwach: „Welches Konto?"

Er starrte sie eine Weile lang an. Seine Gefühle standen ihm ins Gesicht geschrieben. Schließlich seufzte er und griff in seine Tasche. „Hier", sagte er. „Ich habe, lassen Sie mal sehen, einhundertzwanzig Dollar." Er reichte ihr die Scheine. „Wird das ausreichen?"

Sie nahm das Geld. Es war mehr, als sie jemals im Leben in Händen gehalten hatte. „Aber das gehört doch Ihnen."

„Bitte nehmen Sie es. Wir werden später über das Geld sprechen."

„Vielen Dank." Sie war wie betäubt. Zu vieles stürzte auf einmal auf sie ein. Doch als ihre Hand nach dem Türdrücker griff, sah sie auf einmal klar. Wieder drehte sie sich um, dieses Mal, um zu fragen: „Was - warum helfen Sie mir eigentlich, Kenneth?"

Diese Frage schien ihn überhaupt nicht zu überraschen. Ruhig erwiderte er: „Wegen Ihres Vaters. Es ist das, was er gewollt hätte ..." Sein Blick wurde eindringlich, und Sabrina hatte das Gefühl, in seine Seele blicken zu können. „Ich hoffe, Sie verstehen", sagte er leise, „ich tue das nicht um meines persönlichen Vorteils willen."

Sie nickte langsam. Es erstaunte sie, wie sie trotz ihrer Verwirrung so klar sehen konnte. „Ich vertraue Ihnen", sagte sie leise.

Doch als das Taxi sie zu Hause absetzte, entdeckte Sabrina ein cremefarbenes Cadillac-Cabriolet vor ihrem Haus. Der Wagen gehörte Randolf Crawley. Sabrina wußte, daß sie nicht beiden gleichzeitig gegenübertreten konnte. Sie ging um das Haus herum durch den Garten zum Tennisplatz, wo sie Bälle aufschlagen hörte. Sabrina spielte sehr gern Tennis, doch in der Nähe der Spieler aus reichem Hause, die auf diesem Platz spielten, fühlte sie sich nie so recht wohl.

Emily spielte mit einem Mann, den Sabrina bei einer der Soirées ihrer Mutter kennengelernt hatte. Als Sabrina herankam, verließ Emily den Platz und kam auf sie zu. Sie lächelte Sabrina ironisch an. „Ach, die kleine Prinzessin hat sich herabgelassen, sich den niederen Massen anzuschließen."

„Du bist doch die Prinzessin", gab Sabrina schwach zurück. Emily hatte tatsächlich ein königliches Auftreten. Obwohl sie vollkommen verschwitzt war.

Das blondhaarige Mädchen tupfte sich mit einem Handtuch das Gesicht ab. „Hat deine Mutter dich gefunden?"

„Ich wußte gar nicht, daß sie nach mir gesucht hat."

„Sie hat den Pinguin im Frack schon zweimal losgeschickt, um nach dir zu suchen." Die anderen Mädchen brachen in Gelächter aus. „Wie heißt er doch noch gleich?"

„Bertrand Ames", erwiderte Sabrina. Es war, als griffe eine eiskalte Hand nach ihrem Herzen.

„Aber Sabrina, Liebes. Du hältst dich tatsächlich für eine Freundin des *Butlers*. Ich meine, entschuldige, aber ist er nicht einfach einer deiner Angestellten?"

Sabrina drehte sich um und ging davon. Sie war sicher, an

einem Wendepunkt angekommen zu sein. Sie durchquerte den Garten und ging zu dem wartenden Bertrand. *Sie verhalten sich wie Schauspieler auf einer Bühne,* dachte sie. *Nie zeigen sie ihr wahres Gesicht, weder vor anderen noch vor sich selbst. Sie können nicht erkennen, was wichtig ist.* Nie wieder würde sie sich ihre Überheblichkeit und ihren beißenden Spott gefallen lassen.

„Ah, Miss Sabrina, Mrs. Rothmore wünscht Sie zu sprechen." Bertrand deutete auf die Veranda, wo ihre Mutter saß. „Ich habe unten beim Tennisplatz nachgefragt, aber ..."

„Vielen Dank, Bertie." Sie blieb neben ihm stehen und legte ihm die Hand auf den Arm. Es war ihr egal, wer diese Geste sah. Sie blickte ihm in die Augen und wollte mit der Zuneigung, die er darin lesen konnte, alle Beleidigungen und Herabsetzungen auslöschen, die er ihretwegen hatte ertragen müssen. „Sie sind ein lieber Freund."

„Miss Sabrina." Er war tief bewegt. „Vielleicht sollte ich den Tee servieren."

„Das wäre schön", erwiderte sie. „Und danke für alles."

Ihre Mutter saß allein auf der Veranda. Ihren Gartenstuhl hatte sie so gestellt, daß sie hinaus auf den Garten sehen konnte. Abigail trug ein blaues Kostüm mit einer cremefarbenen Seidenbluse und als einzigen Schmuck eine Perlenkette. Sabrina bemerkte ihren üblichen mißbilligenden Blick, aber auch noch etwas anderes. Als Sabrina sich ihr gegenüber an den Tisch setzte, entdeckte sie eine für sie ungewöhnliche Nervosität. „Wo ist Randolf?" fragte sie. „Ich dachte, ich hätte seinen Wagen gesehen ..."

„Er ist gerade gegangen. Ein Notfall im Büro." Sie sah über Sabrina hinweg. „Sie können den Tee hier abstellen, Bertrand."

„Sehr wohl, Madam."

„Sabrina, sei doch so gut und gieße ein."

Sabrina tat, was ihr aufgetragen worden war. Vorsichtig hantierte sie mit der silbernen Teekanne, wobei sie nicht einen einzigen Tropfen verschüttete. Abigail nahm ihre Tasse entgegen. Anmutig rührte sie in ihrem Tee. „Ich hätte nie gedacht, daß du es je lernen würdest, eine Tasse Tee richtig einzugießen."

Sabrina zeigte keinerlei Regung. Damit ihre Hände nicht ihre Ungeduld verrieten, faltete sie sie auf ihrem Schoß.

„Möchtest du keinen Tee?“ fragte Abigail.

„Nein, vielen Dank, Mutter. Du wolltest mit mir sprechen?“

Abigail warf ihrer Tochter einen Blick zu. „Verpflichtungen, junge Dame. Ein Wort, mit dem du schon immer genauso große Probleme gehabt hast wie mit dem Tee.“

Sabrinas unerschütterliche Ruhe schienen ihre Mutter noch mehr zu verärgern. „Verpflichtungen“, wiederholte Abigail knapp. „Sie sind mit unserer Stellung, dem Namen, dem Haus verbunden. Du bist nicht frei, junge Dame. Du hast eine Verantwortung zu tragen.“

Diese Worte kannte Sabrina so gut, daß sie sich nicht die Mühe machte, darauf zu antworten.

„Das Leben steckt voller unerwarteter Veränderungen und Verantwortung. Tatsache ist nun mal, du wirst allein niemals deiner Verantwortung gerecht werden können. Du brauchst jemanden, der sie dir abnimmt.“

„Mutter“, erwiderte Sabrina ruhig. Sie wappnete sich innerlich für das, was sie sich zurechtgelegt hatte. „Was habt ihr, Randolf und du, mit der Treuhandgesellschaft vor?“

Ihre Mutter starrte sie schweigend an. Keinerlei Regung war ihrem Gesicht anzusehen. Aber Sabrina hatte das Gefühl, daß eine Entscheidung getroffen worden war, daß eine Veränderung einsetzte.

„Dann hatte Randolf also recht“, sagte Abigail schließlich.

„Ich möchte es wissen“, beharrte Sabrina ruhig.

„Ja, das sehe ich.“ Ihre Mutter legte eine unnatürliche Steifheit an den Tag. „Sabrina, ich möchte, daß du dich innerlich auf eine sehr schlechte Nachricht einstellst.“

Sie nickte. Offensichtlich hatte Kenneth mit seinem Verdacht recht. Es war schwer zu sagen, warum sie das nicht überraschte.

Mit ausdruckslosem Gesicht erklärte Abigail: „Meine Liebe, ich fürchte, ich muß dir sagen, daß du adoptiert bist.“

„Ich möchte Daddys Willen nicht ...“ Sabrina brach ab, als ihr klar wurde, was ihre Mutter da gesagt hatte. „Was?“

„Ja. Ich wollte es dir eigentlich nie sagen, aber die Umstände zwingen mich dazu, dir die Wahrheit zu sagen." Sie sprach diese Worte so emotionslos, als würde Abigail sie von einem Manuskript ablesen. „Zum Wohle deines Erbes und unserer Familie mußte ich es dir jetzt sagen."

Sabrina umklammerte ihre Armlehnen, damit ihre Hände nicht zitterten. „Was ... was meinst du?" Das Zittern in ihrer Stimme konnte sie jedoch nicht unterdrücken.

„Ich konnte keine Kinder bekommen. Dein Vater wollte eine Tochter haben. Er - das heißt, wir haben dich ausgewählt." Sie blickte sie an, wandte den Blick jedoch schnell wieder ab. „Aber das spielt im Augenblick keine Rolle. Der Grund, warum ich dir das sage, ist der, daß dein Erbe in Frage gestellt worden ist. Offensichtlich gibt es mit den Adoptionspapieren einige Schwierigkeiten. Glücklicherweise hat Randolf sie noch rechtzeitig ausgegraben. Er hat angeboten, sich um alles zu kümmern und dafür zu sorgen, daß nichts an die Öffentlichkeit dringt."

Sabrina wollte sich erheben, doch ihre Glieder gehorchten ihr nicht. Ihre Muskeln zuckten, und ihre Gedanken überschlugen sich.

„Randolf hat angeboten, dein Vormund zu werden, Sabrina. Sich aller deiner Bedürfnisse anzunehmen. Sowohl in bezug auf dein Erbe als auch auf deine Zukunft - *unsere* Zukunft -, der Zukunft und dem Wohlergehen von *Rothmore Versicherungen.*"

Sabrina hob eine Hand und bat ihre Mutter zu schweigen.

„Dafür", fuhr ihre Mutter eigensinnig fort, „wirst du Randolf heiraten. Er ist ein überaus fähiger junger Mann, recht gutaussehend, ein guter Fang. Wirklich, Sabrina, ich verstehe nicht, warum wir dieses Gespräch überhaupt führen müssen. Er wirbt doch schon seit Jahren um dich. Und selbst wenn diese Diskrepanzen bedeuten könnten, daß du, wenn diese Sache vor Gericht gebracht wird, vollkommen enterbt werden könntest, möchte er dich trotzdem noch heiraten. Du solltest dankbar sein."

Sabrina blickte sie voller Panik an. Abigail fuhr unbeirrt fort: „Du bist wirklich unmöglich. Ich weiß einfach nicht mehr, was ich noch tun soll." Sie atmete tief durch. „Du wirst ihn heiraten und damit basta. In einem Monat wirst du zwanzig. Das ist die ideale Gelegenheit, eure Verlobung bekanntzugeben. Dann hast du ein Jahr Zeit, um deine Ausbildung zu beenden. Zu deinem einundzwanzigsten Geburtstag werden wir einen Empfang geben. Wenn du dein Erbe antrittst, solltest du verheiratet sein."

Sabrina mußte hier weg. Sie mußte. Ihre einzige Hoffnung war, aufzustehen und diese schreckliche Begegnung hinter sich zu lassen. Sie konzentrierte sich darauf, ihre Beine zu bewegen, ihre Füße unter sich hervorzuziehen und sich bereit zu machen für die große Anstrengung, sich zu erheben.

Abigail machte eine fahrige Handbewegung, berührte ihr Haar, ihre Perlen, ihr goldenes Armband. „Es ist *dein* Fehler, daß es so weit gekommen ist, ich hoffe, das ist dir klar. Wenn du wenigstens vernünftig gewesen wärst zu erkennen, daß eine Heirat mit Randolf der einzige *gangbare* Weg ist, daß die Familie von dir *verlangt,* das zu tun, dann wäre es nie notwendig gewesen, davon zu sprechen. Aber nein, du hast gezögert und gezaudert, und jetzt bin ich am Ende meiner Weisheit. Dem *absoluten* Ende, Sabrina. Ich hoffe, dir ist klar, was ich wegen dir habe durchmachen müssen ... Sabrina? *Sabrina!* Wo gehst du hin? Wag es nicht, einfach wegzugehen! Ich bin noch nicht fertig, hörst du? Komm zurück ..."

Ohne zu wissen, wo sie hinging, stieg Sabrina die Stufen von der Veranda hinab. Ihre Füße schienen zu wissen, wohin sie sie tragen mußten, denn ihre Gedanken wurden von einem einzigen Wort beherrscht. *Adoptiert.* Sie war gar nicht in die Rothmore-Familie hineingeboren, gehörte nicht zu Lawrence Rothmore. Nicht richtig. Sie war nie seine richtige Tochter gewesen. Der Gedanke traf sie mit einer Wucht, daß sie kaum wußte, wie sie sich auf den Beinen halten sollte. Sie fühlte sich vollkommen ausgelaugt.

Ihre ganze Existenz war entwurzelt; sie war von allem abgeschnitten, was sie je gekannt hatte. Ziellos wanderte sie über den Kiesweg durch den Garten. Ihre Gedanken überschlugen sich.

Plötzlich erinnerte sie sich an ein Gewitter vor vielen Jahren. Sie war erst sieben oder acht Jahre alt gewesen. In dieser

Nacht hatte der Sturm den Regen mit einer solchen Kraft an ihr Fenster gepeitscht, daß sie Angst gehabt hatte, das Glas würde brechen. Von allen Seiten zuckten unablässig Blitze. Alle Gegenstände in ihrem Zimmer wurden lebendig und tanzten in dem blendenden Licht. Sabrina hatte sich schrecklich gefürchtet. Sie hatte sich versteckt und unter ihrer Bettdecke gejammert, bis ihr Vater gekommen war und sie in seine starken Arme genommen, ihre Ängste mit Liebe und beruhigenden Worten vertrieben hatte.

Am folgenden Morgen waren sie nach draußen gegangen. Die Welt hatte ganz anders ausgesehen. In dem normalerweise so ordentlichen Garten lag überall Unrat und Müll herum. Äste waren von den Bäumen abgerissen worden, und fast jeder Busch hatte seine Blüten verloren. Sabrina war an der Hand ihres Vaters durch den Garten gegangen und hatte zugehört, wie er Jim getröstet hatte. Der Gärtner war entsetzt gewesen über die Zerstörung. Gemeinsam waren sie zu einer der großen alten Ulmen gegangen, die der Sturm entwurzelt hatte. Der Baum, der fast so hoch war wie das Haus, hatte auf der Seite gelegen und seine Wurzeln in die Luft gestreckt. Sabrina hatte lange Zeit die Wurzeln angestarrt. Sie hatte das Gefühl, als hätte nur die Kraft ihres Vaters sie vor dem Gewitter gerettet.

Doch nun, da dieses neue Gewitter über sie hinwegging, war ihr Vater nicht mehr da. Sie hatte keinen Vater. Hatte nie wirklich einen gehabt. Warum hatte er sie getäuscht – er, der einzige Mensch, dem sie hatte vertrauen können? Warum? Sabrina erzitterte vor Einsamkeit und Furcht.

Adoptiert.

16

Die Jahre hatten es nicht besonders gut mit Dr. Howard Austin gemeint. Er brauchte keinen Spiegel, um das zu erkennen. Wenn er die Hand auf seinen Kopf legte, so tastete er mehr kahle Stellen als Haare. Der Blick nach unten zeigte ihm einen vorgewölbten Bauch. Wann immer er sich im Spiegel erblickte, konnte er die dunklen Ringe unter seinen Augen nicht ignorieren.

Ich empfinde zuviel. Ungewollt drängte sich dieser Gedanke in den Vordergrund. Aber im Laufe der Jahre hatte er diese Worte so oft wiederholt, daß sie nicht mehr die Macht hatten, ihm seine Bürde zu erleichtern. Vor allem heute nicht.

Joel saß auf dem Untersuchungstisch und knöpfte sich sein Hemd zu. Howard raschelte mit den Papieren in seiner Hand. „Ich kenne dich, seit du auf der Welt bist", sagte der Doktor.

Joel grinste. „Sie haben mich auf die Welt geholt. Ich erinnere mich, daß Mom das einmal erzählt hat."

„Das stimmt." Tränen brannten plötzlich in Howards Augen. Der Grund dafür war nicht, daß er sich dem Schmerz des heutigen Tages hingab, vielmehr hatte er das Gefühl, als würde die Last, die er trug, alle Schmerzen und Krankheiten, die er je gesehen hatte, ganz plötzlich in diesem Augenblick, wo er es am wenigsten erwartete, auf ihn einstürmen. Er schluckte. „Das stimmt, Joel", sagte er. „Ich war von Anfang an da."

„Sie können mir ruhig sagen, was los ist", ermutigte Joel ihn leise. Und wenn auch seine Stimme die eines jungen Mannes war, so erschien Joel Howard Austin doch sehr viel älter zu sein. „An Ihrem Gesichtsausdruck sehe ich, daß es keine guten Nachrichten sind", meinte Joel vorsichtig.

Ein junger Mann, der in der Blüte seiner Jahre dahingerafft wird. Howard fragte sich, ob er sich vielleicht herausreden und es ihm erst sagen sollte, wenn seine Eltern dabei waren. Doch dieser junge Mann, der hier auf seinem Untersuchungstisch saß, strahlte eine solche Ruhe und einen solchen Frieden aus, daß auch Howard Ruhe fand.

Eine Ruhe, die ihm die Kraft gab zu sagen: „Die Ergebnisse deiner Tests sind da. Und diese Untersuchung hat die Diagnose bestätigt."

Joel sah ihn eindringlich an. „Keine gute Diagnose", wiederholte er.

„Nein." Das Wort war ein langer Seufzer, das allen Atem, allen Widerstand aus seinem Körper entweichen ließ. Was er dem Jungen zu sagen hatte, war eine Niederlage für Howard und die Medizin als solche. „Du leidest unter einer degenerativen Herzschwäche."

Joel nickte langsam. Sein Blick wanderte in die Weite. „Ich wußte, daß irgend etwas war", sagte er leise. „In letzter Zeit war ich immer so müde. Und meine Brust tut sehr weh. In den letzten sechs Monaten ist es immer schlimmer geworden."

„In den letzten sechs Monaten? So lange hast du das schon?"

Joel nickte. „Ja. Ich denke schon."

„Warum haben deine Eltern dich denn nicht schon früher geschickt?"

„Ich habe ihnen nichts davon erzählt." Joel senkte den Blick. „Ich wußte nicht, daß irgend etwas nicht stimmte - wirklich. Erst als die Schmerzen und die Müdigkeit so schlimm wurden, dachte ich ..."

Das Schweigen hing zwischen ihnen. Schließlich ergriff Joel erneut das Wort. „Hätte es denn etwas ausgemacht, wenn ich früher gekommen wäre?"

„Um ehrlich zu sein, vermutlich nicht. Du leidest unter einer degenerativen Herzkrankheit. Das ist inoperabel", erwiderte er. Howard handelte seinem Grundsatz zuwider, dem Patienten so wenig Informationen wie möglich zu geben. Aber wann immer Howard mit Joel zusammengetroffen war, hatte er diese innere

Kraft - eine Kraft, die über die Probleme seines Körpers hinausging - bei ihm gespürt. Sogar jetzt, sogar in dieser Situation war sie spürbar. „Ich habe schon Patienten mit diesem Krankheitsbild behandelt, und ich muß dir sagen, daß sich dein Zustand noch verschlimmern wird."

Unergründliche Augen blickten über die Kluft hinweg, die sie jetzt trennten, und Joel fragte: „Wie lange habe ich noch?"

Warum tat er das? Warum hatte er überhaupt angefangen, darüber zu sprechen? Trotz seines Wunsches, alles mit Platitüden abzutun, blieb Howard auf dem von ihm gewählten Weg. „Schwer zu sagen, mein Sohn. Sechs Monate, ein Jahr, höchstens zwei."

So als verstände er den Kampf, den der Doktor mit sich ausfocht, sagte Joel ruhig: „Das ist schon in Ordnung, Doc."

Diese Worte aus dem Mund eines jungen Mannes, der gerade erfahren hatte, daß er bald sterben mußte, waren so seltsam, daß Howard zusammenzuckte. „Was?"

„Ich bin wirklich dankbar, daß Sie offen zu mir gewesen sind. So habe ich doch wenigstens noch Zeit, einige Dinge zu erledigen. Mich so gut ich kann darauf vorzubereiten."

Howard war peinlich berührt. „Verflixt noch mal, Joel, ich sollte derjenige sein, der *dich* tröstet."

Joel grinste, wurde aber sofort wieder ernst. „Mom wird diejenige sein, die Trost braucht. Wir werden es ihr gemeinsam sagen müssen. Und Dad."

„Dein Vater hat nicht viele Gefühle." Die Worte waren ausgesprochen, bevor er darüber nachgedacht hatte, und er wünschte, er könnte sie zurücknehmen.

Langsam schüttelte Joel den Kopf. „Das habe ich früher auch gedacht, aber ich bin zu dem Schluß gekommen, daß das nicht stimmt. Er empfindet zu stark. Das ist sein Problem. Er hat es nie geschafft, seinen Schmerz zu überwinden. Ihm geht alles zu nahe."

Der Doktor wurde von einer weiteren Welle der Traurigkeit erfaßt. „Nächste Woche wirst du deinen Highschoolabschluß machen. Alle deine Freunde werden aufs College gehen."

„Es sind nicht viele Freunde", erwiderte Joel ohne großes Bedauern. „Ich war bekannt als Simon Millers Freund. Die meisten Kinder konnten mit ihm nichts anfangen. Sie kamen mit der Art, wie er sich kleidete und verhielt, nicht so richtig klar. Seit die Millers fort sind, sehen mich die anderen in der Schule noch immer als einen komischen Kauz an. Aber das macht mir eigentlich nichts aus. Es hat mir geholfen, mich immer mehr auf Jesus zu verlassen."

Howard war schockiert, wie leicht Joel über Gott sprach. Es war, als sei er ein persönlicher Freund. Howard starrte den jungen Mann an. Er sah ihn jetzt mit neuen Augen. „Du bist erwachsen geworden, mein Sohn. So sehr, daß ich den Eindruck habe, daß du älter bist als ich."

„Das ist das Wirken Gottes, nicht mein Verdienst", entgegnete Joel. „Ich habe das Gefühl, als hätte ich bevor ich ihn kennengelernt habe, nie richtig gelebt."

Während des anschließenden Schweigens legte sich ein Schatten auf Joels Gesicht. „Ich habe das Geld, das ich mit Zeitungaustragen verdient habe, für das College gespart", sagte er leise. „Und ich wollte die Millers besuchen. Es wird schwer sein, ihnen das zu erzählen."

Howard konnte nicht antworten. Dieser junge Mann war so vielschichtig, so unglaublich reif. Er war weniger als halb so alt wie Howard, doch er hatte bereits die Kraft, die Diagnose anzunehmen und ehrlich zu trauern.

„Es scheint einfach nicht fair zu sein", meinte Joel seufzend. „Warum trifft es mich gerade jetzt? Warum muß ausgerechnet ich ein schwaches Herz haben?"

Howard stand dabei und beobachtete, wie Joel seine Gedanken ordnete. Er wußte, daß er dahin kommen würde, seinen Tod zu akzeptieren. Er tat dies mit einer Kraft, die dem Doktor das Gefühl von Inkompetenz vermittelte. Sein ganzes Leben lang hatte er Gefühle an sich herankommen lassen und war dann davor davongelaufen. Warum? Weil er nicht die nötige Kraft für diese Verantwortung aufbrachte.

„Es gefällt mir gar nicht, meiner Familie Kummer machen zu müssen", murmelte Joel. „Es gefällt mir gar nicht, all das zu verpassen, was ich so gern getan hätte. Aber das Leben ist eben nicht gerecht, nicht? Das hat Pop sowieso immer gesagt."

Aus irgendeinem Grund war dies für Howard Austin ein sehr

nachdenklicher Augenblick. Er beobachtete den jungen Mann auf seinem Untersuchungstisch, doch in Wirklichkeit hörte er viel intensiver auf die Stimme seines Herzens. Er hatte sich hinter einer hoffnungslosen Sehnsucht nach der Frau eines anderen Mannes versteckt und anderen nie soviel gegeben, wie es nötig gewesen wäre. Seiner Frau nicht, seinen Patienten nicht, nicht einmal sich selbst. Warum? Howard Austin brauchte nach der Antwort nicht zu suchen. Sie lag direkt vor ihm, so deutlich, als wären die Worte unmittelbar zu seiner Seele gesprochen worden. Er war vor seinen Gefühlen davongelaufen, weil sein Herz leer war.

Joel schien sich gefaßt zu haben. Er richtete sich auf. Sein Gesicht strahlte eine neue Ruhe aus. Howard hatte zusehen können, wie sich sein Gesichtsausdruck veränderte. „Solange ich bereit bin zu gehen“, sagte Joel schließlich entschlossen, „brauche ich mich vor dem Tod nicht zu fürchten. Das hat Jesus mir gezeigt. Ich denke, irgendwie wußte ich, was Sie mir sagen würden, und Gott hat mir geholfen, bereit zu sein.“

Zum ersten Mal in seinem Leben hatte Howard das Gefühl, daß das, wovon Joel sprach, wirklich real war. In der Vergangenheit hatte er sein Denken darauf trainiert, das Unsichtbare abzutun. Aber hier, angesichts der ruhigen Stärke dieses jungen Mannes, seiner strahlenden Augen, stellte Howard fest, daß er die Realität, der er sich früher immer verschlossen hatte, auf einmal akzeptierte.

Howard spürte Joels Blick auf sich gerichtet und suchte nach den passenden Worten. „Es tut mir so leid, Joel. Wenn ich etwas tun kann ...“

Die Worte machten Eindruck auf Joel. „Es gibt tatsächlich etwas, Doc.“

„Was denn?“

„Beten Sie für mich.“ Ein Schleier hob sich von Joels Augen. „Beten Sie, daß ich stark genug bleibe, bis zum Ende durchzuhalten. Und beten Sie, daß ich in der Zeit, die mir noch bleibt, das tue, was Jesus von mir möchte.“

In Howards Innern zerbrach etwas. Still akzeptierte er seine eigene Niederlage. „All die vergeudeten Jahre“, murmelte er. Er merkte nicht einmal, daß er laut gesprochen hatte.

„Gar nichts ist vergeudet", erwiderte Joel leise. „Nicht, wenn es Sie letztendlich dazu bringt, auf die Knie zu fallen."

„Du weißt ja gar nichts", gab Howard zurück. Er sprach nicht mehr zu dem Jungen. Wie konnte er so etwas zu einem so jungen Menschen sagen, vor allem zu Marthas Sohn. Martha. Howard seufzte tief. Die Sehnsucht war noch in ihm, die Sehnsucht nach dem, was hätte sein können.

„Nein", stimmte Joel leise zu. „Aber Gott weiß es."

Howard hob den Kopf. Das Licht in Joels Augen war so klar wie die Sommersonne. Darin las er alles, was er in seinem eigenen Leben versäumt hatte. Stumm nickte er. Dabei spürte er, wie eine unsichtbare Sperre sich senkte und er in die Leere in seinem Herzen spähte, eine Leere, die zu sehen er sich immer geweigert hatte, der unendliche, schmerzende Hunger, der ihn aufgefressen hatte.

„Ich wünschte, ich könnte mit dir beten, mein Sohn. Ich wünschte wirklich, ich könnte es. Aber nun ja, das Leben - dein Gott, wenn du so willst - hat es nicht so gut mit mir gemeint. Ich fürchte, in mir ist nichts mehr übrig, das ... das beten kann ... nicht einmal mehr für dich."

Daraufhin erwiderte Joel leise, aber aufrichtig: „Dann werde ich für Sie beten, Dr. Austin. An jedem Tag, der mir noch bleibt."

Martha Grimes blieb im Flur stehen und betrachtete sich in dem Spiegel, der über dem kleinen Tischchen hing. Ein hübsches Gesicht mit klaren Augen sah ihr entgegen und doch fehlte etwas. Vielleicht war es das Leuchten, das sie seit Monaten im Gesicht ihres Sohnes gesehen hatte. Selbst als er neben Howard Austin gesessen und ihnen die Nachricht mitgeteilt hatte, war dieses Leuchten dagewesen. Aus seinen Augen hatte ein solcher Friede und eine solche Freude gestrahlt, daß sie, noch während sie über den bevorstehenden Verlust ihres Jungen trauerte, gespürt hatte, wie eine seltsame Heiterkeit die

Hand nach ihr ausstreckte, sie berührte und ihren Schmerz linderte.

Aber im Laufe der folgenden Stunden und Tage wurde Martha von ihren Gefühlen hin und her gerissen. In der einen Minute konnte sie es annehmen, in der nächsten brach sie in ungehemmtes Schluchzen aus. Es konnte einfach nicht sein. Es durfte nicht sein. Den Verlust eines weiteren Kindes würde sie nicht verkraften.

Harry konnte ihr nicht helfen. Er hatte sich noch mehr in sich selbst zurückgezogen. Er kam nur noch nach Hause, um zu schlafen und zu essen. Martha wußte nicht, wohin er ging, wagte nicht, ihn danach zu fragen. Lief er einfach nur durch die Straßen oder versuchte er, seinen Schmerz zusammen mit seinen Kumpels aus der Armee in der Kneipe zu betäuben? Wenn er endlich nach Hause kam, roch er nie nach Alkohol. Aber das hatte nichts zu sagen.

Zwischen ihren Verzweiflungsausbrüchen beobachtete sie Joel. *Er muß das doch empfinden - diese schreckliche Furcht vor der Zukunft, aber er wirkt so ruhig. So gelassen. Wie schafft er das?* fragte sie sich immer wieder. *Es gibt so vieles, wofür es sich zu leben lohnt. Wie kann er den Gedanken ertragen, sterben zu müssen?* Aber Martha fand keine Antwort auf ihre Fragen.

Wieder blickte sie in den Spiegel. *Was fehlt mir innerlich?* fragte sie sich, während sie mit den Fingerspitzen über ihre Wangen fuhr. Was immer es war, sie hatte gelernt, ohne es zu leben. Und sie lebte schon so lange ohne dieses Etwas, daß sie nie darüber nachgedacht hatte. Aber jetzt sah sie es vor sich. Sie brauchte nur ihre Augen zu schließen und sah das Strahlen von Joels Gesicht vor sich. Es hatte sogar den Anschein, als würde es mit jedem Tag stärker. Er brauchte gar nichts zu sagen. Jeder, der ihn ansah, mußte die von innen heraus wirkende Kraft erkennen, wenn auch sein Körper zusehends schwächer wurde.

Martha blickte den Flur entlang in die Küche, wo ihr Mann am Tisch saß. Sie fragte sich, ob auch er die Veränderungen an Joel sah. Sie ging über den Flur, betrat die Küche und setzte sich ihrem Mann gegenüber. Martha betrachtete Harry. Auf seiner Stirn war eine kleine Narbe aus dem Krieg zurückgeblieben. Viele Falten hatten sich im Laufe der Zeit in seine Stirn gegraben, so daß die eigentliche Narbe gar nicht mehr so deutlich zu erkennen war. Seine Gesichtsfarbe wirkte grau, und es hatte den Anschein, als hätte die Anstrengung, seine Gefühle in sich verborgen halten zu müssen, ihn über sein eigentliches Alter hinaus altern lassen.

Es war, als würde sie ihn zum ersten Mal sehen. All die Jahre, alle Erinnerungen und aller Schmerz schienen fortgewaschen zu sein. Diese Erkenntnis dauerte nur einen kurzen Augenblick, doch dieser Moment war lang genug, daß sie ihn nun mit kristallklarer Klarheit sehen konnte. Das war ein Geschenk, das ihre eigenen Fähigkeiten und Möglichkeiten überstieg, daran zweifelte sie nicht. Mitleid füllte ihr Herz. Er hatte ein so hartes Leben geführt. Jeden Tag arbeitete er in einem Job, der ihn der Erfüllung seines Traumes so nah wie möglich brachte. Jeder Tag brachte dieselbe Routine, aber er hatte sich wenigstens Mühe gegeben.

Sie streckte den Arm aus und nahm seine Hand. Diese Bewegung war so ungewohnt, daß Harry hochfuhr und auf ihre Hand starrte.

„Ich denke, Joel hat etwas gefunden, das uns helfen kann", sagte Martha leise.

Er blickte sie an. Doch anstatt der Barriere alter Enttäuschungen und Bitterkeit lag nur Verwirrung in seinem Blick. „Du meinst, seine Religion?"

Sie nickte. „Ich habe das Gefühl, als ob, na ja ..." Martha brach ab und wappnete sich innerlich, so als würde allein das Aussprechen der Worte ihnen beiden helfen, die Schwelle zu überschreiten. Ein Neuanfang wartete auf sie. Seltsame Gefühle durchströmten sie. Es dauerte lange, bis sie erkannte, daß das, was sie empfand, Hoffnung war.

Sie holte tief Luft und fuhr fort. „Ich denke, vielleicht könnten wir beide noch einmal von vorne anfangen. Wenn wir Gott bitten, uns zu helfen."

Es kam keine scharfe Antwort, kein beißender Spott, mit dem normalerweise alles kommentiert wurde, was sie sagte. Statt dessen ließ er seinen Blick auf ihre Hand sinken, die auf seiner lag. „Ich weiß nicht, was ich tun soll", murmelte er.

„Vielleicht ..." flüsterte sie, „vielleicht könntest du Joel bitten, uns zu zeigen, wie man betet."

Sehr zu ihrem Erstaunen stiegen Harry Tränen in die Augen. Sie tropften auf ihre Hand. Er sagte nichts, drehte seine Hand nur um und umschloß ihre Finger.

„Es ist zuviel", sagte er, als er endlich in der Lage war, wieder zu sprechen. „Zuerst unser kleines Mädchen - und jetzt das."

Martha starrte ihn erstaunt an, dann füllten sich auch ihre Augen mit Tränen.

„Du vermißt sie auch?" fragte sie leise.

Seine Tränen flossen nun stärker. Er nickte.

„Das wußte ich nicht. Ich meine - du hast nie über sie gesprochen. Ich dachte, ich sei die einzige, die ..."

„Ich gehe manchmal in ihr Zimmer, wenn niemand in der Nähe ist."

Martha ließ ihren Tränen nun freien Lauf. „Ich habe nicht gedacht ... ich meine, du hast nie gesagt ..."

„Ich konnte nicht. Nicht ohne ... dir Vorwürfe zu machen. Du hättest es nicht tun sollen, Martha. Du hättest unser kleines Mädchen nicht fortgeben dürfen. Es hätte sicherlich einen Weg gegeben. Irgendeinen. Meine Mutter ..."

„Ich konnte sie nicht fragen, Harry. Ich kannte sie doch kaum. Ich konnte nicht fragen. Ich fühlte mich so einsam - und verängstigt. Ich konnte nur denken, daß ich dich verloren hatte, und ich konnte es nicht ertragen ... ich wollte nicht mehr leben."

Er legte seine Hand an ihre Wange. „So sehr hast du mich geliebt?"

„Oh Harry, ich dachte, ich würde sterben. Ich wünschte damals, ich wäre auf dem Schlachtfeld gewesen. Ich wünschte, ich wäre ebenfalls gestorben."

„Aber als ich nach Hause kam, warst du so distanziert." Verwirrung lag in seiner Stimme.

„Damals war ich wie betäubt, innerlich tot, und du hattest dich so verändert. Ich hatte das Gefühl, dich nicht einmal mehr zu kennen."

„Schätze, mir erging es ebenso wie dir." Der Schmerz der Vergangenheit zeichnete sich auf seinen Gesichtszügen ab.

„Die Zeit draußen im Feldlazarett war die Hölle. Es war einfach schrecklich, Martha. So viele Schmerzen. Es hat fast drei Monate gedauert, bis ich mich an meinen Namen erinnerte."

„Es hätte anders sein sollen, Harry. Wir hätten uns aneinander klammern sollen. Trotz unseres Schmerzes. Wir hätten uns gegenseitig helfen können ..."

Er wischte ihr unbeholfen die Tränen ab. „Dieses Mal werden wir es, Martha."

„Ich hoffe noch immer, daß der Doktor nicht recht hat, daß Joel wieder in Ordnung kommt. Er ist ein so guter Junge. Sicher wird Gott ... Ärzte haben sich doch schon häufiger getäuscht, weißt du."

Harry schüttelte den Kopf. „Ich würde mich auch gern an diese Hoffnung klammern, aber die Röntgenbilder sehen wirklich schlimm aus. Der Arzt hat sie mir gezeigt. Man muß kein Arzt sein, um das zu erkennen. Er sagt, es ist ein Wunder, daß uns Joel überhaupt so lange erhalten geblieben ist. Daß er seine Zeitungen hat austragen können. Er hat schon lange Zeit Probleme, Martha. Er muß es gewußt haben."

„Warum hat er es uns nicht gesagt?"

Harry räusperte sich und schob seinen Stuhl vom Tisch zurück. Mit zitternder Hand strich er sich über die Haare. „Es war nicht leicht, mit uns zu reden, Martha. Wir beide haben uns vor anderen verschlossen."

„Wir müssen beten", wiederholte Martha voller Überzeugung.

Harry ging hinaus auf die Veranda und setzte sich auf seinen Stuhl. Die Nachmittagssonne flimmerte. Plötzlich überfiel Harry die Erinnerung an einen anderen Ort zu einer anderen Zeit, wo die Luft vor Hitze flimmerte und wo Lärm war.

Er war wieder in der Wüste und bereitete sich auf die erste große Schlacht vor. Neben ihm lag ein junger Mann, der seine letzten Stunden vor der Schlacht im Gebet verbrachte. Von ihm war ein solcher Frieden ausgegangen. Harry hatte mit ihm darüber sprechen wollen, hatte ihn fragen wollen, warum er in der Bibel las, obwohl er deswegen verspottet wurde.

Doch als der junge Mann in der Schlacht getötet wurde, hatte Harry das alles abgetan und gedacht, daß der Glaube des Mannes ihm letztendlich doch nicht geholfen hatte.

Harry schüttelte den Kopf, um ihn wieder klarzubekommen, und jetzt saß er wieder in seinem Garten und die Vögel zwitscherten. Doch das Strahlen der Augen des jungen Mannes stand ihm noch vor Augen, und er mußte unwillkürlich daran denken, wie sein Sohn die vergangenen Monate verbracht hatte. Das Strahlen dieser beiden Augenpaare rührte sein Herz an wie sanfte Finger, die langsam die so lange in ihm verschlossenen Kammern öffneten. Das Licht schien nun stärker zu werden, bis es ihn von allen Seiten umgab und hinein in sein Herz und seinen Verstand strahlte. Und Harry wußte, daß das, was seine Frau gesagt hatte, stimmte. Wenn er nur wollte, konnte er noch einmal ganz neu beginnen. Er konnte innerlich heil werden. Er konnte neu anfangen. Es war noch nicht zu spät. Nicht einmal für ihn.

Er würde mit seinem Sohn sprechen.

17

Als die vertraute Stimme am anderen Ende der Leitung sich meldete, machte sich Erleichterung in Sabrina breit. „Kenneth, ich bin es."

„Sabrina." Die Wärme, mit der er ihren Namen aussprach, erinnerte sie unwillkürlich an ihren Vater. „Wo sind Sie?"

„Im Economy Inn draußen am Flughafen."

„Warum um alles in der Welt sind Sie ausgerechnet dorthin gegangen?"

Sie wartete ein startendes Flugzeug ab, bevor sie antwortete: „Ich brauchte Zeit zum Nachdenken. Ich hatte Ihre hundert Dollar abzüglich des Taxigeldes, darum bin ich hierhergekommen. Ich hatte sogar noch Geld für das Essen übrig."

„Das ist verrückt", murmelte er. „Warten Sie da auf mich. Ich komme und hole Sie ab."

„Vielen Dank." Sie wollte nicht nach Hause gehen, aber das Geld wurde allmählich knapp. Wenn sie Maggie und Bertrand um Hilfe bat, so liefen sie Gefahr, ihren Job zu verlieren. Natürlich würden sie für sie dieses Risiko eingehen, aber das wollte sie auf keinen Fall. „Vielen Dank."

Das, was sie empfand, als sie ihn in der Hotelrezeption erblickte, war mehr als Erleichterung. Sie erhob sich und beobachtete ihn. Im Gegensatz zu Randolf war er nicht besonders gutaussehend, doch er strahlte Ehrlichkeit aus und eine starke Vitalität. Sein direkter Blick schien geradewegs in ihr Herz zu sehen. „Es tut mir leid, daß ich Sie in das alles hineingezogen habe."

„Sabrina", sagte er und nahm ihre Hände. „Es gibt nichts, was ich lieber täte, absolut gar nichts."

Nach fünf einsamen Tagen des Nachdenkens und Trauerns taten ihr diese Worte gut. Tränen brannten in ihren Augen. Ihre Kehle war wie zugeschnürt.

Kenneth schien sie zu verstehen. Er ließ eine ihrer Hände los, nahm ihren kleinen Koffer und führte sie zur Tür. „Kommen Sie, wir wollen hier verschwinden."

Auf dem Heimweg sagte er ihr: „Ich habe Ihnen eine Suite im Mayflower reserviert."

Sie starrte ihn alarmiert an. „Das kann ich mir nicht leisten."

„Doch, das können Sie." Er hielt vor der Ampel an der vierzehnten Straße an und lächelte ihr zu. „Sie können ruhig anfangen, sich daran zu gewöhnen."

„Das Geld gehört nicht mir", protestierte sie. „Es gehört Daddy."

Kenneth hatte keine Ahnung, was es Sabrina gekostet hatte, die Beziehung zu ihrem Vater in Frage zu stellen. Die vergangenen Tage hatte sie damit zugebracht herauszufinden, wer ihr Vater wirklich war, wer sie war. Schließlich war sie dahin gelangt, die Wahrheit zu akzeptieren, daß Lawrence sie *gewählt* hatte. Er hatte ihr seinen Namen und seine Liebe gegeben. Sie gehörte doch zu ihm. Vielleicht, so hatte sie an diesem Morgen gewagt zu denken, vielleicht wurden sie durch ein noch stärkeres Band zusammengehalten, als wenn sie sein richtiges Kind gewesen wäre. Diese Erkenntnis hatte sie frei gemacht. Adoptiert? Ja. Aber sie war trotzdem die Tochter ihres Vaters.

„Es ist Daddys Geld."

„Und er hat es Ihnen hinterlassen. Und er hatte jedes Recht dazu."

„Kenneth, wußten Sie, daß ich adoptiert wurde?" Es war das erste Mal, daß sie dieses Wort laut aussprach, seit sie es von Abigail gehört hatte. Sie hatte Angst vor seiner Reaktion, doch noch bevor er etwas sagte, spürte sie, daß er es bereits wußte.

„Randolf hat es mir an dem Morgen, an dem Sie verschwunden sind, erzählt. Vermutlich ein Versuch, mich abzuschrecken. Aber dazu gehört mehr." Er reichte ihr einen dicken Umschlag. „Hier."

„Was ist das?"

„Als Verwalter Ihres Vermögens habe ich eine kleine Summe von Ihrem Konto abgehoben. Es liegt eine Quittung bei, die Sie bitte unterschreiben müssen."

Sie öffnete den Umschlag. Beim Anblick der Geldscheine blieb ihr die Luft weg. „Eine kleine Summe?"

„Es ist besser, nicht zu oft die Aufmerksamkeit auf Ihr Konto zu lenken, nicht, bis alles geklärt ist. Ihre Mutter ..."

Als er den Satz nicht beendete, ergänzte Sabrina: „Sie macht sich Sorgen."

„Nein", erwiderte er langsam. „Den Zustand des ‚Besorgt-Seins' ließ Abigail unmittelbar nach Ihrem Verschwinden hinter sich. Sie hat die große Kluft überbrückt und ist mittlerweile in den Zustand des ‚Außer-Sich-Seins' getreten."

Sabrina fand es schön, einmal lächeln zu können. Es war das erste Mal seit einer Ewigkeit, wie es ihr schien.

„Sie hat sogar mit mir gesprochen – nun, eigentlich eher geschrien. Sie hat mir vorgeworfen, ich hätte Sie gekidnappt."

„Ich habe Ihnen Schwierigkeiten gemacht", meinte sie. „Es tut mir so leid."

„Abigail hat nie ein Geheimnis aus ihren Gefühlen mir gegenüber gemacht." Kenneth bog in die Massachussetts Avenue ein und fragte: „Wohin soll ich Sie bringen?"

„Ins Büro, bitte", sagte sie und wappnete sich innerlich für das, was nun unweigerlich kommen mußte.

Er warf ihr einen Seitenblick zu. „Sind Sie sicher?"

Sie nickte. „Und bitte stornieren Sie die Reservierung im Mayflower. Das ist die Art von Hotel, in dem meine Mutter abzusteigen pflegt. Ich möchte mir eine schöne, einfache Wohnung suchen, und zwar ganz in der Nähe von *Rothmore Versicherungen.*"

Er betrachtete sie noch eingehender. „Dann werden Sie also nicht wieder nach Hause gehen?"

„Erst, wenn Mutter aufhört, gegen Daddys Testament anzukämpfen", erwiderte Sabrina, „werde ich wieder nach Hause gehen."

Kenneth sagte nichts mehr, bis sie vor dem Rothmore-Gebäude anhielten. Beide verspürten nicht den Wunsch, die Sicherheit des Wagens zu verlassen. Es war Sabrina, die schließlich das Wort ergriff. „Ich weiß gar nicht, was ich ohne Sie tun würde, Kenneth. Sie sind ein wirklicher Freund."

Er senkte den Kopf und starrte auf seine Hände. Es dauerte lange, bis er in der Lage war, ihr eine Antwort zu geben. „Ich würde gern mehr sein als nur ein Freund."

„Ich weiß", erwiderte Sabrina. Sein Geständnis hatte sie durchaus nicht erstaunt – es war auch ihres. Es stand schon lange unausgesprochen zwischen ihnen.

Doch plötzlich war sie sehr unsicher. Die Zuneigung, die sie für ihn empfand, traf sie vollkommen unvorbereitet. Sie war so real, so echt. Sie wußte nicht, wie sie sich verhalten, was sie tun oder sagen sollte.

Aber Kenneth hielt den Kopf gesenkt und bemerkte ihre Unsicherheit und Nervosität nicht. Leise sagte er: „Seit ich das erste Mal bei Ihnen zu Besuch war und Sie zu mir kamen, um mich zu begrüßen, bin ich in Sie verliebt. Sie waren so freundlich. Sie haben versucht, es zu verbergen und so zu sein wie die anderen, hochmütig und blasiert. Aber ich konnte es in Ihren Augen lesen und in Ihrer Stimme hören. Sie waren anders als die anderen. Sie gehörten nicht richtig dazu."

„Nein", stimmte Sabrina leise zu. „Ich habe nie dazugehört."

Er blickte beschämt auf. „Es tut mir leid. So habe ich das nicht gemeint."

„Ich weiß." Sie wollte ihn beruhigen und legte ihre Hand auf seine. Ein Kribbeln ging durch ihren Körper, als er das Lenkrad losließ und ihre Finger umschloß. „Es ist die Wahrheit. Ich habe immer gewußt, daß ich nie hineinpassen würde."

„Vielleicht", meinte Kenneth, „ist das der Grund, warum Ihr Vater Sie so geliebt hat."

Er hatte genau das Richtige gesagt. Sie drückte fest seine Hand. Sie hatte das Gefühl, ihm alles sagen, ihn alles fragen zu können, was sie bewegte. „Warum haben wir so lange damit gewartet, so miteinander zu reden, wie wir es jetzt tun?"

„Deine Mutter war von Anfang an gegen mich", sagte Kenneth. „Es war erschreckend zu sehen, wie stark ihre Reaktion war."

„Ich weiß."

„Und ich wollte sicher sein, daß du begreifst, daß dein Reichtum oder dein Name nichts mit dem zu tun hat, was ich für dich empfinde."

Mein Name, überlegte sie, und wieder empfand sie wie in den vergangenen Tagen eine tiefe Leere in sich. Die Liebe ihres Vaters reichte nicht aus, die Fragen, die sie quälten, zu ersticken. *Mein Name. Wie heiße ich wirklich? Wer bin ich überhaupt?*

Aber Kenneth war noch nicht fertig. „Da ist noch etwas." Kenneth blickte sie an, bevor er fortfuhr: „In solchen Augenblicken muß ich mir vor Augen halten, was mir in meinem Leben am wichtigsten ist."

„Du meinst deine Religion?"

„Mein Glaube, ja." Er studierte ihr Gesicht, als suche er nach etwas und sehne sich danach, es zu finden. „Das ist etwas, das ich unbedingt teilen muß mit, nun ..."

Zum ersten Mal war sie durch seine Worte nicht beunruhigt. Ihn zu akzeptieren, bedeutete, auch das zu akzeptieren, was ihn zu dem Mann machte, der er war. „Es wäre schön", erwiderte sie leise, „wenn du sie mir erklären würdest."

Sein Gesicht strahlte vor Freude und Erleichterung. „Danke. Vom Grunde meines Herzens, danke."

„Sabrina!" Sobald sie den Aufzug in der Chefetage verließ, eilte Randolf Crawley ihr entgegen. „Gott sei Dank, dir ist nichts geschehen!"

„Hallo Randolf." Sie straffte die Schultern, und mit einem kurzen Blick zurück auf Kenneth ließ sie sich von Randolf in sein Büro führen. Sie mußte das hinter sich bringen, und das mußte sie allein tun.

„Miss Sabrina!" Mrs. Parker sprang auf. Ihr Gesicht zeigte große Erleichterung. „Wir haben uns solche Gedanken gemacht."

„Rufen Sie Abigail an", wies Randolf sie an, ohne seine Schritte zu verlangsamen.

„Nein." Sabrina schüttelte seine Hand so abrupt ab, daß er noch einige Schritte weiterging, bevor er stehenblieb. „Ich werde sie selbst anrufen. Später", erklärte Sabrina Mrs. Parker.

Mrs. Parker blickte von einem zum anderen. Dann traf sie ihre Entscheidung. „Wie Sie wünschen, Miss Sabrina."

„Vielen Dank", erwiderte sie und ging an dem erstaunten Randolf vorbei und betrat das alte Büro ihres Vaters. Sie setzte sich auf den Stuhl vor dem Schreibtisch, und wie immer versetzte es ihr einen Stich, als sie seine polierte Oberfläche erblickte.

Vorsichtig ging Randolf um den Schreibtisch herum und setzte sich dahinter. Ganz offensichtlich hatte er ihr Verhalten nicht erwartet. „Hat Adams etwas mit deinem Verschwinden zu tun? Weil ich ernsthaft darüber nachdenke ..."

„Kenneth hat nichts getan, nur das, worum ich ihn gebeten habe, und das war, mich hierherzubringen", erwiderte Sabrina kurz angebunden. „Und ich betrachte ihn nicht nur als einen lieben Freund, sondern als einen geschätzten Mitarbeiter. Genau wie mein Vater."

„Natürlich, natürlich", stimmte er widerstrebend zu. „Es ist nur so, daß wir uns Sorgen um dich gemacht haben."

„Mir geht es gut. Es gab nur einiges, worüber ich nachdenken mußte."

„Ja, deine Mutter hat mir von eurem Gespräch erzählt." Er blickte sie teilnahmsvoll an. „Wie schade, daß du das überhaupt erfahren mußtest. Ich möchte dir jedoch sagen, daß ich alles unter ..."

„Ich möchte meine Eltern suchen", bemerkte Sabrina leise.

„Deine ...?"

„Meine richtigen Eltern."

„Meine liebe Sabrina, das ist doch ganz egal. Wer immer sie sind, es hat doch für dich keinerlei Bedeutung mehr." Er bedachte sie mit einem seiner berühmten Lächeln. „Oder für uns."

„Für mich ist das wichtig. Sehr wichtig."

Er fuhr hoch. „Warum? Dir geht es doch gut."

„Nein, mir geht es nicht gut. Ich stehe ganz allein in der Welt."

„Ganz und gar nicht." Seine gewählte Ausdrucksweise vermittelte den Eindruck, als würde er die Worte von einem vorformulierten Konzept ablesen. „Deine Mutter und ich werden immer für dich da sein, das weißt du doch."

„Ich möchte es wissen, Randolf."

Er sprach nun langsamer. „Aus welchem Grund auch immer sie dich zur Adoption freigegeben haben, sie haben es bestimmt nicht frohen Herzens getan. Denkst du nicht, du solltest sie in Ruhe lassen?"

„Nein, nicht an diesem Punkt in meinem Leben - oder in ihrem."

„Du verschwindest einfach fünf Tage lang ohne ein Wort, dann kommst du zurück und äußerst derart abwegige Wünsche." Er betrachtete sie ein wenig von oben herab. „Wirklich Sabrina. Deine Mutter hat immer gesagt, daß du ein wenig schwierig bist und nicht auf das hören willst, was sie sagt."

„Was bedeutet", sagte Sabrina, „du wirst mir nicht helfen."

Er breitete seine Arme aus. „Ich kann wirklich nichts tun. Deine Adoptionspapiere sind versiegelt."

„Was bedeutet das?"

„Deine Eltern haben dich in die Obhut des Staates gegeben. Deine Geburtsurkunde ist versiegelt." Er sprach mit pedantischer Überlegenheit. „Sie darf nicht geöffnet werden."

Sie bemühte sich darum, ihre Ruhe zu bewahren. „Mutter hat mir gesagt, du wüßtest, wie man sich ‚ungeregelter' Dinge annimmt. Was bedeutet, du weißt genug, um mir einen Anhaltspunkt zu geben."

Ihre Beharrlichkeit ließ ihn allmählich die Geduld verlieren. „Also wirklich, Sabrina. Ich habe jetzt genug davon gehört. Laß den Gedanken fallen. Sie haben ihr Leben, wer immer sie sind. Und du führst deines."

Sie erhob sich. „Ich hatte beschlossen, dir noch eine letzte Chance zu geben, Randolf. Das war sie."

Er erhob sich ebenfalls. „Wovon um alles in der Welt redest du?"

Sabrina wandte sich der Tür zu. „Das Gespräch ist beendet."

Sie begab sich in Kenneths Büro. Noch nie in ihrem Leben hatte sie sich so ausgelaugt gefühlt. Sie schloß die Tür hinter sich und sagte mit müder Stimme: „Ich habe gerade mit Mutter telefoniert. Im Grunde genommen hat sie dasselbe gesagt wie Randolf. Sie wollen mir nicht helfen."

Sie ging zum Fenster hinter seinem Schreibtisch. „Mein ganzes Leben lang habe ich Umgang mit Leuten wie ihnen gehabt", begann Sabrina. „Sie sind einflußreich, haben Geld und können sich alles kaufen, was sie wollen. Ihr Leben ist auf Macht ausgerichtet, und sie sind bereit, jede Gelegenheit zu ergreifen, die sich ihnen bietet. Sie besitzen die Kontrolle."

Mit einem Blick auf die geschlossene Tür fuhr sie fort: „Aber ihnen fehlt etwas. Sie scheinen innerlich leer zu sein. All diese Härte, all diese Brillanz und dieser Tatendrang enthält doch nur ... eine große Leere. Sie würden nie verstehen, daß es außerhalb ihrer prächtigen Häuser und ihrer Direktionszimmer eine wundervolle Welt voller Sonnenuntergänge, Bäume und Menschen gibt. Menschen mit Bedürfnissen und Sorgen." Sie sah ihn an und lächelte traurig. „Ach, ich wollte dich nicht belehren."

„Ganz und gar nicht, Sabrina." Kenneths Stimme war genauso beruhigend wie seine Worte. „Du sprichst über etwas sehr Wichtiges. Über diese Leere in jedem Menschen - reichen, armen, gierigen, großzügigen Menschen. Von jedem Menschen, der die Liebe Gottes nicht kennt."

Zwischen ihnen herrschte eine Harmonie, eine Nähe, wie sie es seit dem Tod ihres Vaters nicht mehr erlebt hatte. „Ich möchte diese Liebe kennenlernen", sagte sie leise. Sie blickte ihn an und freute sich an der stillen Kraft, die sie in seinen Augen fand.

„Es gibt nichts, das ich lieber täte", sagte Kenneth. „Kann ich sonst noch etwas für dich tun, Sabrina?"

Sie atmete tief durch und erwiderte: „Hilf mir, meine Eltern zu finden."

18

Es war sehr viel schwieriger, einen Anfang für ihre Suche zu finden, als Sabrina gedacht hatte. Der Sommer ging in den Herbst über, schließlich breitete der Winter seine weiße Decke über Washington aus, und noch immer hatte Kenneth nichts über ihre Eltern herausfinden können. Jede winzige Spur endete in einer weiteren Sackgasse.

Während die Wochen zu Monaten wurden, stellte Sabrina fest, daß es besser war, nicht über die vielen Mißerfolge nachzudenken. Ungeduld führte viel zu leicht zu bitterer Frustration. Zum Glück gab es viel anderes, das sie ablenkte. Jeder Tag brachte ihr eine überwältigende Fülle neuer Dinge. In dieser Phase der Veränderung mußte sie lernen, immer eines nach dem anderen zu erleben.

In der Woche nach ihrer Auseinandersetzung mit Randolf hatte sich Sabrina für den letzten Teil der Sommerkurse eingeschrieben und war in ein Zimmer im Wohnheim gezogen. Daß sie mitten im Sommer einzog, war gut, da das Wohnheim fast leer war und sie sich auf diese Weise allmählich an ihre neue Lebenssituation gewöhnen konnte.

Seither waren ihre Tage zwischen der Schule und der Firma aufgeteilt. Die Arbeit und die Terminologie des Versicherungsgeschäftes wurde ihr immer vertrauter. Doch ihr Interesse wuchs nicht in dem Maße, wie sie es sich erhofft hatte. Wenn sie abends wach in ihrem kleinen Zimmer lag und auf das Gelächter und die Musik hörte, die aus den Zimmern des Wohnheims drangen, wurde Sabrina klar, daß sie eine tüchtige

Geschäftsfrau werden könnte. Aber der Funke der Begeisterung, des Interesses, der ihren Vater zu Höchstleistungen auf seinem Gebiet angespornt hatte, fehlte ihr. Und sie konnte sich noch soviel Mühe geben, so etwas konnte man nicht lernen.

Während dieser ganzen Zeit verhielten sich ihre Mutter und Randolf seltsam ruhig. Kenneth versicherte ihr, daß keinerlei direkte Schritte gegen die Treuhandgesellschaft unternommen worden waren. Sabrina war nicht sicher, was sie von ihrem Stillschweigen halten sollte. Sie war so durcheinander, daß sie es vorzog, gar nicht erst darüber nachzudenken.

Zweimal waren innerhalb des Direktoriums Versuche unternommen worden, Kenneth Adams zu entlassen. Das erste Mal hatte Randolf einen Frontalangriff gestartet und ihm vorgeworfen, seine Pflichten grob vernachlässigt zu haben. Sehr zu Randolfs Erstaunen hatten sich die anderen Direktoren für Kenneth ausgesprochen. Als Kenneth ihr am folgenden Tag davon erzählt hatte, war er noch immer vor Freude über dieses Kompliment überwältigt.

Im November dann hatte Randolf einen eher indirekten Ansatz gewählt und dem Direktorium vorgeschlagen, als kostensparende Maßnahme Kenneths Abteilung vollständig aufzulösen.

Kenneth rief sie noch am selben Abend an, um ihr die Neuigkeit zu erzählen. „Randolf hat sich große Mühe gegeben, die dadurch zu erzielenden Einsparungen in den leuchtendsten Farben zu schildern. Die Entscheidung wurde für einen Monat aufgeschoben. Sie wird von den Berichten unserer Buchhalter abhängen."

Sabrina zeigte sich genauso besorgt um ihn wie um die Tatsache an sich. „Du wirkst sehr erschöpft."

Das konnte er nicht leugnen. „Es ist sehr schwierig für mich hier."

„Aber es wird doch alles gut werden, nicht?" Als er nicht antwortete, bat sie: „Kenneth, sag' mir, daß du nicht gehen wirst."

„Ich habe ein gutes Angebot von einer anderen Versicherung erhalten", erwiderte er langsam.

Sie kämpfte gegen das aufsteigende Entsetzen an. „Du würdest mich ganz allein lassen?"

„Sabrina, ich möchte dich nicht verlassen. Aber ..." Er zögerte einen Augenblick, dann fuhr er fort: „Du bist so zurückhaltend. Ich weiß nicht genau, was du empfindest."

Das stimmte. Sie konnte es nicht leugnen. Sie hatte Abstand von ihm gehalten, hatte seit ihrem Gespräch im Wagen Mauern um sich herum errichtet, um ihn auf Armeslänge von sich zu halten.

„Da ist so vieles, was auf mich einstürmt", erwiderte sie, und noch während sie die Worte aussprach, wußte sie, daß sie nicht den Kern trafen. Ein Mädchen, das sie flüchtig kannte, kam den Flur entlang und lächelte sie bedeutungsvoll an. Sabrina verzog das Gesicht und lehnte die Stirn an die Wand neben dem Telefon. Hier gab es keinerlei Privatsphäre. „Ich glaube, ich möchte einfach alles so festhalten, wie es ist."

„Ich verstehe." In seiner Stimme schwang sehr viel Verständnis mit. „Und ich habe versucht, Geduld zu haben. Wirklich. Aber, na ja, ich habe das Gefühl, als hätte ich schon so viele Jahre meines Lebens damit zugebracht, darauf zu warten, daß du dich entscheidest."

Sabrina öffnete den Mund, doch sie wußte nicht, was sie sagen sollte. Die Wahrheit war, daß sie nicht einmal wußte, was sie empfand. Und sie konnte ihm nicht einfach etwas vormachen. „Kenneth, ich ..."

„Ich würde immer für dich da sein. Aber nicht mehr innerhalb von *Rothmore Versicherungen.*" Er seufzte. „Da ist noch etwas anderes. Ich bin ziemlich sicher, daß diese Sache mit der Kosteneinsparung nichts anderes ist als ein Vorwand. Randolf denkt, wenn er mich loswerden kann, wirst du mehr ... na ja, zugänglicher für seine Pläne sein. Er ist gerissen, macht keinen Fehler. Er weiß, daß ich mir Sorgen darüber mache, daß alle meine Mitarbeiter ihren Job verlieren. Darum handelt er. Wenn ich zu ihm ginge und ihm anbieten würde, von selbst zu gehen, wäre er vermutlich bereit, diese ganze Angelegenheit fallen zu lassen und die anderen Angestellten an ihrem Platz zu belassen."

Der drohende Verlust hatte ihr so zugesetzt, daß sie sich kaum noch auf den Beinen halten konnte. „Was wirst du tun?"

„Ich weiß es nicht", sagte er leise. „Beten, etwas anderes fällt mir nicht ein."

„Ich ... ich wollte dir noch etwas erzählen." Sie atmete tief durch, um ihre Stimme zu festigen. „Ich bin mit Maggie und Bertrand in die Kirche gegangen."

„Sabrina, das ist ja wundervoll", rief er begeistert. „Wie war es?"

„Gut, denke ich." Eine Träne rann ihr die Wange hinunter. Er freute sich so für sie. Er hatte so viel für sie getan, ihr so viel Freundlichkeit, Wärme und Freundschaft gegeben. Warum konnte sie nicht darauf reagieren? „Bitte verlaß mich nicht, Kenneth. Ich brauche dich."

Eine lange Stille am anderen Ende der Leitung. Dann: „Wirklich?"

„Ja." Aber selbst dieses Eingeständnis schien sie sich abgerungen zu haben. Das mußte sie ändern. Sie konnte das nicht ohne weitere Erklärung stehen lassen. „Die Firma braucht dich." Selbst in ihren Ohren klang das lahm.

„Ich verstehe." Seine Stimme klang nun wieder müde und gleichgültig. „In den nächsten Tagen muß ich einige unserer Niederlassungen besuchen. Ich werde über unser Gespräch nachdenken. Wir können ja über alles sprechen, wenn ich wieder da bin."

Sabrina legte den Hörer auf und ging unsicheren Schrittes in ihr Zimmer zurück. Aus der geöffneten Tür ihrer Nachbarin ertönte die Musik einer Schallplatte. „Irgendwo jenseits des Ozeans wartet mein Geliebter auf mich", sangen die Stimmen. Sabrina hatte das Gefühl, als würde das Lied sie verspotten. Sie schloß die Tür und ließ sich auf ihr Bett sinken.

Kenneth würde gehen. Das wußte sie mit absoluter Sicherheit. Sie hatte ihm keinen Grund gegeben zu bleiben.

Sie bedeckte ihr Gesicht mit den Händen und erinnerte sich plötzlich an ein Gespräch, das sie mit Maggie am vorangegangenen Sonntag nach dem Gottesdienst geführt hatte. Beim Verlassen des Gemeindehauses hatte Maggie zu ihr gesagt: „Mir ist aufgefallen, daß du deinen Kopf nicht senkst, wenn der Pastor uns auffordert, mit ihm zu beten."

„Ich versuche, ehrlich zu sein", hatte Sabrina erwidert.

Maggie war stehengeblieben und hatte Bertrand ein Zeichen gegeben, ohne sie weiterzugehen. „Ehrlich? Oder versuchst du, deine Unabhängigkeit aufrechtzuerhalten?"

Diese Erkenntnis hatte sie erschüttert. „Ich weiß nicht, was du meinst."

„Ich glaube, du weißt es sehr gut." Maggie wählte ihre Worte sehr sorgfältig. „Du hast hart kämpfen müssen, um an den Punkt zu kommen, wo du selbständig denken und handeln konntest. Und ich bin stolz auf dich. Aber das bedeutet nicht, daß du dein Leben ganz allein bewältigen kannst. Nicht, wenn du wirklichen Frieden oder Erfolg erleben willst. Denk mal darüber nach."

Sabrina blieb auf ihrem Bett liegen und barg ihr Gesicht in ihren Händen. Allmählich wurde ihr Atem ruhiger und ganz von selbst bildeten sich die Worte. *Hilf mir,* sagte sie. Dabei spürte sie, wie etwas von innen heraus über die selbsterrichteten Barrieren schwebte und hinaus ins Unbekannte entwich. *Bitte hilf mir.*

Sie hielt inne. Es gab noch mehr zu sagen. Sie spürte die Gedanken, die nur darauf warteten, daß sie sich öffnete und sie zuließ. Aber sie konnte nicht. Plötzlich war ihr alles zuviel. Sie seufzte, drehte sich um und schloß die Augen.

Am folgenden Morgen wurde sie durch ein Klopfen an der Tür geweckt. „Sabrina?" Die Stimme vor ihrer Tür klang schläfrig und verärgert. „Ein Anruf für dich. Ein Kenneth Adams, so heißt er, glaube ich."

Sie rannte hinaus in den Flur, schnappte sich den Hörer und stammelte: „Hallo?"

„Erfolg!“ rief er triumphierend. „Wenigstens ein Anfang. Der erste Schritt, und man sagt, das sei immer das Schwierigste.“

Sabrina warf einen Blick auf die Uhr an der Wand. Es war Viertel nach sechs. „Wo bist du?“

„Im Büro. Ich mußte noch etwas erledigen, bevor ich die Stadt verlasse. Auf meinem Schreibtisch lag eine Nachricht von einem Kontaktmann in der Landesregierung. Hast du einen Stift?“

„Nein, warte, ich ...“ Sabrina zwang sich dazu, sich zu konzentrieren. Sie betastete ihre Taschen und holte einen Lippenstift heraus. „In Ordnung. Ja.“

„Riverdale. Eine kleine Stadt drüben an der Grenze zu Maryland.“ Mühsam unterdrückte er ein Lachen. „Der Bursche konnte nur einen kurzen Blick in deine Akte tun. Er entdeckte eine Anfrage, die etwa ein Jahr nach deiner Adoption eingegangen war. Der Mann behauptete, der Arzt zu sein, der dich auf die Welt gebracht hätte. Die Notizen waren mit Bleistift geschrieben und so verschmiert, daß mein Freund weder den Namen des Arztes noch seine Adresse entziffern konnte. Aber die Stadt war eindeutig Riverdale.“

„Oh Kenneth.“ Ihre Nerven waren zum Zerreißen gespannt. „Bist du sicher?“

„Dieser Bursche hat mich noch nie enttäuscht. Es tut mir leid, daß es nicht mehr ist.“

„Es ist auf jeden Fall ein Anfang“, erwiderte sie. Endlich. „Wie kann ich dir nur danken?“

„Sag, daß du heute abend mit mir zum Essen ausgehst.“

Im Laufe der Monate hatte er sie immer wieder eingeladen, und noch bevor sie nachdenken konnte, hatte sie stets eine Absage auf den Lippen. Sie wollte auch jetzt sagen, daß sie noch nicht bereit sei. Daß es nicht richtig sei, bis sie sicher sei, was sie wolle und wer sie sei. Aber sie unterdrückte den Impuls und sagte statt dessen: „Ja, ich würde sehr gern mit dir essen gehen.“

„Was?“

„Ich habe ja gesagt.“

Dieses Mal lachte er tatsächlich. „Habe ich wirklich Sabrina Rothmore am Apparat?“

„Vielen Dank", sagte sie erneut. „Von ganzem Herzen danke ich dir."

„Gern geschehen", erwiderte er weich. „Von ganzem Herzen."

In dem Augenblick, in dem sie den Hörer auflegte, wußte Sabrina, daß es nicht genug war. Sie lief zurück in ihr Zimmer, zog sich in Windeseile an und rannte hinunter auf die Straße, um sich ein Taxi zu rufen. Sie riß die Tür auf und sagte: „Zu *Rothmore Versicherungen,* Massachussetts Avenue."

Noch bevor das Taxi zum Stehen gekommen war, stand sie bereits auf der Straße. Der Aufzug schien an diesem Tag langsamer zu sein als sonst. Als sie in der Chefetage den Flur entlangrannte, stieß sie fast mit Kenneth zusammen, der gerade mit seinem Mantel über dem Arm aus seinem Büro herauskam. Er starrte sie erstaunt an. „Was machst du denn hier?"

„Ich ... ich mußte mit dir sprechen", keuchte Sabrina.

„Warte und komm erst mal wieder zu Atem." Er lächelte sie an. „Vielleicht habe ich heute morgen doch mit dir gesprochen."

Sie trat in sein Büro und konnte es kaum erwarten zu sagen, was sie auf dem Herzen hatte. „Ich wollte dir danken, Kenneth. Für alles."

„Gern geschehen", erwiderte er noch immer lächelnd.

Aber sie war noch nicht fertig. „Mein ganzes Leben lang habe ich mich versteckt. Mir ist nie klargeworden, wieviel Zeit und Kraft ich darauf verwandt habe, mich von allem und jedem fernzuhalten. Aber jetzt nicht mehr", fuhr sie fort. Sie hatte Angst, daß der Mut sie verlassen und sie nicht mehr weiterreden könnte. „Nicht bei dir."

„Nein", erwiderte er ruhig. „Vor mir brauchst du dich nicht abzuschotten. Niemals."

„Das weiß ich jetzt. Es ist nur, nach all dieser Zeit, es fällt mir so schwer ..."

„Sabrina! Wie schön, dich wiederzusehen." Randolf Crawley trat durch die Tür. „Könntest du bitte in mein Büro kommen?"

„Nein, ich kann nicht", erwiderte sie. Sie schluckte ihren Ärger hinunter und fuhr beiläufig fort: „Ich habe nicht die Absicht, mit dir irgendwohin zu gehen."

Beide waren schockiert über die Entschlossenheit, mit der sie diese Äußerung machte. Randolf brachte ein blasiertes Lächeln zustande. „Sabrina, das meinst du doch nicht im Ernst."

„Doch, das tue ich. Und im Augenblick spreche ich gerade mit Kenneth", erwiderte sie. „Privat."

Randolf blickte Kenneth verärgert an, dann drehte er sich um und setzte ein freundlicheres Gesicht auf. „Du willst mir doch nicht erzählen, daß du deine törichte Suche fortsetzt?"

„Die Suche nach meinen Eltern findest du töricht?"

„Deine *Mutter* ist besorgt um dein Wohlergehen. Genau wie ich." Randolf bemühte sich, auch weiterhin zu lächeln. „Ich muß dich wirklich bitten. Schlage nicht diesen gefährlichen Weg ein."

Sie betrachtete ihn aufmerksam. „Wieso ist er gefährlich?" fragte sie schließlich. „Hast du Angst herauszufinden, wer ich wirklich bin? Wenn ja - warum? Was geht das dich überhaupt an?"

Das falsche Lächeln erstarb. In seinen Augen lag eisige Kälte. Er zog sich zurück. An der Tür blieb er gerade lange genug stehen, um Kenneth einen vernichtenden Blick zuzuwerfen.

Sabrina starrte lange Zeit auf die Tür, durch die Randolf verschwunden war. Sie fragte sich noch immer, wie sie die Kraft hatte finden können, sich gegen ihn zu stellen. Vielleicht war es das Wissen, daß sie mit dem Rücken zur Wand stand, daß sie nicht mehr weiter zurückweichen konnte.

Sie wandte sich Kenneth wieder zu und stellte fest, daß er sie mit demselben geduldigen Blick betrachtete, wie sie ihn schon häufiger bei ihm bemerkt hatte. „Oh", meinte sie betrübt. „Jetzt ist unser besonderer Augenblick verflogen."

„Nein, ist er nicht", erwiderte er leise. „Das wird er auch nie, nicht, wenn du ihn zurückholen willst."

„Hilf mir", bat sie. „Zeig mir, was ich tun soll."

„Du weißt nicht", sagte er leise, „wie oft ich davon geträumt habe, diese Worte von dir zu hören."

Sie legte beide Hände auf seinen Arm und spürte den weichen Stoff seiner Jacke und die Stärke seiner Schultern. Ihr Herz klopfte zum Zerspringen, als sie sich auf die Zehenspitzen stellte. Er blieb stocksteif stehen, während sie näherkam und ihn sanft küßte. „Komm schnell zurück", flüsterte sie.

Sein Atem fing sich in ihren Haaren, als er die Arme um sie legte und sie fest an sich zog.

19

Sabrina hatte Angst, ja, aber sie war auch fest entschlossen. Es war, als wäre sie gezwungen worden, eine Haut abzulegen, um etwas vollkommen anderes darunter zu entdecken.

Sie bereitete sich so gut es ging vor. Nachdem sie das Büro verlassen hatte, fuhr sie zu Woodies, dem ältesten und bekanntesten Kaufhaus Washingtons. Es war das erste Mal, daß sie, seit das alles begonnen hatte, einkaufen ging.

Ihre Mutter war mit ihr immer zu Garfinkel gegangen, einem Damenmodengeschäft, in dem die oberen Zehntausend Washingtons einkauften. Sabrina hatte sich immer dunkle Kleidung ausgesucht, weil sie meinte, darin der Aufmerksamkeit anderer entgehen zu können. In einem dunkelblauen oder dunkelgrünen Kostüm war es viel leichter, am Rande zu stehen und zu beobachten.

Aber heute nicht. Sie suchte sich ein graues Kostüm mit einer elfenbeinfarbenen Bluse und einfachen grauen Schuhen aus. Die Dinge veränderten sich. Es war an der Zeit, daß sie sich mit ihnen veränderte.

Während sie sich im Spiegel betrachtete, fragte sie sich, ob sie vielleicht mehr lächeln sollte. Für sie gehörte lächeln zu der Falschheit, die sie so sehr haßte. Aber Kenneths Lächeln hatte sie immer geliebt. Es wärmte sie, selbst die Erinnerung daran, wenn er nicht bei ihr war. Ja, sie kam zu dem Schluß, daß ein aufrichtiges Lächeln ein Geschenk war.

„Stellen Sie den Blinker an, Miss Sabrina. Hier, links von Ihnen."

„Ich weiß, wo der Blinker ist."

„Dann benutzen Sie ihn bitte." Bertrands Stimme verriet Ärger. Sie wandte ihm den Kopf zu und starrte ihn überrascht an. „Der Wagen vor uns hält an", sagte er angespannt. „Bitte sehen Sie auf die Straße und nicht zu mir."

„Aber natürlich", erwiderte sie und wandte sich wieder ihrer Aufgabe zu. „Ich kann das Stopschild sehen."

„Dann müssen Sie sich jetzt vorbereiten. Nehmen Sie den Fuß vom Gaspedal und treten Sie auf die Bremse."

„Das habe ich bereits getan." Nachdem sie um die Ecke gebogen war, meinte sie: „Vielleicht war das doch nicht so eine gute Idee."

„Ich gebe Ihnen gerne Fahrunterricht", erwiderte Bertrand steif.

„Nein, das tun Sie nicht. Sie haben schreckliche Angst, ich könnte an Ihren kostbaren Rolls einen Kratzer machen."

„Sagen Sie doch so etwas nicht." Nervös zog Bertrand ein Taschentuch aus der Tasche und wischte sich über die Stirn. „Außerdem ist das Ihr Wagen."

„Nein, es ist Mutters. Nicht im Traum würde ich ein solches Ding besitzen wollen."

„Ampel, Miss Sabrina."

„Aber die ist doch noch einen halben Häuserblock entfernt", beklagte sie sich. „Geben Sie mir doch die Chance, diese Dinge selbst zu sehen. Und hören Sie auf, mich ‚Miss' zu nennen. Bitte."

„Aber ..." Bertrand kämpfte mit sich, dann lächelte er. „Ich denke, das wäre in Ordnung, nicht?"

„Natürlich. Und beruhigen Sie sich. Sie machen mich nervöser als ich bereits bin."

„In Ordnung. Ich versuche es." Er lehnte sich zurück und verschränkte entschlossen die Arme vor der Brust. Doch bei jeder Kreuzung bemerkte sie, wie sich seine Füße gegen den

Boden drückten und die Pedale suchten, die nicht vorhanden waren.

Um ihn vom Fahren abzulenken, fragte sie: „Wann haben Sie und Maggie eigentlich angefangen, für Daddy zu arbeiten? Das war doch, nachdem ich ... nachdem ich geboren wurde, nicht?"

„Sie hatten gerade Ihren ersten Geburtstag gefeiert." Bertrand lächelte bei der Erinnerung daran. „Sie sahen aus wie ein kleiner Engel. Sie haben uns direkt bei der ersten Begegnung unser Herz gestohlen." Er zögerte, dann fuhr er leise fort: „Es hat mich traurig gemacht, das alles zu hören. Und ich war schockiert. Uns beide hat das sehr überrascht. Aber was uns betrifft, so hat das keinerlei Auswirkungen."

„Vielen Dank."

„Ohne Sie ist das Haus so still, so leer." Er blickte sie an. „Gibt es nicht wenigstens eine kleine Chance, daß Sie es sich noch einmal anders überlegen und wieder nach Hause kommen?"

„Wenn Mutter sich bereit erklärt, alles so zu lassen, wie Daddy es festgelegt hat", sagte Sabrina, doch innerlich fragte sie sich, ob das tatsächlich noch der Wahrheit entsprach. Nach allem, was passiert war, wußte sie nicht mehr so genau, ob ihr Platz jemals wieder dort sein würde. Dieser Gedanke ließ eine große Leere in ihr entstehen.

„Ja. Ich verstehe", erwiderte er, als hätte er ihre Gedanken lesen können. Sie kamen nun nach Riverdale. „Was genau suchen wir eigentlich?" fragte er.

„Ich weiß es nicht. Vielleicht gar nichts. Kenneth wird versuchen, mehr herauszufinden, wenn er zurückkommt. Aber es kann Monate dauern, bis er einen Ansatzpunkt findet. Ich dachte ..." Sie seufzte. Nun da sie hier war, erschien ihr ihr Vorhaben unmöglich zu sein. „Ich weiß nicht, was ich gedacht habe."

„Sie fahren sehr gut, Miss ..." Bertrand brach ab und lächelte. „Es wird schwierig sein, mir das abzugewöhnen."

Sabrina drehte sich zu ihm um und lächelte ihn flüchtig an, doch sofort konzentrierte sie sich wieder auf die Straße. Die Stadt konnte noch nicht alt sein, aber die Häuser wirkten bereits müde und niedergeschlagen. Die kleinen weißen Häuser sahen alle irgendwie gleich aus. Einige brauchten dringend einen Anstrich oder eine Reparatur. Sie fuhr die Straßen entlang, konnte aber kein Zentrum finden, keinen Ortskern, wo sie mit ihrer Suche beginnen konnte.

Sabrina seufzte. Ihre Anspannung und Frustration wuchsen. Sie hielt an einer Ampel an. Stumm wiederholte sie immer wieder dasselbe Gebet. *Hilf mir.*

Einer Eingebung folgend fuhr Sabrina auf den Parkplatz eines kleinen Restaurants. Sie stellte den Motor ab und starrte auf den Eingang, bis Bertrand fragte: „Haben Sie Hunger?"

„Nein, durchaus nicht." Sie hatte den ganzen Tag noch nichts gegessen, und es war schon früher Nachmittag, aber ihr war nicht nach essen zumute. Sie wappnete sich innerlich und öffnete die Tür. „Würden Sie bitte hier auf mich warten?"

„Natürlich", erwiderte Bertrand und betrachtete das Lokal mit einem skeptischen Blick.

Sie ging hinein und setzte sich an die Theke. Um etwas zu tun zu haben, nahm sie die Speisekarte zur Hand, doch sie konnte sich nicht auf die Worte konzentrieren. Was machte sie eigentlich hier?

Die Kellnerin kam auf sie zu, eine stämmige Frau mit einem Gesichtsausdruck, der besagte, daß sie bereits alles gesehen und noch mehr gehört hatte. „Wollen Sie etwas bestellen?"

„Nur Kaffee." Sabrina wartete, bis die Kellnerin eine Tasse gefüllt und vor sie gestellt hatte, dann fragte sie: „Kennen Sie eigentlich alle Leute hier in der Stadt?"

„Ich kenne mehr, als mir lieb ist, Süße." Die Kellnerin wandte sich ab. „Aber deshalb bin ich noch lange keine Schwatztante."

„Warten Sie. Bitte. Ich suche jemanden."

„Tut mir leid. Ich kann Ihnen nicht helfen."

„Meine Eltern." Einfach nur das. Sie platzte einfach damit heraus.

Die Kellnerin wandte sich ihr wieder zu, ging einen Schritt auf Sabrina zu und betrachtete sie eindringlich aus ihren grauen Augen. „Was Sie nicht sagen."

„Nein, ehrlich. Ich wurde zur Adoption freigegeben. Ich habe es gerade erst erfahren." Sie atmete tief durch. „Ich kenne nicht einmal ihren Namen. Ich weiß nur, daß sie hier in dieser Stadt wohnen. Zumindest haben sie hier gewohnt." Sie senkte den Blick auf die Tasse. Es hatte ja doch alles keinen Zweck.

Die Kellnerin stellte die Kaffeekanne wieder auf die Heizplatte. „Mir hat noch keiner was vormachen können." Ein weiterer prüfender Blick. „Haben Sie heute schon etwas gegessen?"

Sabrina schüttelte den Kopf. „Ich habe keinen Hunger."

„Sie sehen aber hungrig aus, ganz ausgelaugt. Ich werde Ihnen einen Teller zurechtmachen lassen."

„Wirklich, ich würde nichts hinunterkriegen."

„Warten Sie, bis das Essen vor Ihnen steht, und dann sagen Sie mir das noch einmal." Sie deutete nach hinten. „Setzen Sie sich an den Tisch am Fenster. Und lassen Sie die Finger vom Kaffee. Ihre Nerven sind bereits zum Zerreißen gespannt. Ich kann sie summen hören."

Sabrina tat, was die Kellnerin ihr gesagt hatte. Durch das Fenster machte sie Bertrand ein Zeichen, er solle hereinkommen und sich zu ihr setzen. Doch er schüttelte nur den Kopf.

Die Frau brachte einen dampfenden Teller. Sabrina wollte wieder protestieren, doch sobald ihr der Essensgeruch in die Nase stieg, meldete sich auch ihr Hunger. Die Frau beobachtete sie zufrieden. „Sehen Sie? Ich habe es doch gesagt."

„Das schmeckt wirklich köstlich."

„Essen Sie langsam, meine Liebe. Das läuft Ihnen nicht weg." Sie warf einen Blick aus dem Fenster und sah noch einmal hin. „Dieses Schlachtschiff auf Rädern da draußen, gehört das Ihnen?"

Sabrina folgte ihrem Blick und sah, daß sie den Rolls anstarrte. „Genau genommen gehört es meiner Mutter."

„Na, wenn das nicht alles in den Schatten stellt." Die Kellnerin sah sie eindringlich an. „Sie sagen, Sie kennen nicht einmal ihren Nachnamen?"

„Nein."

„Das ist schwierig." Sie dachte einen Augenblick nach, dann holte sie ihren Notizblock hervor und schrieb etwas darauf. Sie riß das Blatt ab und legte es neben den Teller. „Sie können einmal mit diesem Burschen sprechen. Er könnte Ihnen vielleicht weiterhelfen."

Sabrina nahm den Zettel und las laut: „Dr. Howard Austin."

„Er ist noch länger hier als ich und kennt fast jedes Geheimnis in der Stadt. Seine Praxis ist ganz in der Nähe. Vielleicht lassen Sie sogar den Wagen hier stehen, der hält sowieso nur den Verkehr auf."

Sabrina sah auf das Namensschild der Frau. „Vielen Dank, Stella. Von ganzem Herzen danke ich Ihnen."

Die Kellnerin lächelte sie zum ersten Mal an, und sofort sah sie sehr viel jünger aus. „Wie heißen Sie, Süße?"

Sabrina zögerte, dann nannte sie ihr den einzigen Namen, den sie kannte. „Sabrina, Sabrina Rothmore."

„Ich hoffe, Sie finden, was Sie suchen. Vielleicht können Sie noch mal vorbeikommen und mir erzählen, was Sie erreicht haben?"

Sabrina legte ihre Serviette auf den Tisch, stand auf und gab Stella die Hand. „Ich verspreche es."

Sabrina saß bereits seit Stunden im Wartezimmer des Doktors. Sie blätterte nervös in den Magazinen, dessen Seiten vom vielen Durchblättern bereits zerknittert und eingerissen waren. Alle möglichen Leute kamen und gingen. Die meisten schienen sich gegenseitig zu kennen, vor allem die Mütter mit Kindern. Sie saßen nebeneinander, beobachteten die Kinder, die mit dem Spielzeug spielten, und unterhielten sich. Sabrina fühlte sich isoliert und überlegte, wie es wohl sein würde, dieser Gruppe anzugehören.

„Miss, äh, Rothmore?" Die Schwester stand in ihrer Schwesterntracht mit einem gestärkten Häubchen vor ihr. „Habe ich das richtig verstanden?"

„Ja." Sabrina erhob sich mühsam. Sie hatte so lange auf dem Stuhl gesessen. „Ja, das haben Sie."

„Der Doktor kann sich jetzt mit Ihnen unterhalten", meinte die Schwester zweifelnd. Ihr Gesichtsausdruck ließ keinen Zweifel daran, was sie von jungen Damen hielt, die unangemeldet in der Praxis erschienen und den Doktor zu sprechen wünschten und sich dazu noch weigerten, einen Grund dafür anzugeben. „Aber er ist äußerst beschäftigt und hat nur wenig Zeit für Sie."

Sabrina versuchte, die fragenden Blicke der anderen Leute im Wartezimmer zu ignorieren. „Ich verstehe."

„Hier entlang, bitte."

Sabrina folgte ihr den Flur entlang in ein Büro, wo ein Mann mit müdem Gesicht und einem dicken Bauch etwas in eine Akte eintrug. Die Schwester deutete auf den Untersuchungstisch, aber Sabrina blieb nervös mitten im Zimmer stehen. Sie war sicher, daß die anderen das wilde Pochen ihres Herzens hören konnten.

Schließlich klappte der Doktor die Akte zu, legte sie auf den Tisch neben sich und sagte: „Ja?"

Sabrina sah die Schwester an. Daraufhin verschränkte sie die Arme und streckte das Kinn vor. Ganz offensichtlich hatte die Frau vor, in diesem Zimmer zu bleiben.

Der Doktor betrachtete Sabrina. Unter seinen Augen lagen dunkle Ringe, doch sein Blick war genauso freundlich wie sein Tonfall. „Sind Sie schwanger, junge Dame?"

„Wie bitte?" Sabrina trat unwillkürlich einen Schritt zurück. „N-nein, ganz und gar nicht."

„Na ja, bestimmt sind Sie nicht Vertreterin eines Pharmakonzerns." Er deutete auf den Untersuchungstisch. „Wäre es dort drüben nicht bequemer für Sie?"

„Nein ... nein, vielen Dank." Sie schluckte, dann stammelte sie: „M-mein Name ist ..."

Als sie nicht weitersprechen konnte, streckte der Doktor die Hand aus. Die Schwester reichte ihm ein Blatt Papier und meinte verstimmt: „Wie ich Ihnen schon sagte, sie gab mir nur ihren Namen und ihre Adresse. Weigerte sich, die Krankengeschichte auszufüllen."

„Ich verstehe", meinte der Doktor zweifelnd. Er sah auf das Blatt. „Nun, Miss Rothmore ..."

Er brach ab, blickte auf und starrte Sabrina an. „Rothmore", wiederholte er leise.

Die Schwester trat einen Schritt vor. „Doktor, ist etwas?"

„Nein", erwiderte er. Sein Blick hing an Sabrinas Gesicht. „Lassen Sie uns einen Augenblick allein, Miss Grant."

„Doktor, ich darf nicht ..."

„Das ist schon in Ordnung." Der Doktor riß seinen Blick von Sabrina los und beruhigte sie. „Es ist alles in Ordnung, Miss Grant. Es wird nicht lange dauern."

Die Schwester warf Sabrina noch einen ärgerlichen Blick zu und verließ den Raum. Nachdem der Arzt die Tür hinter ihr geschlossen hatte, drehte er sich wieder um und fragte leise: „Wie haben Sie mich gefunden?"

20

Sabrina wurde leichenblaß. Ihr war plötzlich ganz schwindelig. *Es wird tatsächlich Wirklichkeit.*

„Stützen Sie sich auf mich“, sagte Dr. Austin und griff nach ihrem Arm. „So. Ganz ruhig. Kommen Sie hier herüber und setzen Sie sich.“

Sabrina spürte, wie sanfte Arme sie zum Untersuchungstisch führten und ihr halfen, sich zu setzen. Der Doktor holte schnell ein Glas Wasser für sie. Dankbar nahm sie es und trank es aus. Er betrachtete sie verwirrt, aber freundlich. „Sind Sie jetzt in der Lage, mir vielleicht zu erzählen, wie Sie hierhergekommen sind?“

In unzusammenhängenden Sätzen erklärte sie, wie es gekommen war, daß sie nun hier in seiner Praxis saß. Die liebenswürdigen Fragen des Doktors führten sie immer weiter und weiter, bis sie schließlich mehr erzählte, als sie je gedacht hätte. Vom Tod ihres Vaters, der Treuhandgesellschaft und wie sie von der Adoption erfahren hatte. Sie sprach sogar von Kenneth und welch große Hilfe er ihr gewesen war.

Schließlich war der Doktor zufrieden. Er trat zurück und betrachtete sie nachdenklich. Nach einer Weile sagte er: „Wenn Sie vor einem Jahr hierhergekommen wären, hätte ich Sie vermutlich sofort weggeschickt. Was getan ist, ist getan – das wäre meine Reaktion gewesen. Es hat keinen Zweck, in der Vergangenheit zu graben.“

Sabrinas Anspannung wuchs. Sie stand so dicht vor dem Ziel. Aber sie durfte nichts überstürzen. „Und jetzt?“

„Jetzt, na ja." Dr. Austin seufzte hörbar. „In letzter Zeit stelle ich fest, daß die Hand des Herrn immer mehr am Werk ist. Verstehen Sie, was ich meine?"

„Ja", erwiderte sie. Ihre Antwort veranlaßte sie, tief in sich hineinzuhorchen und festzustellen, daß es stimmte. „Ja, ich glaube, ich verstehe Sie."

„Für mich ist das alles noch ein großes Geheimnis. Aber in letzter Zeit passieren die merkwürdigsten Dinge vor meinen Augen." Er lächelte sie an. „Ich verstehe noch immer nicht viel davon. Früher habe ich das als Humbug abgetan. Doch jetzt bin ich nicht mehr ganz so sicher, welche Rolle Gott in unserem Leben spielt."

Sie versuchte, zurückzulächeln, doch es fiel ihr sehr schwer. „Können ... können Sie mir etwas über sie erzählen? Meine Familie, meine ich." Es klang so fremd, als sie diese Worte aussprach: Ihre Familie.

„Ich bin nicht sicher", erwiderte er langsam. „Um ehrlich zu sein, ich weiß nicht so genau, welche Rolle ich in diesem ganzen Drama spielen soll."

Sie klammerte sich an dem Untersuchungstisch fest. Aber sie schwieg. Irgendwie hatte sie das Gefühl, daß jetzt nicht der richtige Zeitpunkt war, ihn zu drängen.

Er fuhr sich mit der Hand über das Kinn und dachte nach. Schließlich blickte er sie an und sagte leise: „Ich brauche Zeit, um darüber nachzudenken. Können Sie nicht morgen wiederkommen und ..."

„Ich ... ich ..." Sabrina wollte schon zustimmen, doch dann stammelte sie schnell: „Nein, ich ... ich kann nicht."

Ihre Antwort schien ihn zu verblüffen. „Warum nicht?"

„Weil", erwiderte sie langsam, „ich heute schon einige Regeln gebrochen habe, um herzukommen. Bertrand hat mich hergebracht. Mutter wäre furchtbar wütend, wenn sie es herausfände. Ich kann dieses Risiko nicht schon wieder eingehen, nicht so bald. Es könnte ihn und seine Frau die Stellung kosten."

Er nickte nachdenklich, und griff nach seinem Rezeptblock. „Geben Sie mir eine Weile, um darüber nachzudenken. Rufen Sie mich heute abend zu Hause an. Das ist meine Nummer."

„Danke." Mit gefühllosen Fingern nahm sie das Blatt entgegen.

Dr. Austin zögerte eine ganze Weile, dann senkte er den Blick auf seine Hände und sagte: „Zufällig kenne ich Ihre Eltern sehr gut. Sie haben Sie nicht vergessen. Der Schmerz, Sie zu verlieren, hat ihr Leben beinahe zerstört. Ich bin nicht sicher, ob es richtig ist, Sie wieder in ihr Leben zurückzubringen."

Einen schrecklichen Moment lang war sie sicher, daß er ihr auf der Stelle eine Absage erteilen würde. Doch er blieb mit gesenktem Kopf stehen und murmelte mehr zu sich selbst als zu ihr: „Aber andererseits, gerade jetzt, nach der Sache mit Joel, könnten sie zur Abwechslung einmal eine gute Nachricht brauchen ..."

Nachdem seine Stimme verklungen war und es den Anschein hatte, als würde er nicht weitersprechen, drängte sie leise: „Wer?"

Er hob den Blick und schüttelte den Kopf. „Ich verspreche, sorgfältig darüber nachzudenken. Aber vielleicht würde das auch zuviel Schaden anrichten." Er gab ihr die Hand. „Wie schön zu sehen, daß Sie sich so gut entwickelt haben."

Sie ging durch den Flur zurück und betrat das Wartezimmer. Sie wußte nicht so richtig, ob es wirklich gut für sie gelaufen war. Sie fühlte sich schrecklich verloren und vollkommen allein. Plötzlich hatte sie das dringende Bedürfnis, sich mit Kenneth in Verbindung zu setzen, seine Kraft zu fühlen und seine Stimme zu hören. Er würde ihr helfen, Ordnung in ihre Gefühle zu bringen. Sie wandte sich an die Schwester hinter dem Anmeldungstisch. „Darf ich bitte Ihr Telefon benutzen?"

„Ich denke schon", antwortete sie mit mißbilligendem Ton.

„Vielen Dank." Sabrina wählte die Nummer seines Büros und ließ sich mit Kenneths Sekretärin verbinden. Als die Frau sich meldete, sagte sie: „Hier spricht Sabrina Rothmore. Haben Sie zufällig eine Nummer, wo ich Mr. Adams erreichen kann?"

„Miss Sabrina, ja, hallo." Die Frau schien überaus nervös zu sein. „Ich habe gerade versucht, Sie in Ihrem Wohnheim zu erreichen."

„Warum? Ist etwas passiert?" Ihre erschreckte Frage ließ die Schwester aufblicken.

„Nein, das heißt ... Mr. Adams ist schon wieder hier. Er ist gerade bei Mr. Crawley." Nach kurzem Zögern fuhr sie fort: „Und Mrs. Rothmore ist auch gerade eingetroffen."

Alarmglocken begannen in ihrem Kopf zu läuten. „Stecken Sie ihm eine Nachricht zu", sagte sie, wobei sie sich nicht einmal bemühte, ihre Besorgnis zu verbergen. „Sagen Sie ihm, daß ich so schnell wie möglich kommen werde."

Die Fahrt in die Stadt schien eine Ewigkeit zu dauern, doch in Wirklichkeit brauchten sie weniger als eine Stunde. Bertrand setzte sich selbst ans Steuer und lenkte den Wagen sicher durch den dichten Verkehr. Auf ihre Bitte hin, so schnell wie möglich zu fahren, ließ er seine übliche Vorsicht außer Acht.

Beim Rothmore-Gebäude angekommen, war Sabrina schon aus dem Wagen gesprungen, bevor Bertrand die Gelegenheit hatte, ihr die Tür zu öffnen. Im Aufzug konnte sie ihre Ungeduld kaum noch zügeln. Als er schließlich die letzte Etage erreicht hatte, rannte sie den Flur entlang und riß die Tür zum ehemaligen Büro ihres Vaters auf. Sie warf einen Blick auf Kenneths Gesicht und rief: „Laß nicht zu, daß sie das tun!"

„Also wirklich, Sabrina", sagte ihre Mutter verdrießlich. „Was um alles in der Welt denkst du dir? Platzt hier herein und redest Unsinn. Ehrlich, das ist zuviel."

Sabrina blickte ihre Mutter an. Sie hatten sich seit Semesterbeginn nicht mehr gesehen. Sie wandte sich Kenneth wieder zu und bat: „Laß dich von ihnen nicht unter Druck setzen."

Er sah sie mit flehendem Blick an. „Sie sagen, meine gesamte Abteilung könnte bleiben, wenn ich ..."

Sie durfte nicht zulassen, daß er die Worte aussprach. „Nein! Ich werde das nicht zulassen."

„Ach hör auf. Hör sofort auf!" Ihre Mutter schlug auf ihre Armlehne. „Setz dich, und benimm dich gefälligst."

Kenneth hielt den Blick fest auf sie gerichtet. „Wir sprechen hier über fast fünfzig Arbeitsplätze, Sabrina."

„Also wirklich, Sabrina. Darum mußt du dir doch wirklich keine Gedanken machen." Randolf Crawley gab sich überaus zuvorkommend. Schnell kam er um seinen Schreibtisch herum, nahm sie beim Arm und sagte: „Hier, setz dich doch."

Sie entwand ihm ihren Arm. An Kenneth gewandt sagte sie: „Es muß doch etwas geben, womit wir sie aufhalten können!"

„Ach sei doch endlich still", schnappte ihre Mutter. „Ich werde nicht zulassen, daß du dich in etwas einmischst, von dem du absolut keine Ahnung hast, verstehst du? Ich verbiete es dir!"

„Vielleicht könnten wir die Sache vor Gericht austragen", überlegte Kenneth laut. „Schließlich bin ich noch immer Treuhänder."

„Aber nur ein zweitrangiger", warf Randolf ein, der nicht zu seinem Platz zurückgekehrt war. „Ich muß Sie wirklich warnen ..."

„Bitte", sagte Sabrina zu Kenneth, „bitte tu das. Ich werde dir helfen, so gut ich kann."

„Du willst helfen?" Abigail stieß ein schrilles Lachen aus. „Oh, das ist einfach zuviel."

Kenneth wandte seine Aufmerksamkeit nun Abigail zu. „Sabrina wird in weniger als einem halben Jahr einundzwanzig und kann somit ihr Erbe antreten. Dazu gehört, wie Sie wissen, das Stimmrecht für über sechzig Prozent der Anteile. Ich denke, daß wir zumindest eine einstweilige Verfügung gegen eine solche Entscheidung erwirken können, bis sie ihr Erbe angetreten hat."

Abigail versteifte sich, als wäre sie geschlagen worden. Sie funkelte Sabrina an. „Das würdest du nicht wagen."

Sabrina richtete sich hoch auf. „Es gibt vieles, was ich in letzter Zeit gewagt habe, Mutter."

„Was soll das denn nun schon wieder heißen?"

„Ich komme gerade aus Riverdale", erwiderte Sabrina. „Wo ich mit Dr. Howard Austin gesprochen habe."

Ihre Mutter wurde leichenblaß. „Ich werde nicht zulassen, daß du meine Firma erbst und dich dann umdrehst und sie einer Familie von *Bauern* auf dem Silbertablett servierst."

„Es ist nicht deine Firma, Mutter", sagte Sabrina. Sie war

froh, daß ihrer Stimme ihr innerer Aufruhr nicht anzumerken war. „Es war Daddys Firma, und soweit es mich betrifft, ist sie das noch immer." Sie hielt inne, dann fuhr sie fort: „Was weißt du über meine richtigen Eltern, Mutter?"

„Nichts." Ihre Stimme war wie ein Peitschenhieb. „Ich hatte kein Interesse daran, irgend etwas zu erfahren. Warum sollte ich mich mit Pöbel einlassen?"

„Ich gehöre zu diesem Pöbel", sagte Sabrina leise.

„Das alles liegt hinter dir." Randolf kam der Antwort ihrer Mutter zuvor. Aber seinem Tonfall war seine Nervosität anzumerken. „Wirklich, Sabrina, meinst du nicht, wir wären alle besser dran, wenn du uns vertrauen würdest, daß wir nur dein Bestes wollen?"

Entschlossen schüttelte Sabrina den Kopf. „Ich denke, es war höchste Zeit, daß ich angefangen habe, mir selbst zu vertrauen."

Abigail sprang auf. Sie fuhr Randolf an: „Ich wußte ja, daß Ihre kleinen Manöver ein Fehler waren. Mir reicht es jetzt." Sie wirbelte zu Sabrina herum. „Junge Dame, ich befehle dir jetzt, sofort mit diesem Unsinn aufzuhören."

Sabrina stand hoch aufgerichtet vor ihr. Sie hatte das Gefühl, als würde sie eine tiefe Kluft trennen, die ihr gleichzeitig wehtat, sie jedoch auch schützte. „Es tut mir leid, Mutter, aber das kann ich nicht."

„Dann werde ich dich vom Gericht für inkompetent erklären lassen", schleuderte Abigail ihr entgegen. Sie drehte sich um und marschierte zur Tür. „Kommen Sie, Randolf. Eine Menge Arbeit wartet auf uns."

Als sie allein waren, spürte Sabrina, wie ihre Kraft und Entschlossenheit dahinschmolzen. Sie ließ sich auf einen Stuhl sinken.

„Damit werden sie nicht durchkommen", überlegte Kenneth laut. „Als sie das Testament angefochten haben, hat das Gericht ihnen Vorhaltungen gemacht, daß sie überhaupt den Versuch unternommen haben. Nicht nur das, du besuchst das College und erbringst gute Leistungen in deinem Fach. In sechs Monaten wirst du volljährig, und außerdem hast du hier viel Zeit verbracht ..." Er bemerkte ihren Gesichtsausdruck. „Was ist los?"

„Mir ist übel." Sich ihrer Mutter zu widersetzen hatte sie vollkommen ausgelaugt.

„Brauchst du etwas?"

„Ein Glas Wasser, bitte." Dankbar nahm sie das Glas entgegen, das er ihr reichte. Sie nahm einen Schluck und fühlte sich gleich besser. „Das war schrecklich."

„Ich hasse Auseinandersetzungen", stimmte er ihr zu. „Aber du hast deine Sache sehr gut gemacht."

„Meinst du?"

„Ich bin sehr stolz auf dich", sagte er leise.

Sie griff nach seiner Hand. „Ohne dich hätte ich das nicht schaffen können", sagte sie sanft.

„Ich habe doch nichts getan."

„Du warst da. Das war das Wichtigste." Sie spürte, wie seine Kraft auf sie überging. „Verlaß mich nicht, Kenneth. Niemals."

Er beugte sich zu ihr herab. „Ich wünsche mir nichts mehr, als immer für dich dazusein."

21

Joel lag in der Scheune im Heu und lauschte auf den Lärm des frühen Morgens. Wer immer dachte, das Leben auf einer Farm verliefe ruhig, ist nie auch nur in die Nähe einer Farm gekommen. Hunde, Hähne, Kühe und Pferde wetteiferten miteinander, wer den meisten Lärm machen konnte. Er hatte noch nie einen Ort kennengelernt, an dem es so laut war wie hier – und gleichzeitig so schön.

Die Millers hatten ihm angeboten, bei ihnen im Haus zu schlafen, aber er hatte es abgelehnt. Er brauchte in letzter Zeit sehr viel Schlaf, weshalb er sich von Zeit zu Zeit von dem Lärm und dem Treiben der Familie zurückziehen können wollte. Seine Brust schmerzte jetzt beinahe die ganze Zeit, ein dumpfer Schmerz, der ihm beinahe so vertraut war wie das Atmen. Er erinnerte ihn unablässig an das, was ihn erwartete.

Joel warf sich ruhelos hin und her, und die rostigen Federn seines alten Bettes quietschten und klagten. Das Zimmer hatte früher einem Knecht gehört. An der Kommode in dem kleinen Raum fehlten die beiden mittleren Schubladen, der Spiegel hatte einen Sprung und wurde mit Klebeband zusammengehalten, und das Bett war uralt. Doch Joel fühlte sich nirgendwo mehr zu Hause als hier. Was ihm seine bevorstehende Abreise noch schwerer machte.

An zwei Tagen in der Woche half er den Millers auf der Farm. Dies war die einzige Bezahlung, die die Familie für sein Zimmer und seine Verpflegung annehmen wollte. Die restliche Zeit arbeitete er bei einer Jugendmission in einer Lansdaler Gemeinde mit. Lansdale war die nächste größere Stadt. In den vergangenen Jahren war sie als Auffangstation bekannt geworden für Kinder, die von zu Hause ausgerissen waren. Davon gab es in letzter Zeit sehr viele. Ausreißer, Studenten, die ein Semester schwänzten oder Kinder, die einfach in der Gegend herumzogen. Diese Arbeit der Gemeinde in Lansdale hatte Joel die Gelegenheit gegeben, anderen etwas zu geben, zu teilen und zu lieben. Nie hatte ihn eine Arbeit mehr ausgefüllt, auch wenn sie ihn erschöpfte.

Einige der jungen Leute, denen er begegnete, hatten noch nie richtige Liebe erfahren. Damit war nicht die Liebe der Straßen gemeint, wo sie ihre Körper für das eintauschten, wonach sie sich so verzweifelt sehnten - das Gefühl, dazuzugehören. Joel hatte festgestellt, daß er sie auf einer sehr viel tieferen Ebene erreichen konnte, dank des Friedens und der Freude in seinem Herzen. Er konnte ihnen von dem einen erzählen, der sie bedingungslos liebte, der *wirkliche* Liebe zu geben hatte.

Joel hatte festgestellt, daß er diese Liebe weitergeben konnte. Er wußte, das war seine Gabe, seine Berufung. Er wußte das so sicher, wie er seinen Namen kannte. Er konnte nicht erklären, warum er beschlossen hatte, auf diese Weise Gott zu dienen. Er verstand nicht, wie ausgerechnet jemand wie er aus einer Welt von Gläubigen auserwählt worden war, eine solche Aufgabe zu übernehmen. Außer vielleicht, daß auch er in einem Elternhaus aufgewachsen war, in dem er wenig Liebe und Annahme erfahren hatte.

Joel hörte, wie die Tür des Farmhauses zugeschlagen wurde. Dies war für ihn das Zeichen, sich aus seinem Bett zu erheben. An diesem Tag würde er auf der Farm arbeiten. Er hatte Ruthie versprochen, den Buggy anzuspannen und sie in die Stadt zu fahren. Während er sich anzog, dankte er Gott erneut für das Geschenk der Erneuerung und für seine Aufgabe.

Wenn es nur einen Weg gäbe, daß er ein wenig länger Gott dienen könnte.

Normalerweise genoß es Joel, das Pferd zügig laufen zu lassen. Das Tier war ein Traber und liebte es zu rennen. Sonst ließ ihm Joel auch immer seinen Willen. Doch heute zwang er es bewußt zu einer langsameren Gangart. Es gab keinen Grund, sich zu beeilen. Sie hatten erst am Spätnachmittag von der Farm aufbrechen können, da vorher noch so viel zu erledigen gewesen war. Ruthie hatte die Kartons mit den Eiern bei einem Kaufmann abgeliefert und die Sachen auf ihrer Liste eingekauft, und jetzt waren sie auf dem Heimweg.

Diese Nachmittagsfahrt war die beste Gelegenheit, nach dem bewegten Tag ein wenig Ruhe zu finden, eine Zeit zum Nachdenken. Sie genossen ein wenig Freizeit, eine seltene Gelegenheit für Menschen, die so viel arbeiteten. Selbst das Pferd schien dies zu spüren und fügte sich in einen langsamen, gleichmäßigen Trott. Joel entspannte sich und stützte die Arme auf seinen Knien ab. Die kühle Brise spielte sanft mit seinem Haar. Für einen Herbsttag war es noch sehr warm, und seine Kappe lag neben ihm auf dem Sitz.

Ruthie saß dicht neben ihm und lehnte sich mit einem sanftem Lächeln zurück. Ganz offensichtlich hatte sie vor, jeden Augenblick dieser seltenen Erholungspause von ihren Haushaltspflichten zu genießen.

Ein anderer Buggy kam ihnen entgegen, dessen Pferd sehr viel schneller lief als ihr eigenes. Kleine Staubwolken wurden von seinen Hufen aufgewirbelt. Joel deutete auf den Wagen und meinte lächelnd: „Da hat es aber jemand sehr eilig. Eine Schande an einem so schönen Tag."

Ruthie betrachtete den Wagen genauer. „Das ist der Schwarze von Familie Enns. Anscheinend hat er etwas in der Stadt vergessen."

Joel nickte. So wie andere Leute Autos kannten, schien Ruthie jedes Pferd in der Nachbarschaft zu erkennen. Der Abstand zwischen ihren beiden Buggys wurde immer geringer. Auf dieser Straße war kein anderer Verkehr, und das gleichmäßige Geräusch des Hufschlags klang angenehm in der kühlen Herbstluft.

Ruthie hatte recht. Es war tatsächlich Henry Enns, ein Nachbar der Millers. Er nickte ihnen zu und rief mit breitem Grinsen: „Seltsame Tageszeit für eine Vergnügungsfahrt mit der Liebsten!“

Joel runzelte die Stirn. Er wußte, daß Henry Enns sie nur necken wollte, aber er fragte sich, ob nicht noch mehr dahintersteckte. Ja, Henry meinte seine Worte vermutlich ernst. Joel warf Ruthie einen verstohlenen Seitenblick zu. Was er sah, ließ ihn unruhig werden.

Im Laufe der Monate hatte er sie sehr gut kennengelernt, und er sah ihr an, daß ihre Gedanken in dieselbe Richtung gingen wie Henrys. Sie errötete und lächelte, dann rutschte sie unbehaglich auf dem Ledersitz herum. Ihr Arm berührte Joels Ärmel. Er spürte, wie er errötete.

Er mußte etwas tun, etwas sagen. Aber was? Was konnte er sagen, ohne sie zu verletzen? Er mochte sie ja tatsächlich sehr. Sein Mund wurde trocken, und er suchte nach Worten. Doch ihm fiel nichts Vernünftiges ein.

Ruthie bewegte sich wieder. Er hörte, wie sie einen Seufzer ausstieß. Sie schien vollkommen im Frieden mit sich und ihrer Beziehung zu sein. Aber vielleicht maß sie der Beziehung zuviel Bedeutung bei, interpretierte mehr hinein, als Joel zu geben bereit war oder geben konnte.

Wieder suchte er nach einem Weg, dieses Thema anzusprechen. Schließlich richtete er sich auf und wandte sich ihr zu. „Denkst du auch, daß wir umeinander werben?“

Ruthie lächelte ein wenig verlegen, aber sie nickte.

„Warum?“ Die Frage klang zu kurzangebunden, das merkte er, sobald er sie ausgesprochen hatte.

Ihr Lächeln wurde unsicher, doch sie hielt seinem Blick stand. „Weil wir viel zusammen sind, Joel. Und wir genießen es, wenn wir zusammen sind. Das können alle sehen.“

„Ja, aber ...“ Joel konnte nicht leugnen, daß er sehr viel Zeit mit dem jungen Mädchen verbrachte. Auch mußte er zugeben, daß er ihre Gesellschaft wirklich sehr genoß. Aber um sie werben? Er seufzte tief auf. Nein, das war das Vorrecht junger Männer mit einer Zukunft. Er hatte Ruthie nichts zu bieten, nicht einmal Zeit.

„Was ist los, Joel?“

„Du weißt doch, daß ... ich kann nicht ...“

Der Blick des Mädchens wurde traurig. „Du bist nicht gern mit mir zusammen?" fragte Ruthie offen.

„Du weißt, daß ich dich gern habe. Es ist nur ... du weißt doch, was los ist. Mir geht es nicht gut, Ruthie." Er blickte sie schmerzerfüllt an. „Ich kann nicht einmal sagen, wie lange ich noch zu leben habe."

Schüchtern legte Ruthie ihre Hand über seine. Joel spürte ihren Körper an seiner Seite. Er wagte nicht, sie anzusehen. „Ich weiß, daß dein Herz krank ist", sagte sie mit klarer und zuversichtlicher Stimme. „Ich weiß es, und ich bete dafür."

„Aber Ruthie ..."

„Warte Joel. Niemand kann sagen, wann es Zeit ist, Abschied zu nehmen. Gott schenkt uns die Stunden oder Tage. Wir sollen den Zeitpunkt gar nicht kennen, sondern nur leben und ihm, unserem Schöpfer, danken. Und wir sollen das Beste aus dem machen, was wir bekommen."

Joel konnte seine Gefühle nun nicht mehr länger für sich behalten. „Aber es wäre nicht gut, siehst du das denn nicht? Ich kann jederzeit sterben. Ich kann dir gar nichts versprechen, Ruthie. Nicht einmal, daß ich lange genug lebe, um dich zu heiraten, dir ein Heim zu bieten und mit dir Kinder aufzuziehen. Das möchte ich dir nicht antun, Ruthie. Das würde ich niemandem antun. Ich werde keine Versprechen machen, die ich nicht halten kann."

„Habe ich dich denn um ein Versprechen gebeten?"

„Nein, aber ..."

„Und das werde ich auch nicht tun. Aber wir können träumen und planen, Joel. Pläne können sich ändern – ohne verworfen zu werden. Und wenn es Gottes Wille ist ..."

Aber Joel schüttelte den Kopf. Sein ganzer Körper war in Aufruhr, und er konnte die Zügel nicht mehr ruhig halten. Das Pferd warf den Kopf zurück und begann, schneller zu laufen. Joel mußte sich jetzt voll und ganz auf das Kutschieren konzentrieren, aber er war dankbar für die schnellere Gangart. Plötzlich wünschte er sich, die Fahrt wäre vorüber, und er könnte sich aus dieser schwierigen Situation befreien. Er richtete sich auf und zog die Zügel an, um das Pferd, das mittlerweile zu galoppieren begonnen hatte, zu zügeln. Ruthie zog ihre Hand zurück und legte sie zu der anderen Hand auf ihren Schoß.

„Ich kann keine Pläne schmieden", verkündete Joel mit einer Entschlossenheit, die schon beinahe an Kälte grenzte. „Für mich gibt es kein Morgen, das ich mit jemandem teilen kann. Ich werde dies nicht noch einem anderen Menschen aufbürden."

Ein schneller Seitenblick ließ ihn erkennen, daß Tränen in Ruthies Augen standen. Sie hatte ihr Kinn vorgeschoben. „Du bist sehr eigensinnig, Joel Grimes. Kannst du denn keinen Raum lassen für die Liebe - oder ein Wunder?"

„Nein", erwiderte er, und sofort wurde ihm klar, daß er tatsächlich eigensinnig war. „Nein, ich erwarte keine Wunder. Und es wäre gut für dich, wenn auch du keine erwarten würdest."

Während ihrer zweiten Fahrt nach Riverdale pochte Sabrinas Herz zum Zerspringen. Und wenn ihre Eltern sie nun gar nicht kennenlernen wollten? Wenn sie sie gar nicht mochten? Warum hatten sie sie eigentlich zur Adoption freigegeben? Und wenn der Grund ihr nun gar nicht gefallen würde? Würde sie das alles verkraften können?

Kenneth hielt schließlich in einer Straße an, die ähnlich aussah wie alle anderen, durch die sie gefahren waren. Er deutete auf ein Haus vor ihnen. „Da hinten, das zweite auf der rechten Seite."

Sabrinas Atem kam stoßweise. Sie betrachtete das kleine Häuschen. „Und du bist sicher, daß es das richtige ist?"

„Wenn die Adresse, die der Doktor dir gegeben hat, stimmt, dann ist es dieses Haus." Er betrachtete es durch die Windschutzscheibe. „Ich kann niemanden sehen."

„Nein." Sie preßte ihre Hand auf ihr Herz, so als könnte sie ihren Herzschlag dadurch beruhigen. Sie versuchte sich die Menschen vorzustellen, die in diesem Haus lebten. Der kleine

Vorgarten war durch einen weißen Zaun und durch eine ordentlich geschnittene Hecke begrenzt. „Ich habe solche Angst."

„Das verstehe ich." Er griff nach ihrer Hand. „Bist du sicher, daß du dazu schon bereit bist?"

„Ich denke schon." Sie blickte ihn an. Zögernd fragte sie: „Würdest du ... würdest du bitte erst mit mir beten?"

„Du weißt gar nicht", sagte er, „wie oft ich davon geträumt habe, daß du diese Worte zu mir sagst."

Sie neigte den Kopf und hörte ihn sagen: „Himmlischer Vater, wir sind so dankbar für diesen Augenblick. Dankbar, daß wir ihn gemeinsam und mit dir erleben können. Sei bei Sabrina, lieber Vater, wenn sie diesen Schritt in einen neuen Lebensabschnitt wagt. Führe sie, beschütze sie, tröste sie. Wir bitten dich in Jesu Namen. Amen."

„Amen", murmelte Sabrina und hob den Kopf. Ihr Blick fiel auf eine dunkelhaarige kleine Frau auf der Eingangsstufe. Mit einer Hand hielt sie die Tür fest, so als hätte sie Angst, sie loszulassen. Sie starrte auf den Wagen."

Plötzlich schien Sabrina nicht mehr fähig, die Wagentür zu öffnen. Kenneth griff an ihr vorbei und öffnete sie für sie. „Gott wird bei dir sein, Liebling."

Diese Worte gaben ihr die Kraft, sich zu rühren. Als sie ausstieg, preßte die Frau vor dem Haus die Hand auf ihren Mund und begann, die Stufen hinunterzusteigen. Sabrina machte einige zaghafte Schritte auf sie zu.

Die Frau ging zögernd vorwärts und flüsterte schließlich: „Katherine?"

Sabrina spürte, wie sich beim Klang dieses Namens ihr Herz schmerzhaft zusammenzog. „Mrs. Grimes?"

„Oh Katie ..." Die Frau rannte los, blieb aber dann mit halb erhobenen Armen stehen. Tränen liefen über ihre Wangen. Sie streckte ihre zitternde Hand aus, unfähig, weiterzugehen. Auch Sabrina standen nun Tränen in den Augen. Sie machte noch einen zaghaften Schritt, und plötzlich lagen sich die beiden in den Armen. Die Frau streichelte Sabrinas Haar und ihren Rücken und murmelte wieder und wieder: „Katie, oh meine kleine Katherine."

Und plötzlich weinte auch Sabrina. Teils weil die Suche nun endlich zu Ende war, teils wegen der traurigen Begebenheiten, die sie an diesen Ort geführt hatten. Aber auch weil sie nicht gewußt hatte, daß ihr Name früher einmal Katherine gewesen war.

„Das ist also dein junger Mann“, sagte Martha Grimes zum fünften oder sechsten Mal. „Wie nett, ihr seid so ein gutaussehendes Paar.“

„Vielen Dank. Das ist alles noch sehr neu für uns“, gestand Sabrina errötend. Sie rutschte unruhig hin und her. Ihre neu entdeckte Liebe machte sie verlegen. Während sie sich bemühte, ihre Gefühle wieder unter Kontrolle zu bekommen, ließ sie ihren Blick durch den Raum wandern. Alle Einrichtungsgegenstände darin waren schon sehr alt und sahen mitgenommen aus. Die Bezüge der ausgesessenen Sitzmöbel waren verschlissen, der Couchtisch verschrammt. Die Regale waren fast leer und das Fernsehgerät schon sehr alt.

„Und du hast ihn mitgebracht, damit er uns kennenlernt.“ Martha strahlte Kenneth an. „Ich freue mich so für euch beide.“

„Es ist mir eine Ehre, Sie kennenzulernen, Mrs. Grimes.“

„Bitte nennen Sie mich doch Martha. Was machen Sie beruflich?“

„Ich arbeite in Sabrinas Firma, der *Rothmore-Versicherung.“*

„Wie nett. Es ist schön, wenn man etwas hat, das man miteinander teilen kann, nicht wahr, Harry?“

„Durchaus“, stimmte ihr Mann zu.

Sabrina blickte von einem zum andern. Es war bemerkenswert, wie wenig sie sich für den Rothmore-Reichtum zu interessieren schienen. Trotz ihrer offensichtlich bescheidenen Verhältnisse galt ihr Interesse nur ihr, wenn sie ihr zuhörten, wie sie von ihrer Familie und den Umständen erzählte, unter denen sie als Tochter eines erfolgreichen Geschäftsmannes aufgewachsen war. Sie freuten sich für sie und schienen vollkommen mit dem zufrieden zu sein, was sie besaßen.

Sie wandte sich wieder der Frau zu, die neben ihr saß. Seit Martha sie draußen vor dem Haus umarmt hatte, hatte sie Sabrinas Hand nicht wieder losgelassen. Nicht einmal das trübe Licht des Zimmers konnte das Strahlen dämpfen, das auf dem Gesicht der Frau lag und auf dem ihres Mannes. Sabrina betrachtete den schweigenden Mann und entdeckte darin dasselbe Leuchten wie in den Augen der Frau. „Ihr wirkt beide so glücklich."

Aus irgendeinem Grund veranlaßte dies Martha und Harry, einen langen Blick auszutauschen. Schließlich erwiderte Harry: „Ja, das sind wir auch. Endlich."

„Es hat lange gedauert", stimmte Martha zu.

Harry wandte sich an Sabrina und erklärte ihr: „Das haben wir Joel zu verdanken."

„Es war Gottes Werk", korrigierte ihn seine Frau leise.

„Das stimmt." Wieder sahen sie sich an. „Aber Joel hat uns den Weg gezeigt."

„Sie sind Christen", bemerkte Kenneth. „Das ist wundervoll."

Aber Sabrina war mit ihren Gedanken noch bei dem, was sie gerade gesagt hatten. „Es tut mir leid", stammelte sie. „Aber wer ist Joel?"

Bei dieser Frage traten Martha wieder Tränen in die Augen. „Ach, mein liebes, süßes Kind. Das weißt du ja gar nicht."

„Wie sollte sie?" murmelte Harry.

„Nein, natürlich nicht." Martha putzte sich die Nase und bemühte sich, ihre Fassung wiederzugewinnen.

„Was weiß ich nicht?" fragte Sabrina schwach.

„Du hast einen Bruder", erklärte Martha leise. „Er heißt Joel."

„Einen Bruder?" Sabrina war erschüttert. Einen Bruder? Sie hatte sich immer einen Bruder gewünscht. Hatte um einen Bruder gebettelt, und jetzt stellte sie fest, daß sie ja einen Bruder hatte, den sie nicht einmal kannte. Alles war so überwältigend. „Wo ist er?" brachte sie schließlich heraus.

„Oh, er ist nicht hier", beeilte sich Martha zu sagen. „Ich weiß, er würde sich genauso freuen wie wir, wenn er nur ..."

Als Martha abbrach, mußte Sabrina mehrmals durchatmen, bevor sie die Kraft fand zu flüstern: „Weiß er denn nichts von mir?“

Martha senkte den Kopf und fingerte an dem Taschentuch auf ihrem Schoß herum. „Nein“, sagte sie besorgt. „Nein ... wir haben es ihm nie gesagt.“

„Aber warum ...“ Sabrina konnte die Frage nicht zu Ende aussprechen.

Trotzdem lösten ihre Worte bei Martha eine neue Tränenflut aus. „Dich zu verlieren, war zu schmerzlich, um auch nur darüber zu sprechen.“

„Sogar untereinander haben wir nie darüber gesprochen“, fügte Harry leise hinzu. „All die vergeudeten Jahre“, murmelte er.

„Wir konnten nicht einmal miteinander sprechen ... bis ... vor kurzem.“ Weinend ergänzte Martha: „Und erst nachdem Joel uns dazu gebracht hat, uns unseren Bedürfnissen zu stellen. Nachdem der Doktor ...“ Sie konnte nicht fortfahren. Ihre Schultern bebten.

Harry erhob sich und legte beschützend den Arm um sie. Unbeholfen streichelte er sie, um sie zu trösten. Er blickte Sabrina an und sagte: „Das ist wirklich Gottes Werk. Er hat dich zu uns geführt.“

Sabrina spürte, daß irgend etwas nicht stimmte. Dies waren nicht nur die aufgestauten Gefühle der verlorenen Jahre. Trotz der Freude des Wiederfindens spürte sie bei ihren leiblichen Eltern eine verborgene Traurigkeit.

„Oh Harry, müssen wir jetzt davon sprechen?“ fragte Martha, die sich bemühte, ihren Tränenstrom aufzuhalten.

„Ich denke schon, aber wenn du lieber ...“

Martha zögerte, dann senkte sie den Blick und seufzte: „Nein, nein, ich denke, sie sollte alles erfahren.“

Sabrina spürte, wie eine eiskalte Hand nach ihrem Herzen griff. „Was sollte ich erfahren?“

„Dein Bruder“, erwiderte Harry Grimes leise. „Es geht ihm nicht gut.“

„Es ist sein Herz“, erklärte Martha und wischte sich erneut die Tränen ab. „Die Ärzte – sie sagen, sie könnten nichts tun.“

Der letzte Teil des Satzes war so leise, daß Sabrina sich fragte, ob sie richtig verstanden hatte.

Nein. Nein. Sabrina kämpfte gegen die Tatsache an, daß sie einen Bruder gefunden hatte, um ihn dann gleich wieder zu verlieren.

„Liegt er im Krankenhaus?" hörte sie Kenneth für sie fragen.

„Nein, er ist ..." begann Martha.

„Liebling - ich denke, wir sollten ihr alles von Anfang an erzählen."

Sabrina hörte nun die ganze Geschichte. Wie die beiden jungen Leute sich kennenlernten, als das Land gerade in den Krieg eintrat. Die wenigen kurzen, aber glücklichen gemeinsamen Wochen. Der Krieg. Die Verletzung und der Verlust von Harrys Erkennungsmarke. Die Sorge einer jungen Mutter, die sich für eine Witwe hielt und das Baby aufgab, das sie liebte und sich so gewünscht hatte. Von Harrys Rückkehr zu einer leeren Wiege und einer trauernden Frau hörte sie, und daß Harry den Verlust seiner Gesundheit, seines Berufes und seiner Tochter, die er nie kennengelernt hatte, nicht verkraften konnte. Und dann kam Joel, doch seine Ankunft konnte die tiefe Kluft zwischen den Eltern nicht überbrücken. Sie erzählten von Marthas Unfall und dem allmählichen Zusammenbruch einiger unsichtbaren Mauern, von Joels Freundschaft mit den Millers und wie er den Glauben gefunden und an seine Eltern weitergegeben hatte in einem Augenblick, wo sie ihn am dringendsten brauchten. Die Diagnose des Arztes war grausam gewesen, doch mit Gottes Hilfe hatten sie es geschafft, sie zu ertragen. Und jetzt war Sabrina - ihre kleine Katherine - wieder in ihr Leben getreten. Das war ganz sicher Gottes Werk.

Sabrina wischte sich die Tränen von den Wangen, während sie die Lebensgeschichte ihrer Eltern hörte. Warum war das alles passiert? Warum die seltsamen Umstände und Windungen, die sie auseinandergerissen und schließlich wieder zusammengeführt hatten?

Und sie hatte einen Bruder. Einen jüngeren Bruder. Sabrina spürte, daß ihre Grenzen erreicht waren. Sie konnte emotional einfach nichts mehr verkraften. Sie erhob sich und schüttelte den Kopf, als würde ihr das helfen, ihre Gedanken zu ordnen. „Ich ... ich muß jetzt gehen", stammelte sie.

„Oh wirklich?" Martha erhob sich mit ihr, hielt Sabrinas Hand, als wollte sie sie nie wieder loslassen. Aber Marthas Protest fehlte die Überzeugung. Ganz offensichtlich waren alle von den Ereignissen des Tages überwältigt.

Harrys verwundetes Bein schmerzte, als er sich mühsam erhob. „Wann werden wir dich wiedersehen?"

„Bald", versprach Sabrina. Sie würde zurückkommen. Sobald sie zu Atem gekommen war und über alles nachgedacht hatte. Aber zuerst mußte sie Joel sehen. „Wo finde ich Joel?"

Martha blickte ihren Mann fragend an und stammelte: „Oh Harry, ist das nicht vielleicht zuviel für sein krankes Herz?"

Aber Harry schüttelte den Kopf. „Emotional ist er der stärkste Mann, den ich je kennengelernt habe. Er würde nicht tun können, was er tut, wenn er es nicht wäre. Es wird ihm nicht schaden."

Sabrinas Aufmerksamkeit war von einem einzigen Wort gefangengenommen. Mann. Harry hatte den kleinen Bruder, den sie gar nicht kannte, einen Mann genannt. Wieder hatte sie das Gefühl, daß ihr alles zuviel wurde. „Ich muß jetzt wirklich gehen." Kenneth nahm beschützend ihren Arm.

Die Grimes' begleiteten die beiden nach draußen. Sabrinas Aufmerksamkeit war von Harrys leichtem Hinken gefesselt. Es war, als läge in diesem Bein das Geheimnis der fehlenden Jahre. Kenneth ging neben ihr. Er sagte kein Wort, sondern blieb dicht bei ihr, damit sie aus seiner Nähe Kraft schöpfen konnte.

„Er hält sich im Augenblick auf einer mennonitischen Farm nördlich von Philadelphia auf", erklärte Harry. „Er und sein Freund arbeiten bei einer Mission mit."

„Joel ist ein so prächtiger Junge", sagte Martha stolz. „Ich werde dir das nächste Mal seine Briefe zeigen. Sie sind so voller Liebe und Wärme, daß man am liebsten weinen möchte."

„Als wir das letzte Mal miteinander gesprochen haben, hat Joel erzählt, er hätte Nöte entdeckt, von denen er nicht einmal gewußt hatte, daß sie existieren." Harry lehnte sich an das Geländer der Veranda, den Arm um die Schultern seiner Frau gelegt. „Joel kam für eine Weile nach Hause, aber er konnte sich hier nicht einleben. Er hat immer wieder von der Not dort draußen gesprochen und davon, daß er etwas tun wollte, bevor – nun ja, solange er es noch kann."

„Er hat gemeint, es sei ein Auftrag", fügte Martha hinzu. „Eine Berufung von Gott. In seinem letzten Brief schrieb er, er hätte entdeckt, worum es im Leben eigentlich ginge."

„Sie arbeiten bei einer Gruppe mit, die sich um Ausreißer kümmert, um Kinder, die von zu Hause weglaufen und in die großen Städte gehen", erklärte Harry. Dieser Gedanke betrübte ihn offensichtlich.

Kenneth ergriff zum ersten Mal das Wort. „Meine Gemeinde hat ebenfalls eine solche Arbeit begonnen. Hier, in der Nähe von Washington, wird dieses Problem immer größer."

Martha wollte Sabrinas Hand noch immer nicht loslassen. „Ich vermisse meinen Jungen", gestand sie leise.

„Er tut Gottes Werk", beruhigte Harry sie leise. „Wenn man seine Briefe liest, kann man nicht einen Augenblick daran zweifeln. Aber es fällt uns schwer, ihn nicht bei uns zu haben, wo wir nicht wissen, wie lange ..."

„Hier." Martha griff in ihre Tasche und holte einen Stift und einen Zettel hervor. Sie ließ Sabrinas Hand los und schrieb etwas auf den Zettel, dann reichte sie ihn Sabrina. „Das ist die Adresse der Millers. Sie haben kein Telefon. Ich werde ihm heute noch einen Brief schreiben und ihm alles erzählen. Und warum schreibst du Joel nicht selbst?"

„Vielen Dank", sagte Sabrina und nahm den Zettel, doch sie wußte, sie konnte sich nicht die Zeit nehmen, einen Brief zu schreiben.

„Ich weiß, wie beschäftigt ihr sein müßt", sagte Martha. „Aber wollt ihr nicht nächste Woche mal zum Abendessen kommen?"

Sabrina las das Flehen in den Augen der Frau und wußte, sie konnte ihr nichts abschlagen. „Wann immer du möchtest", sagte sie und drückte ihre schmale Hand. „Das wäre wundervoll."

Auf der Rückfahrt nach Washington wechselten sie kaum ein Wort miteinander. Sabrina hatte so viel zu verarbeiten, daß es ihr beinahe zuviel wurde. Die Eindrücke, Gefühle und Bilder wirbelten in ihrem Kopf durcheinander. Sie lehnte ihren Kopf gegen die Kopfstütze und ließ alles auf sich einwirken.

Kenneth spürte offensichtlich ihr Bedürfnis nach Ruhe. Dann und wann griff er hinüber und streichelte ihre Hand, um sie daran zu erinnern, daß er bei ihr war. Jedesmal spürte sie die beruhigende Wirkung seines Verständnisses und seiner Liebe.

Allmählich konnte sie den Faden erkennen, der sich durch alle ihre Gedanken zog. Immer wieder fiel ihr auf, welchen Einfluß der Glaube auf die Menschen in ihrer Umgebung gehabt hatte - auf ihren Vater Lawrence, auf ihre geliebten Bertie und Maggie, auch wenn sie es nicht erkannt hatte, auf Kenneth und jetzt auf die Grimes'. ...

Seltsam, daß sie gerade jetzt daran denken mußte oder vielleicht auch nicht, dachte sie, während sie aus dem Fenster starrte. Die Macht Gottes hatte sich an diesem Tag in so vielem gezeigt - zum Beispiel in der Veränderung in Harrys und Marthas Beziehung. Sie zweifelte nicht einen Augenblick daran, daß das, was sie ihr erzählt hatten, stimmte.

Diese Macht des Glaubens zeigte sich auch bei Kenneth, in seinem Frieden, seinem stillen Verständnis, seiner Geduld. All das waren in gewisser Weise Geschenke. Sie hatte das nie so gesehen, aber es stimmte. Er schenkte ihr, was er durch den Glauben gelernt hatte.

Während sie durch die bunt gefärbten Herbstwälder fuhren, wurde ihr klar, daß es an der Zeit war, ihm auch etwas zu schenken. Aber was? Sie blickte Kenneth an, diesen lieben Mann, der ihr durch so vieles hindurchgeholfen hatte, und sie fragte sich, was sie und ihr schwacher Glaube ihm wohl zu bieten hatten.

Als Kenneth vor ihrem Wohnheim vorfuhr und den Motor

abstellte, sagte er: „Du wirst nicht warten und Joel zuerst schreiben, nicht?“

Seine Fähigkeit, ihre Gedanken zu erfassen, war ein weiteres kostbares Geschenk, vor allem jetzt. „Ich kann nicht.“

„Ich werde mir in dieser Woche nicht noch einen Tag freinehmen können“, entschuldigte er sich. „Als erstes muß ich mich morgen früh mit den Rechtsanwälten zusammensetzen. Der beste Weg, Abigail und Randolf Einhalt zu gebieten, ist, ihnen zuvorzukommen. Ich muß ...“

„Ich verstehe“, sagte sie schnell. Wie dringend diese Angelegenheiten auch waren, sie wollte jetzt nicht darüber sprechen. „Ich kann mit dem Zug fahren.“

Kenneth widersprach ihr nicht. „Wann willst du fahren?“

„Morgen“, erwiderte sie, ohne zu zögern. *Ein Bruder.*

„Vielleicht ist es sowieso besser, wenn du allein fährst“, sagte er langsam.

Sie versuchte auszusprechen, was sie empfand. „Du wirst bei mir sein“, sagte sie leise. „In meinem Herzen, wo es am meisten zählt.“

Sein Blick gewährte ihr einen kurzen Einblick in die Tiefen seiner Seele. „Nach allem, was du durchgemacht hast, ist das ein wundervoller Satz“, sagte er. „Vielen Dank.“

Und sie wußte, daß sie ihm wenigstens ein kleines Geschenk hatte machen können. „Das ist eine Lektion, die du mir beigebracht hast.“ Sie nahm seine Hand und spürte seine Wärme und seine Kraft. Dies war ein wirklich guter Mann. „Würdest du jetzt noch einmal mit mir beten?“

22

„Es ist sehr freundlich von Ihnen, mich einzuladen", sagte Sabrina. Sie saß am Küchentisch der Millers und fühlte sich irgendwie fehl am Platze, aber trotzdem herzlich willkommen.

„Joels Schwester", wiederholte Mr. Miller und schüttelte erneut den Kopf. „Ich hätte nie gedacht, daß eine so freudige Nachricht ein solcher Schock sein könnte."

Mrs. Miller erhob sich und griff nach Sabrinas Teller. „Kommen Sie, ich hole Ihnen noch ein Stück Kuchen."

„Nein, wirklich, ich kann nicht mehr. Vielen Dank." Sabrina sah sich in der großen Küche mit ihrem sauber gearbeiteten Tisch und den Stühlen um, auf denen die Leute mit ihrer komischen Sprache und ihren seltsamen Kleidern saßen. Obwohl ihr alles fremd war, spürte sie doch den Frieden, der diese Räume durchdrang. Und noch etwas anderes, in ihren Gesichtern entdeckte sie dasselbe Leuchten wie in denen von Martha und Harry Grimes.

Mit dem Zug war sie zuerst nach Philadelphia und dann nach Lansdale gefahren. Sie war gar nicht traurig darüber, daß dringende geschäftliche Angelegenheiten Kenneth gezwungen hatten, in Washington zu bleiben. Es war gut, daß sie diese Entdeckungsreise allein unternahm. Während der Reise hatte sie Gelegenheit gehabt, ihre Gedanken und Gefühle zu ordnen. So vieles war passiert, und in so rascher Abfolge.

Während der Zugfahrt hatte Sabrina auf einmal festgestellt, daß sie betete. Es ging ihr ganz natürlich über die Lippen, wie ein Gedanke an Kenneth, an sein Lächeln und seine Kraft, seine

Sorge um sie. Sie hatte die Augen geschlossen und lehnte ihre Stirn gegen das Zugfenster. *Hilf mir, Vater,* hatte sie gebetet, und dieses Mal war es ihr aus dem Herzen gekommen. *Hilf mir, dich kennenzulernen. Hilf mir, zu verstehen. Hilf mir, das Leben, die Freude und das Licht zu verstehen, das ich in den Augen anderer Christen erkenne. Hilf mir, zu verstehen, was Erlösung bedeutet.*

Dieses Gefühl des Friedens hatte sie während der restlichen Zugfahrt und der Fahrt mit dem Taxi zur Farm der Millers begleitet. Sie hatte sich nicht anmelden können, da sie kein Telefon hatten. Aber das hatte nichts ausgemacht, denn sie war trotzdem herzlich bei ihnen aufgenommen und sofort in die Küche gezogen worden, wo die Millers ihr Kaffee und frischen Kuchen vorgesetzt hatten. Sie hatten ihr erklärt, Joel sei im Augenblick nicht da, sondern arbeite in der Stadt bei der Mission.

Ihr ältester Sohn mit Namen Simon erhob sich. „Vielleicht möchten Sie jetzt die Farm sehen?"

„Ja, vielen Dank." Sie gab das freundliche Lächeln der Familie zurück; nur die junge Frau mit Namen Ruthie blieb still und traurig am Tisch sitzen und beobachtete sie mit einem unerklärlichen Gesichtsausdruck. „Sie sind alle so freundlich zu mir gewesen."

Simon ging mit ihr zur Pferdekoppel hinüber. „Ich bin heute zu Hause geblieben, um hier bei der Arbeit zu helfen", erklärte er ihr. „Papa hat gute und schlechte Tage. Heute geht es ihm mal wieder nicht so gut."

Die Spätherbstsonne verwandelte die Weide in glitzerndes Gold. Die Pferde entdeckten sie und kamen zum Zaun getrottet. Das beharrlichste Pferd war eine haselnußbraune Stute, deren Nüstern bereits grau wurden. „Das ist Missy. Mein Vater hat sie in dem Jahr vor meiner Geburt gekauft. Sie ist jetzt schon sehr alt. Wir lassen sie faulenzen. Sie arbeitet nicht mehr auf der Farm."

Die Stute schien zu wissen, daß sie über sie sprachen, denn sie warf den Kopf zurück und schnaubte, bevor sie noch näher herankam und ihren Kopf auf den Zaunmast legte. Sie stupste erst Simons Hand an und wandte ihre Aufmerksamkeit dann Sabrina zu.

Sabrina streichelte ihren großen Kopf und den Nacken. Das Pferd stupste sie an der Schulter. „Sie ist wundervoll."

Simon beobachtete sie überrascht. „Sie sucht nach Zucker. Das ist ein Spiel, das wir immer spielen. Aber ich habe noch nie erlebt, daß sie das bei einem Fremden gemacht hat. Können Sie reiten?"

„Ich bin früher geritten, aber schon seit Jahren nicht mehr."

„Manchmal denke ich, daß die Pferde vieles besser verstehen als die Menschen, die Hunde auch. Sie führen ein so einfaches Leben."

„Ihr haltet an vielen einfachen Dingen fest."

„Ja." Er beobachtete, wie sie ihre Wange an den Pferdekopf legte und dafür mit einem leisen Wiehern belohnt wurde. „Sie können genauso gut mit Tieren umgehen wie Ihr Bruder. Vermutlich spüren sie Ihr gutes Herz."

Sie wandte sich zu Simon um. Das Pferd war enttäuscht von ihrer Bewegung und stupste sie. Sie streichelte es und fragte: „Wo ist mein Bruder, Simon? Ich muß ihn sehen."

„Er ist heute ohne mich zur Mission in Lansdale gefahren." Er nickte langsam. „Ich glaube, es ist sehr gut, daß Sie da sind. Joel braucht uns alle, damit wir ihm über diese Zeit hinweghelfen. Er ist sehr tapfer - aber es tut ihm weh, nicht nur sein Herz, das nicht richtig schlägt."

Er starrte auf die Felder und die sanften Hügel hinaus. Sabrina trat von einem Fuß auf den anderen. Sie hatte das Gefühl, daß Simon ihr noch mehr über ihren Bruder sagen wollte, aber sie wollte ihn nicht drängen.

Schließlich seufzte er. Mit einem Kopfnicken zum Haus hin fuhr er fort. „Unsere Ruthie - sie liebt Ihren Joel. Das ist kein Geheimnis. Sie kann es nicht verbergen. Und Joel, er erwidert diese Liebe. Nur hat Joel mich gefragt, was er ihr geben könne, wo er nur noch so wenig Zeit habe. ‚Liebe', habe ich ihm gesagt, ‚solange Gott es dir gestattet.' Aber diese Antwort genügt ihm nicht. Deshalb hat Joel nicht nur ein krankes Herz, es ist auch gebrochen."

Sabrina spürte, wie Tränen in ihren Augen aufstiegen. Tränen für den Bruder, den sie nicht kannte. „Ich wünschte, ich könnte etwas für ihn tun", flüsterte sie leise.

„Genau das würde auch unser Joel sagen." Simon lächelte sie strahlend an. „Das ist schon ein toller Mann, Ihr Bruder. Er kann schweigend mehr ausdrücken als die meisten Leute mit einer Million Worte." Er starrte hinaus auf die Koppel. „Er versteht diese Menschen, die Ausreißer. Er weiß, daß sie voller Mißtrauen sind, aber trotzdem spricht er mit ihnen. Herz spricht zu Herz, und ihre Herzen hören zu."

Sabrina hatte das Gefühl, als würde sie durch die Nebel verlorener Zeit hindurchgreifen und sich bemühen, einen Mann zu verstehen, den sie noch gar nicht kannte - ihren Bruder. „Warum kann er das?"

Simon brauchte lange, um diese Frage zu beantworten. „Weil", erwiderte er schließlich, „Joel ein Waise des Sturmes ist - des Lebenssturmes - genau wie Sie. Er ist zuviel und zu lange allein gelassen worden. Er versteht ihre Traurigkeit, und er spricht ihre Bedürfnisse an."

„Ich ..." Sabrina brach ab, als sie Ruthie herankommen sah. Sie hatte jetzt eine ganz neue Einstellung zu diesem Mädchen. Sie wünschte, sie könnte sie erreichen, ihren Schmerz lindern, den Schmerz der Liebe und der Trauer.

Die junge Frau kam heran und blieb vor Sabrina stehen. „Fahren Sie zu Joel?" fragte sie mit ihrer melodiösen Stimme.

„Ja", erwiderte Sabrina mit einem leichten Nicken.

„Würden Sie ihm von mir etwas ausrichten?"

„Natürlich", entgegnete Sabrina bewegt.

Traurigkeit legte sich auf ihre Gesichtszüge. „Sagen Sie ihm: Geh nicht jetzt, geh nächstes Mal."

Sabrina war nicht sicher, ob sie richtig verstanden hatte. „Aber er ist doch bereits in der Stadt."

„Er wird es verstehen." Abrupt zog Ruthie Sabrina in ihre Arme, dann ließ sie sie los und drehte sich um. Doch Sabrina hatte die Tränen in ihren Augen gesehen.

Sabrina sah Ruthie nach, die zum Haus zurückging und sich mit der Hand über die Wangen fuhr, um die Tränen fortzuwischen. Sabrina konnte nun nicht mehr verhindern, daß ihre Tränen wieder zu fließen begannen.

Am Spätnachmittag trotzte Joel dem kalten Wind, um bei der ‚Straßenpatrouille' zu helfen, wie die Gemeindeleute diese Aktion nannten. Am frühen Morgen und kurz vor Einbruch der Dunkelheit suchten sie die Straßen nach neuen Gesichtern ab, die sich unter Decken zusammenkauerten oder in den alten Fahrzeugen schliefen, die sie in die Stadt gebracht hatten.

Lansdale wurde häufig das Tor zum *Pennsylvania Dutch Country* genannt. Es war ein malerischer Ort mit Gebäuden aus dem Bürgerkrieg und großen, mit Bäumen gesäumten Alleen. Junge Leute auf dem Weg nach New York, Boston oder Washington machten hier Station. Ein paar Tage, oder Wochen - oder auch Monate. „Blumenkinder" wurden diese jungen Leute genannt. Joel hatte wie die anderen Gemeindeglieder das Gefühl, etwas für diese Verlorenen tun zu müssen.

Die Schatten wurden länger, und die Nacht legte bereits ihre kalte Decke über die Stadt, als Joel eine zerlumpte Gestalt in einem Hauseingang entdeckte. Er überquerte die Straße und sah, daß sich drei Gestalten zitternd unter einer Decke zusammenkauerten.

Beim Näherkommen machte er soviel Lärm wie möglich. Einer der Köpfe fuhr hoch, dann ein anderer. Drei junge Mädchen, das älteste kaum älter als sechzehn, starrten ihn verschlafen an. Furcht schien ihnen in ihren jungen Gesichtern geschrieben zu stehen, ein Ausdruck, den er nur zu gut kannte. Es bedeutete, daß sie lange genug unterwegs waren, um die Härte eines Lebens allein auf sich selbst gestellt zu kennen.

„Guten Abend", sagte er sanft, aber er lächelte nicht. Mittlerweile hatten sie vermutlich gelernt, daß sich hinter einem Lächeln Gefahr und Täuschung verbergen konnte.

Die Mädchen beobachteten ihn genau. Ihre Körper waren angespannt; sie waren bereit zu fliehen, sobald sich das als notwendig erweisen sollte. „Ich heiße Joel. Habt ihr schon einmal von der Mennonitengemeinde hier in Lansdale gehört?"

Es folgte ein langes Schweigen, bis das Mädchen in der Mitte leicht den Kopf schüttelte.

„Wir führen hier in Lansdale ein Missionshaus. Dort gibt es heiße Suppe. Habt ihr heute schon etwas gegessen?“

Ihre eingefallenen Wangen sagten ihm alles. Joel wartete nicht auf ihre Antwort. „Hier draußen ist es sehr kalt“, sagte er, wobei er sich bemühte, in ihrer Sprache zu sprechen, sie aber gleichzeitig seine Anteilnahme spüren zu lassen. „Ihr könnt so lange bleiben, wie ihr wollt, eine heiße Dusche nehmen, und ihr bekommt ein warmes Bett, solange ihr es braucht. Es gibt warmes Essen, und auch ein Arzt ist da. Wenn ihr wollt, benachrichtigen wir eure Eltern, daß es euch gut geht, aber wenn ihr nicht wollt, werden wir eure Wünsche respektieren.“

Joel wartete einen Augenblick und betete im Stillen, Gott möge die Herzen der Mädchen anrühren. Dann streckte er ihnen eine Hand entgegen. „Es ist so kalt heute abend, und es sieht so aus, als würde es Schnee geben. Würdet ihr nicht gerne mitkommen und euch aufwärmen?“

Joel stellte Stühle auf und bereitete alles für den Abendgottesdienst vor. Die Gemeinde befand sich im Randbezirk der Stadt. Die Mission war im Erdgeschoß eines angrenzenden Gebäudes untergebracht. Sie hatten sehr schnell festgestellt, daß nur wenige dieser ausgebrannten jungen Leute das Wort Gottes sofort annahmen. Diese Kinder mußten das Leben in der Gemeinde erst einmal aus einer sicheren Entfernung heraus beobachten. Sie konnten im Aufenthaltsraum sitzen oder in der Küche helfen oder sich auch unterhalten. Joel freute sich immer sehr, wenn einer der Neuankömmlinge, nachdem er ein paar Tage lang das Gemeindeleben aufmerksam beobachtet hatte, zaghaft herüberkam, sich einen Platz suchte und auf das Wort Gottes hörte.

Aus den Augenwinkeln nahm Joel eine Bewegung wahr. Er hielt inne und drehte sich um.

Nicht daß das Mädchen schön gewesen wäre. Nein, die Gesichtszüge waren zu ausgeprägt, die Schultern zu breit, die Haltung zu hoch aufgerichtet. Dies war bestimmt kein Mensch, der eine Unterkunft suchte.

Sie stand da und betrachtete die Gesichter, die sich ihr zugewandt hatten. Joel ging auf sie zu. Die junge Dame war mit Sicherheit auch keine Sozialarbeiterin, so, wie sie gekleidet war. Sie trug ein hellgelbes Winterkostüm mit passenden Schuhen und Tasche. Ihr Haar glänzte, und die Haut war glatt und weich.

Offensichtlich suchte sie nach einem Ausreißer. Von Zeit zu Zeit kam das vor, doch normalerweise waren diese Leute ein wenig älter. Während er näherkam, fragte er sich, was sie an sich hatte. Irgend etwas an ihr war ihm seltsam vertraut. Etwas, das ihm eine Gänsehaut bereitete.

„Kann ich Ihnen helfen?"

Sie starrte ihn mit großen, funkelnden Augen an. „Joel?" Ein leises Zittern lag in ihrer Stimme. „Bist du Joel Grimes?"

Aus irgendeinem Grund war er nicht in der Lage zu antworten. Sein ganzer Körper schien zu beben. Er nickte kurz.

Sie zwang ein Lächeln auf ihr Gesicht. Offensichtlich war sie genauso nervös wie er. „Können wir uns irgendwo unterhalten?"

Joel schüttelte den Kopf. „Ich kann das alles kaum glauben ... Warum hat mir nie jemand etwas gesagt?"

„Ich habe dieselbe Frage gestellt. Sie sagten, es sei alles zu schmerzlich für sie gewesen. Sie hätten nicht einmal miteinander darüber sprechen können."

Sie saßen im Büro der Missionsstation, einem kalten, unpersönlichen Raum. Zum Glück waren sie hier ungestört. Als sie hereingekommen waren, hatten sie am Fenster Platz genommen. Joel hatte ihr Kaffee angeboten und mit den üblichen Fragen begonnen – bis ihm klar wurde, daß Sabrina nicht nach einem Ausreißer suchte.

Sabrina gab Joel Zeit, sich an den Gedanken zu gewöhnen, daß er eine Schwester hatte. Sie betrachtete ihn eindringlich. Seine Augen, seine Stirn und sein Kinn hatten dieselbe Form wie ihre. Bei ihm sah das gut aus, fand sie. Er war wirklich ein gutaussehender junger Mann. Ein wenig zu dünn und blaß, aber trotzdem attraktiv - und angenehm, vor allem seine Augen.

„Und du bist ganz sicher?" fragte er schließlich.

„Ja, ich bin ganz sicher."

Schweigen. Absolute Stille. Er nahm seinen Löffel und begann in seiner Tasse zu rühren. Sein Blick wanderte in eine Vergangenheit, die nur er kannte. „Das Gästezimmer", murmelte er, als würde er eine Frage beantworten.

Sabrina runzelte die Stirn. „Wie bitte?"

Aber Joel erklärte es ihr nicht. Er hob den Kopf und betrachtete sie eindringlich. Schließlich nickte er. „Ich denke, das erklärt vieles. So ungefähr." Er rührte noch immer in seiner Tasse. „Meine Schwester. Ich fasse es nicht."

„Dr. Austin hat uns beide auf die Welt geholt."

„Du machst Witze."

„Nein. ... Er ist derjenige, der mich zu deinen - zu unseren Eltern geführt hat." Sabrina beobachtete das Mienenspiel ihres Bruders.

„Und wo hast du dich die ganze Zeit lang versteckt?"

„Eine Familie in Washington hat mich adoptiert."

Er sah sie abschätzend an. „Und wie es aussieht, waren sie sehr wohlhabend."

Sabrina nickte. Es hatte keinen Zweck, das zu leugnen.

„Haben unsere Eltern angefangen, nach dir zu suchen?"

„Nein, ich habe nach ihnen gesucht."

„Und du hast sie gefunden. Wie?"

„Das war nicht leicht. Ein Freund von mir hat sich monatelang darum bemüht. Die Adoptionspapiere waren versiegelt. Wir mußten uns mit ein paar Hinweisen begnügen. Schließlich fand ich Dr. Austin. Er beschloß, einige Regeln zu brechen und hat mit ... mit Martha Verbindung aufgenommen."

„Warum hat Mom es mir nicht erzählt?"

„Sie hat es gerade erst erfahren und schreibt dir einen Brief.

Sie haben gesagt, es sei unmöglich, dich telefonisch zu erreichen. Vermutlich könntest du sie anrufen, andererseits ..."

„Und schon versucht sie, mich herumzukommandieren", sagte er, und beide lachten. „Ich bin sehr beschäftigt."

„Na ja, sie würden sicher gern von dir hören, vor allem jetzt ..."

Er blitzte sie an. „Was meinst du?"

„Du weißt schon." Sie holte tief Luft. „Sie vermissen dich, das ist alles", beendete sie lahm den angefangenen Satz.

Aber er verstand genau, was sie gemeint hatte. „Dann weißt du also alles, nicht?"

„Ich bin deine Schwester, Joel. Sie hatten das Gefühl – sie dachten, ich sollte alles wissen."

Joel wandte den Blick von ihr ab. Ganz offensichtlich gefiel es ihm nicht, daß eine Fremde von seiner Krankheit wußte. Sabrina fragte sich, ob sie ihn nicht doch vielleicht hätte vorwarnen sollen. Vielleicht wäre es besser gewesen, ihm zu schreiben. Vielleicht konnte er ihre Sehnsucht nach ihrer Familie nicht verstehen. Vielleicht würde sie ihm das auch niemals erklären können.

Aber sie mußte es wenigstens versuchen. Sie mußte offen und ehrlich sein und es riskieren, von ihm zurückgewiesen zu werden. „Ich möchte meine Familie kennenlernen. Wirklich", begann sie langsam.

Er zog die Augenbrauen in die Höhe. Ein schwaches Lächeln umspielte seine Lippen. „Hat es in deinem ganzen Leben jemals etwas gegeben, das du nicht haben konntest?"

Sie starrte ihn an und fragte sich, ob er sie als oberflächlich abtat. Wie konnte sie ihm ihr Leben in nur wenigen Worten erklären? Sabrina war versucht, diese Frage mit ein paar freundlichen Worten abzutun und auf eine bessere Gelegenheit in der Zukunft zu hoffen.

Aber irgend etwas in seinem Blick veranlaßte sie, tief durchzuatmen und die Wahrheit zu sagen. „Ich habe mir immer gewünscht, akzeptiert zu sein ... um meiner selbst willen geliebt zu werden. Daß man mit mir spricht, anstatt mir *befiehlt,* gerade zu sitzen oder meine Teetasse richtig zu halten. Mein Vater ... er hat mich geliebt ... so wie ich war, aber er ist – ich habe ihn verloren. Mutter ..." Es hatte keinen Zweck, ihm ihr Verhältnis zu ihrer Mutter zu erklären. „Ich war einsam", flüsterte sie.

Es dauerte einen Augenblick, bis er ihre zögernden Worte begriff. Sie beobachtete sein Minenspiel, beobachtete, wie eine einfache Erklärung einsank und alle Zweifel fortwischte.

Joel nickte langsam und sagte: „Dann haben wir doch viel gemeinsam. Mehr als ich dachte."

Sehr zu ihrem Erstaunen nahm er ihre Hand und drückte sie. Er blickte sie ruhig an. Alle Fragen waren nun aus seinem Blick gewichen und durch ein sanftes, aufrichtiges Lächeln ersetzt worden. „Ich bin sehr froh, daß du entschlossen - mutig - genug warst, uns zu suchen. Und mich zu suchen. Wirklich."

23

An diesem Abend rief sie Kenneth an. „Ich vermisse dich mehr, als ich je für möglich gehalten hätte."

Er schwieg so lange, daß sie sich schon fragte, ob sie weitersprechen sollte. Schließlich murmelte er: „Oh, Sabrina."

„Alles, was ich erlebe, alles, was passiert, möchte ich dir ganz genau erzählen", fügte sie eilig hinzu. Die Türen, die in ihrem letzten Gespräch geöffnet worden waren, hatten sich noch nicht wieder geschlossen. Und sie würden sich auch nie mehr schließen. „Ich wünschte, du wärst hier bei mir."

„Deine Worte klingen so", sagte er leise, „als hättest du meine Gedanken lesen können und genau gewußt, was ich so gern hören wollte."

„Es gibt so vieles, das ich dir sagen möchte", gestand sie. „Ich brauche deinen klaren Blick und deine Erfahrung, Kenneth."

„Wie läuft es?"

„Gut, denke ich." Sie erzählte, was sie erlebt hatte, von ihrem Besuch bei den Millers und der Begegnung mit ihrem Bruder. „Und jetzt habe ich das Gefühl, na ja, ich habe das Gefühl, daß wir alle uns gerade erst kennenlernen, lernen, uns untereinander zu verständigen", sagte sie. „Ich sehe in Joels Gesicht, das mir so vertraut erscheint. Und obwohl ich das Gefühl habe, ihn zu kennen, weiß ich eigentlich doch so wenig von ihm. So viele Jahre sind aufzuholen ..."

„Hab Geduld", warf Kenneth nach einer Weile ein. „Denk daran, er hat bis heute nicht einmal von dir gewußt, und du bist schon seit Monaten auf der Suche nach deiner Familie.

Ihr alle braucht Zeit, um euch an diesen Gedanken zu gewöhnen."

„Du hast recht", meinte sie nachdenklich.

„Wo bist du jetzt?"

„Ich habe mir hier in Lansdale ein Hotelzimmer genommen." Sie umklammerte den Telefonhörer. „Ich wünschte, ich könnte dich sehen."

„Soll ich kommen?"

„Geht das denn? Oh Kenneth, das wäre wundervoll. Aber ich dachte ..."

„Hier hat sich einiges getan", erklärte er lachend. „Auch ich habe einige Neuigkeiten für dich."

„Was denn?"

„Randolf und Abigail", verkündete er, „lassen die Angelegenheit auf sich beruhen."

„Was?" Sie sprang auf.

„Wie es scheint, haben ihre Anwälte ihnen davon abgeraten, dich zu enterben. Dieser Ansicht sind unsere Anwälte – schlechte Publicity. Der Fall hat wenig Aussicht auf Erfolg, und sie übernehmen keinen Fall, den sie nicht zu gewinnen hoffen – aus welchem Grund auch immer jedenfalls wurde die Sache fallengelassen, Sabrina."

„Du meinst, es ist vorbei, wirklich und wahrhaftig vorbei?"

„Wir werden noch eine Reihe von Details ausarbeiten müssen, aber das kannst du getrost mir überlassen. Ja, wenn du meine Meinung hören willst, ich würde sagen, es ist vorbei."

„Lieber Kenneth", sagte sie leise. „Vielen Dank. Danke, daß du mir geholfen hast."

„Das würde ich gern auch weiterhin tun", sagte er zärtlich. „Für den Rest meines Lebens."

Auch am nächsten Morgen fuhr Joel wieder allein nach Lansdale. Simon mußte seinem Vater noch auf der Farm helfen. Joel war froh, daß er allein fahren konnte. Der gestrige Tag hatte ihn aufgewühlt. In der Nacht hatte er die Begegnung mit seiner Schwester noch einmal durchlebt und versucht zu begreifen, was das alles bedeutete.

Er starrte zum Fenster hinaus in den strahlend blauen Himmel dieses Herbstmorgens. Die Welt um ihn herum war in bunte Farben getaucht. Hinter jeder Erhebung kam eine neue Umgebung in Sicht, aber Joel hatte kaum einen Blick dafür. Er dachte darüber nach, daß es nicht nur seine neu gefundene Schwester war, die ihn so unruhig machte.

Als der Bus in die Stadt hineinfuhr, hatte Joel das Gefühl, als würden sich seine Eltern durch Sabrina nach ihm ausstrecken. An der Haltestelle stieg er aus dem Bus aus, winkte dem Fahrer zu und machte sich auf den Weg zur Mission. Wenige Meter vor sich entdeckte er Sabrina, die auf ihn zukam. Sie hielt einen großen jungen Mann an der Hand. Joel spürte einen Stich der Eifersucht angesichts der offensichtlichen Kraft und Vitalität dieses Mannes.

Sabrina blieb vor ihm stehen und sagte schüchtern: „Joel, ich würde dir gern Kenneth Adams vorstellen. Das ist mein Bruder Joel."

Kenneth schüttelte seine Hand. „Es ist mir eine Ehre, Joel. Sie leisten großartige Arbeit hier."

„Vielen Dank." Joel spürte die Wärme und Anteilnahme in der Stimme des jungen Mannes und schämte sich seiner ersten Reaktion. „Warum sagen Sie das?"

„Weil Ihre Eltern uns davon erzählt haben. Ich denke, wir sehen hier nur den Anfang." Kenneth sprach mit derselben Ruhe, die auch sein Gesicht ausstrahlte. „Wohin ich auch gehe, höre ich von einer neuen Rastlosigkeit unter den jungen Leuten. Wir sind vielleicht nicht in der Lage, die Rebellion zu stoppen oder in eine andere Richtung zu lenken, doch irgend jemand muß sie daran erinnern, daß die letzte Autorität immer noch Gott ist und daß seine Autorität auf Liebe basiert."

Die drei gingen zu dem Gebäude hinüber. „Ich gebe euch beiden mal Zeit, euch kennenzulernen", meinte Sabrina und trat zurück und fragte: „Wie wäre es mit Kaffee?"

Joel nickte, und Kenneth sagte: „Für mich auch, bitte." Er deutete auf die Stühle. „Wollen wir uns setzen?"

Dankbar nahm Joel die Aufforderung an und ging zu einem Stuhl. „Aus dem, was sie sagen, schließe ich, daß auch Sie Christ sind."

„Ja." Kenneth blickte sich in der riesigen Halle um. „Wenn ich an einen Ort wie diesen komme, dann bin ich immer wieder herausgefordert, meinen Glauben zu einem lebendigen, atmenden Teil von allem, was ich bin, von allem, was ich tue, zu machen."

Diese aufrichtige Demut rührte Joel an. Mit einem tiefen Seufzen ließ er sich auf einen Stuhl sinken. Als er aufblickte, bemerkte er, daß Kenneth ihn besorgt betrachtete. „Sabrina hat mir gesagt, daß es Ihnen nicht so gut geht."

„Ja, eine Herzschwäche", gestand Joel.

„Sabrina hat es mir gesagt. Das tut mir leid." Sie schwiegen eine Zeitlang, bevor Kenneth wieder das Wort ergriff. „Sabrina und ich fragen uns, ob nicht vielleicht etwas dagegen getan werden kann. In der letzten Zeit hat es erstaunliche Erkenntnisse auf dem Gebiet der Herzerkrankungen gegeben - aber das wissen Sie sicher."

„Ich habe aufgehört zu zählen, wie viele Tests ich bereits mitgemacht habe. Wenn es etwas gegeben hätte, irgend etwas, das man hätte tun können, hätte Doc Austin mich sicherlich darauf aufmerksam gemacht."

„Wären Sie - und Ihr Arzt - bereit, weitere Tests vornehmen zu lassen?"

„Ich weiß nicht so genau." Joel lächelte ihn an. Es erstaunte ihn, daß er mit einem Fremden so vertraut sprechen konnte. „Vielleicht bin ich einfach nur ein Feigling", gab er langsam zu. „Jeder Gedanke - jede noch so schwache Hoffnung - ich fürchte, ich würde mich daran klammern."

„Das ist doch ganz normal. Gott hat uns so geschaffen, daß wir um unser Überleben kämpfen."

„Es geht ja nicht nur um mich. Wenn ich auch Hoffnungen und Träume hatte, die sich nun nie erfüllen werden. Aber es geht um mehr, zum Beispiel meine Arbeit hier. Ich habe das Gefühl, daß ich endlich etwas Wichtiges tun kann, etwas, das die Zeit überdauert. Und die Ironie bei all dem ist, daß es bald zu Ende sein wird."

Ihre Blicke wanderten über den Raum, in dem Tag für Tag sowohl Körper als auch Seelen Nahrung fanden. „Manchmal erscheint mir das alles so unfair", sagte Joel.

Kenneth nickte langsam. „Ich verstehe."

Das Band zwischen den beiden jungen Männern war mit Worten nicht zu erklären. Joel wurde klar, daß dies kein Fremder war. Kenneth war ein *Bruder* - ein Herzensbruder. „Manchmal, wenn ich allein bin, habe ich das Gefühl, daß der Tod in der Ecke meines Zimmers auf mich lauert, mich beobachtet und wartet - mich verspottet." Er senkte den Kopf und seine Stimme. „Es gibt noch so vieles, das ich tun möchte. So vieles, das ich lernen möchte."

Kenneth schwieg eine Weile. Sein Blick ruhte mitfühlend auf Joel. „Die Hand Gottes ist in Ihrem Leben wirklich am Werk, Joel. Was immer auch passiert, es muß an ihm vorbei."

Joel nickte langsam. Das wußte er bereits, aber er wollte es nicht akzeptieren. Er erkannte jetzt, daß der Grund, warum er dagegen angekämpft hatte, der war, daß er es als eine Niederlage ansah. Doch wer war er, daß er Gott in Frage stellen konnte? Seine Liebe, seinen Willen oder seinen Zeitplan?

Auf Joels langsames Nicken hin fuhr Kenneth fort: „Vielleicht denken Sie, daß dies Ihr Dienst ist. Nicht sein Dienst. Denn wenn es wirklich sein Dienst ist - und ein wirklich wichtiger Dienst - meinen Sie nicht, er würde sich auch darum kümmern? Vielleicht bittet der Herr Sie, Ihre Pflichten an einen anderen abzugeben." Er hielt inne und betrachtete Joels Gesicht. „Aber das weiß ich natürlich nicht. Ich bin nicht sicher, ob ich das alles hätte sagen sollen."

Joel suchte nach den richtigen Worten. „Ich glaube, Sie sprechen nur aus, was mein Herz mir schon seit Wochen zu sagen versucht."

„Dann bin ich froh, daß ich es ausgesprochen habe", erwiderte Kenneth leise.

Joel richtete sich auf und blickte Kenneth an. Zum ersten Mal seit langer Zeit fühlte er sich ruhig. „Ich fürchte, ich habe mich selbst viel zu wichtig genommen. Immerhin ist es doch Gottes Programm, nicht?"

Leichte Schritte kündigten Sabrinas Rückkehr an. Joel entdeckte Sabrina, die dampfende Kaffeetassen in der Hand hielt. Sie blickte von einem zum anderen. „Es tut mir leid, störe ich?"

Die beiden lächelten sich an. „Nein", sagte Joel. „Überhaupt nicht."

Sabrina verteilte die Tassen und ließ sich auf einem Stuhl nieder. Sie zögerte eine Weile, dann sagte sie: „Ich habe heute morgen bei dir zu Hause angerufen. Sie sagten, ich soll dir ausrichten ..." Sie zögerte, so als sei sie unsicher und wüßte nicht so genau, wie sie fortfahren sollte. „Sie vermissen dich, Joel."

Er nickte, sowohl zu ihren Worten als auch zu dem, was ungesagt geblieben war, daß er sich seinem Lebensende näherte und seine Eltern sich nach ihm sehnten. „Ich muß nach Hause fahren", gab er schließlich zu. „Aber mir gefällt der Gedanke gar nicht, das alles hier" - er blickte sich um - „und die Millers verlassen zu müssen. Sie sind mir eine solche Stütze gewesen."

„Ach, da fällt mir noch etwas ein." Sabrina zögerte, dann sagte sie vorsichtig: „Ruthie läßt dir bestellen: ‚Geh nicht jetzt, geh nächstes Mal.'"

„Ja", erwiderte Joel leise. „Wenn ich das nur könnte."

Kenneth hatte einen Vorschlag zu machen. „Wissen Sie, Sie könnten Ihre Missionsarbeit mit nach Hause nehmen."

Joel blickte ihn fragend an.

„Auch in meiner Gemeinde gibt es eine Gruppe, die sich um junge Menschen, die von zu Hause ausgerissen sind, kümmert", erklärte Kenneth. „Sie brauchen dort immer erfahrene Hilfskräfte."

Joel spürte neue Hoffnung in sich aufsteigen. „Wirklich?"

„Ich werde Sie hinbringen und persönlich vorstellen." Kenneth stellte seine Kaffeetasse ab, sah Joel eine Weile an und sagte dann: „Es würde mich sehr freuen, wenn wir gemeinsam beten könnten."

Joel nickte zustimmend und sagte leise: „Ich bin so froh, daß meine Schwester Sie gefunden hat."

Sabrina freute sich über diese Worte. Tränen stiegen ihr in die Augen. In diesen Worten lagen soviel Annahme und offene Zuneigung. „Ich auch", stimmte sie zu und griff erst nach Kenneths, dann nach Joels Hand. „Ich auch."

Als Sabrina an diesem Abend in ihrem Bett lag, dachte sie über die Ereignisse der vergangenen Tage nach. Noch nie war sie so glücklich gewesen, noch nie hatte sie mit so viel Erwartung in die Zukunft gesehen. *Gott ist am Werk,* freute sie sich. Sie spürte seine Gegenwart, er war bei ihr. Das wollte sie nie mehr verlieren, niemals. Sie wollte, daß dieses Gefühl jeden Tag in ihr stärker wurde. *Bitte, lieber Gott, bleib bei mir und laß dieses Gefühl ... diese Gewißheit, daß du bei mir bist, mich nie verlassen. Niemals.*

Sie berührte die Wand zwischen ihrem und Kenneths Hotelzimmer. Er gehörte dazu – er gehörte zum Plan Gottes für ihr Leben, das wußte sie nun. Irgendwie hatte er dazu beigetragen, daß Joel Frieden gefunden hatte und für die weitere Führung Gottes offen war. Er war sogar damit einverstanden, noch andere Ärzte zu konsultieren. Vielleicht würde die Diagnose gleich ausfallen, aber wenigstens hätten sie dann die Gewißheit, alles in ihrer Macht Stehende getan zu haben. Ihr war wichtig, alles getan zu haben, um ihren Eltern weiteren Kummer zu ersparen.

Sie brauchte sich nun auch keine Gedanken mehr um das Testament ihres Vaters zu machen. Niemand würde mehr dagegen ankämpfen. Kenneth besaß genügend Geschäftserfahrung, um die Firma zu leiten; sie beide würden die Rothmore-Versicherung zu einem Unternehmen machen, das nach dem Willen Gottes geführt wurde. Auch er fühlte sich in erster Linie Gott verpflichtet, aber auch Lawrence' Wünschen.

Bei der Suche nach ihren Wurzeln hatte sie an viele Türen geklopft. Sie hatte nach sich selbst gesucht, doch nun begann sie zu erkennen, daß es eigentlich eine Suche nach Gott gewesen war. Zum ersten Mal in ihrem Leben erkannte sie, wer sie wirklich war. Sie war nicht die Dame der Gesellschaft, zu der Abigail sie hatte machen wollen. Nicht einmal das Mädchen, das Lawrence geliebt hatte. Nein, sie war viel mehr als das. Sie war ein Kind Gottes. Und diese Erkenntnis war eine weitere

Tür, durch die sie eingetreten war. Ihre Reise hatte erst begonnen.

Aber sie würde diese Reise nicht allein machen müssen. Das wußte sie nun. Obwohl ihr geliebter Vater gestorben war und Joel, den sie gerade erst kennengelernt hatte, vielleicht schon bald von ihr gehen würde. Sie hatte eine neue Perspektive, die sie ruhig machte und die Leere der Einsamkeit ausfüllte, die immer zu ihrem bisherigen Leben dazugehört hatte.

Denn ihre irdische Familie - ihre Familien - waren mit einer himmlischen verbunden. Zu dieser himmlischen Familie gehörte sie jetzt. Nichts würde ihr das je rauben können. Sie gehörte dazu.

Martha hielt Joel lange Zeit im Arm, als er nach Hause kam. Joel spürte, wie ihr Körper zitterte und sie gegen die Tränen ankämpfte. Doch als sie sich zurückzog und ihre Hände auf seine Arme legte, bemühte sie sich tapfer um ein Lächeln. „Ich glaube, du hast etwas zugenommen", sagte sie. „Vielleicht schmeckt dir Mrs. Millers Essen besser als das deiner Mutter." Joel wußte, daß sie ihn nur neckte, und beide begannen zu lachen.

Danach war Harry an der Reihe. Soweit er sich erinnern konnte, war Joel noch nie von seinem Dad umarmt worden. Mr. Miller nahm ihn gelegentlich in den Arm, aber das war etwas anderes. Harry legte die Arme um ihn und drückte ihn fest an seine Brust. „Wir haben dich vermißt, mein Sohn", sagte er mit heiserer Stimme. Man spürte, daß er um all die verlorenen Jahre trauerte.

Sabrina hatte Joel begleitet und wurde nun ebenfalls mit einer liebevollen Umarmung begrüßt. Schon bald verwandelten sich die bittersüßen Gefühle in eine freudige Wiedersehensfeier. Fast ohne es zu bemerken, kam eine angeregte Unterhaltung zustande.

„Ich habe dein Lieblingsdessert gemacht, Apfelchips", erzählte Martha Joel, als sie ihn in die kleine Küche führte, wo der Tisch mit dem besten Porzellan gedeckt war. Sie wandte sich Sabrina zu. „Wenn ich dein Lieblingsgericht gewußt hätte, hätte ich es ebenfalls gemacht, Liebes." Diese Worte rührten Sabrina seltsam an.

„Ich bin sicher, deine Apfelchips werden auch bald mein Lieblingsdessert sein", erwiderte sie. Die beiden sahen sich wortlos an, aber die Nachricht, die sie durch diesen Blick weitergaben, machte beide glücklich.

„Also los", sagte Martha schließlich, „dann wollen wir das Essen mal auf den Tisch bringen."

Kurze Zeit später saßen die vier beim Essen. „Du setzt dich auf deinen Platz, mein Sohn", sagte Harry, „und Sabrina, du sitzt hier auf diesem Platz, der viel zu lange leer gewesen ist."

Sabrina setzte sich und betrachtete ihre Familie. *Ihre Familie.* Harry ergriff die Hand seines Sohnes und die seiner Tochter, und Martha ihm gegenüber nahm deren andere Hände.

„Ich denke, wir sollten Gott heute nicht nur für das Essen danken", meinte Harry. „Er hat uns über die Maßen gesegnet. Unser Sohn" - er drückte Joels Hand - „und unsere Tochter" - er wandte sich Sabrina zu - „sitzen beide an unserem Tisch." Seine Stimme klang belegt. Sabrina fragte sich, ob er wohl in der Lage sein würde, weiterzusprechen. „Unsere Familie. Unsere *gesamte* Familie ist endlich zusammen."

Sabrina hörte, wie Martha schniefte und unterdrückte ihre Tränen.

„Wir wollen Gott dafür danken. Und dann wollen wir das Beste aus diesem ganz besonderen Tag machen", sagte Harry schließlich.

Während Sabrina den Kopf zum Gebet neigte, spürte sie einen kleinen Stoß an ihrem Fuß. Sie sah auf und begegnete Joels Blick. In seinen Augen standen Tränen, doch gleichzeitig waren sie auch voller Freude. „Vielen Dank, meine Schwester", formte er unhörbar mit den Lippen. Noch nie hatte Sabrina sich glücklicher gefühlt.

24

Sabrina stieg aus dem Taxi aus, bezahlte und blieb einen Augenblick stehen. Ihr Blick ruhte auf der langen Auffahrt. Langsam schlenderte sie durch das Tor, betrachtete den Rasen und das große Haus mit ganz neuen Augen. An diesem Tag war es überraschend warm, so als wollte das Wetter die Menschen für den starken Frost der vergangenen Woche entschädigen. Während Sabrina sich dem Haus näherte, kamen all ihre glücklichen Kindheitserinnerungen zurück. Sie hatte auch schöne Zeiten hier erlebt. Die Liebe ihres Vaters. Die liebevolle Fürsorge der Ames' und all der anderen Hausangestellten. Sogar die Erziehung ihrer Mutter, wenn sie auch häufig übertrieben und unangebracht gewesen war, war nicht vergeudet. Vielleicht hatte ihre Mutter sie auf ihre Weise sogar gern gehabt.

Nicht einmal die leise Furcht vor dem bevorstehenden Gespräch konnte ihr das Gefühl nehmen, daß es richtig war, was sie tat.

„Miss Sabrina!“ Ihre Gedankengänge wurden von einer vertrauten Gestalt durchbrochen, die sich von ihrer Arbeit an einem Blumenbeet erhob. „Wenn das nicht ein wunderschöner Anblick für meine trüben Augen ist!“

„Hallo Jim.“ Sie eilte zu ihm rüber und umarmte ihn. „Wie geht es Ihnen?“

„Nach dieser Umarmung schon sehr viel besser.“ Der alte Gärtner lachte. „Immer denken sie, ich würde bald den Geist aufgeben, aber ich schlage ihnen ein Schnippchen.“

„Wagen Sie es nur nicht.“ Sie trat einen Schritt zurück und

blickte sich um. „Der Garten ist wundervoll - schöner als je zuvor."

„Ja, das zeichnet einen guten Garten aus. Man muß ihn gut pflegen und ihn in gewisser Weise aber auch wuchern lassen." Das faltige Gesicht war mit Schmutz bedeckt, aber die Augen blickten klar, und das Lächeln war aufrichtig. „Sie sehen sehr gut aus."

„Vielen Dank", erwiderte sie. „Mir geht es auch wirklich gut."

„Das freut mich. Ohne Sie ist es schrecklich still hier."

Sie ließ ihren Blick zum Haus hinüber wandern. Das hohe Steingebäude wirkte noch genauso eindrucksvoll wie damals, als sie ein kleines Kind gewesen war.

„Wann werden Sie Ihren Freund einmal mitbringen?"

„Bald, ich verspreche es."

Die Eingangstür des Hauses wurde aufgerissen, und eine stattliche Dame mit Küchenschürze eilte die Stufen hinunter. Jim lachte wieder. „Sieh mal an, wie diese alten Knochen sich noch bewegen können!"

„Sabrina, oh, meine Kleine, wir haben uns so lange nicht gesehen!" Maggie nahm sie in die Arme.

„Hallo Maggie. Es tut mir leid, daß ich nicht vorher angerufen habe, aber ..."

„Das ist doch dein Zuhause, Kind. Warum um alles in der Welt solltest du vorher anrufen?" Sie hielt Sabrina auf Armeslänge von sich. „Du siehst absolut atemberaubend aus."

Sabrina betrachtete ihr liebes Gesicht und spürte wieder diesen Kloß im Hals. „Du auch, Maggie."

„Ach sieh nur, was ich getan habe." Maggie klopfte sie ab. „Ich habe deine wunderschöne Jacke mit Mehl beschmutzt."

„Ich werde euch beide jetzt allein lassen. Vermutlich würde ich sowieso kein Wort verstehen", meinte Jim augenzwinkernd. „Vielleicht plaudern wir noch ein wenig, bevor Sie gehen."

„Komm herein", sagte Maggie und zog sie mit sich zur Tür. „Bertrand ist einkaufen gefahren, aber er wird bald zurück sein. Wie geht es dir denn? Erzähle mir von deiner neuen Familie. Ich kann es kaum erwarten, alles zu erfahren."

„Ja gern." Sabrina mußte über Maggies Begeisterung unwillkürlich lächeln.

Sie betrat die Eingangshalle und sah sich um. Die alten Erinnerungen kamen wieder in ihr hoch. Doch jetzt konnte sie ihre Beklemmung beiseiteschieben. Sie war nicht allein.

Maggie deutete auf die Küche. „Komm, wir trinken zusammen eine Tasse Tee."

„Noch nicht, Maggie." Sabrina wußte, sie konnte den Grund ihres Kommens nicht mehr länger aufschieben. „Wo ist Mutter?"

Maggie dachte einen Augenblick lang nach, bevor sie antwortete: „Sie ist draußen auf der Veranda."

„Wie geht es ihr?"

Die Frau runzelte die Stirn. „Es ist nichts, worauf ich meinen Finger legen könnte, aber in den vergangenen Tagen hatte es den Anschein, als hätte sie all ihre Kraft verloren."

„Ich möchte zuerst mit ihr sprechen. Danach komme ich zu dir, und wir können miteinander plaudern."

Maggie tätschelte Sabrinas Wange. „Du warst immer ein gutes Mädchen, eine gute Tochter."

Sabrinas Herz tat einen Sprung. „Bete für mich, Maggie. Und bete für sie."

„Das habe ich schon immer getan, mein Kind", erwiderte sie mit strahlenden Augen. „Und das werde ich auch weiterhin tun."

„Sabrina!" Abigail erhob sich halb von ihrem Platz. Ihre Augen begannen zu strahlen, als sie die Hand nach dem Mädchen ausstreckte. Doch schnell nahm sie sich zusammen und ließ sich mit einem unbehaglichen Räuspern wieder in ihren Sessel sinken. „Ich habe dich gar nicht erwartet", sagte sie in ihrem üblichen beherrschten Tonfall.

Sabrina sehnte sich danach, auf sie zuzueilen und die Arme um sie zu legen, wie sie es bei Martha immer tat, und in ihren

Armen über die Einsamkeit und Verletzungen der Vergangenheit zu weinen. Doch die Rückkehr ihrer Mutter zur Formalität machte ihr dies unmöglich. „Hallo Mutter."

„Ich nehme an, du bist zurückgekommen, um über mich zu triumphieren."

„Ach, Mutter." Sabrina ging traurig zu einem Stuhl und ließ sich darauf nieder. „Wie geht es dir?"

„Was glaubst du?" gab Abigail scharf zurück. „Ich muß zusehen, wie alles, was ich mein Leben lang aufgebaut habe, in Grund und Boden gewirtschaftet wird."

„Bitte Mutter, nichts wird zerstört." Sabrina faltete die Hände auf dem Schoß, atmete tief durch und genoß das Gefühl, beschützt und geführt zu sein. Trotz ihres klopfenden Herzens war sie ganz ruhig. „Ich bin nicht gekommen, um zu triumphieren - oder mit dir zu streiten."

Ihre Mutter nahm ihre Lesebrille ab und legte sie zusammen mit ihrer Zeitschrift auf den Tisch. „Bald gehört das alles dir. Alles. Ich nehme an, du wirst dich an uns allen rächen."

„Weder Kenneth noch ich wollen uns irgendwie rächen, Mutter. Er ist ein ehrbarer, gottesfürchtiger Mann, und er wird die Firma leiten. Er wird tun, was für uns alle richtig ist."

Die ruhige Gelassenheit ihrer Tochter schien Abigail nur noch mehr aufzubringen. „Ich hoffe, du erwartest von mir nicht, daß ich vor dir krieche und bettele. Das Haus gehört mir. Mir, das sage ich dir. Lawrence ..."

„Natürlich gehört es dir. Nicht im Traum würde ich daran denken, dir etwas wegzunehmen. Schon gar nicht dein Heim."

Abigails Blick wanderte durch den Garten. Nervös nahm sie die Brille zur Hand, um sie sofort wieder hinzulegen. „Ich hoffe nicht, daß du jetzt eine Entschuldigung von mir erwartest. Was ich getan habe, war zum Wohle der Firma und zu deinem Besten. Du hast keine Ahnung, wie man eine Firma leitet."

„Nein, das ist wahr", stimmte Sabrina zu. „Aber Kenneth."

„Meine eigene Tochter", unterbrach Abigail sie. „Wendet sich gegen mich."

„Ich habe mich nicht gegen dich gewandt, Mutter. Ich bin gekommen, um dich zu besuchen und zu sehen, wie es dir geht."

„Ich dachte, du wärest zu deiner *anderen* Familie gegangen", gab Abigail zurück. „Sie haben kein Geld und keinen Namen, aber ich schätze, das hast du bereits selbst herausgefunden. Ich habe Randolf gesagt, daß du zurückkommen würdest. Ich habe ihm gesagt, daß du sehr bald feststellen würdest, daß sie dir nichts geben können, das du nicht schon bereits hast."

„Aber das stimmt nicht. Sie haben mir die wertvollsten Dinge gegeben, die das Leben zu bieten hat: Liebe, Annahme, eine Familie. Ich habe mich nicht von ihnen abgewandt, Mutter. Ich liebe sie sehr und werde in Zukunft viel Zeit mit ihnen verbringen. Ich bin wegen dir zurückgekommen."

„Wegen mir?"

„Ich bin gekommen, um dir zu sagen, daß ich dich liebe und dir nichts nachtrage."

Zum ersten Mal in ihrem Leben fehlten Abigail die Worte.

„Wenn du es möchtest, Mutter, vergebe ich dir."

„Vergeben?" brachte Abigail schließlich heraus.

„Alles, was gewesen ist." Die Liebe, die Sabrina durchströmte, war wie ein Licht von oben, eine Macht so stark, daß sie unbedingt weitergegeben werden mußte.

Sabrina schlug eine Brücke über die emotionale Kluft, die sie und Abigail ihr ganzes Leben lang getrennt hatte. Sie ergriff die schmale, zitternde Hand ihrer Mutter. „Ich habe Gott gefunden, Mutter, und das wundervolle Geschenk der Vergebung. Gott hat mir vergeben, und er erwartet von mir, daß auch ich anderen gegenüber keine Bitterkeit mehr empfinde. Das ist sein Geschenk, das Geschenk der Liebe, das ich mit dir teilen möchte. Ich liebe dich wirklich, Mutter. Gott hat mein Herz mit einer Liebe erfüllt, die ich nicht erklären kann. Bitte wende dich nicht davon ab. Es gibt so vieles, das wir miteinander teilen könnten, so vieles."

Abigail brachte kein einziges Wort heraus. Sabrina hätte sich vielleicht gefragt, ob ihr Angebot angenommen wurde, wenn sie nicht den Druck von Abigails Hand gespürt hätte. Sie nickte gepreßt und sagte sofort: „Nun, erwarte keine Wunder."

Sabrina lächelte sanft und erwiderte leise: „Aber genau das tue ich."